文春文庫

一《いっ》矢《し》ノ秋《とき》

居眠り磐音（三十七）決定版

佐伯泰英

JN030647

文藝春秋

目次

「居眠り磐音」主な登場人物

坂崎磐音《さかざきいわね》　元豊後関前藩士の浪人。直心影流の達人。師である佐々木玲圓の養子となり、江戸・神保小路の尚武館佐々木道場の後継となった。

おこん　磐音の妻。磐音が暮らした長屋の大家・金兵衛の娘。今津屋の奥向き女中だった。磐音の嫡男・空也《くうや》を生す。

今津屋吉右衛門《いまづやきちえもん》　両国西広小路の両替商の主人。お佐紀《さき》と再婚、一太郎が生まれた。

由蔵《よしぞう》　今津屋の老分番頭。

佐々木玲圓《ささきれいえん》　磐音の義父。内儀のおえいとともに自裁。

松平辰平《まつだいらたつぺい》　佐々木道場の住み込み門弟。父は旗本・松平喜内《きない》。

重富利次郎《しげとみとしじろう》　佐々木道場の住み込み門弟。土佐高知藩山内家の家臣。

霧子《きりこ》　雑賀衆の女忍び。佐々木道場に身を寄せる。

小田《おだ》平助《へいすけ》　槍折れの達人。佐々木道場の客分として長屋に住む。

品川《しながわ》柳次郎《りゅうじろう》　北割下水に住む貧乏御家人。母は幾代《いくよ》。お有《ゆう》を妻に迎えた。

竹村《たけむら》武左衛門《ぶざえもん》　陸奥磐城平藩下屋敷の門番。早苗など四人の子がいる。

弥助《やすけ》　「越中富山の薬売り」と称する密偵。

幸吉《こうきち》　深川・唐傘《からかさ》長屋の叩き大工磯次《いそじ》の長男。鰻屋「宮戸川」に奉公。

桂川《かつらがわ》甫周《ほしゅう》国瑞《くにあきら》　幕府御典医。将軍の脈を診る桂川家の四代目。妻は桜子。

笹塚《ささづか》孫一《まごいち》　南町奉行所の年番方与力。

木下《きのした》一郎太《いちろうた》　南町奉行所の定廻り同心。

徳川《とくがわ》家基《いえもと》　将軍家の世嗣。西の丸の主。十八歳で死去。

小林《こばやし》奈緒《なお》　磐音の幼馴染みで許婚《いいなずけ》だった。小林家廃絶後、江戸・吉原で花魁《おいらん》・白鶴《はっかく》となる。前田屋内蔵助に落籍され、山形へと旅立った。

坂崎《さかざき》正睦《まさよし》　磐音の実父。豊後関前藩の藩主福坂実高《ふくさかさねたか》のもと、国家老を務める。

田沼《たぬま》意次《おきつぐ》　幕府老中。愛妾のおすなは「神田橋のお部屋様」の異名をとる。

『居眠り磐音』江戸地図

新吉原
山谷堀
東叡山 寛永寺
待乳山聖天社
向島
忍ケ岡
上野
下谷車坂町
浅草
竹屋ノ渡し
浅草寺
今戸橋
今津屋寮
不忍池
花川戸町
下谷広小路
新寺町通り
新堀川
常泉寺
小梅村
吾妻橋
源森川
業平橋
品川家
十間川
首尾の松
北割下水
今津屋
本所
吉岡町
天神橋
石原橋
法恩寺橋
新シ橋
浅草御門
柳原土手
両国橋
南割下水
金的銀的
横川
入江町
長崎屋
回向院
竪川
松井橋
薬研堀
大川
浮世小路
若狭屋
鰻処宮戸川
六間堀
魚河岸
猿子橋
新高橋
新大橋
小名木川
日本橋
鎧河岸
日本橋川
万年橋
鎧ノ渡し
霊巌寺
砂村新田
深川
亀島橋
金兵衛長屋
八丁堀
霊岸島
仙台堀
永代橋
永代寺
鉄砲洲
富岡八幡宮
越中島
堺橋
佃島

護国寺
中山道
日光御成街道
面影橋
小石川
伝通院
本郷
下谷茅町
石切橋
牛込
豊後関前藩
上屋敷
湯島天神
神田川
神田明神
牛込御門
水道橋
表猿楽町
尚武館佐々木道場
駒井小路
駿河台
昌平橋
田安御門
神保小路
市谷八幡宮
九段坂
俎橋
雉子橋
内藤新宿
四谷大木戸
市谷御門
一橋御門
千鳥ヶ淵
鎌倉河岸
神田橋
善国寺谷通
麹町
江戸城
四谷
四谷御門
大手御門
本丸
半蔵御門
一石橋
西の丸
道灌堀
平川天満宮
和田倉御門
呉服町
馬場先御門
鍛冶橋御門
南町奉行所
比丘尼橋
数寄屋橋御門
清水谷
溜池
三十間堀川
氷川明神
木挽橋
木挽町
原宿
愛宕権現
長谷寺
増上寺
宝泉寺
麻布村
麻布広尾町
芝

本書は『居眠り磐音 江戸双紙 一矢ノ秋』（二〇一一年七月 双葉文庫刊）に
著者が加筆修正した「決定版」です。

編集協力 澤島優子
地図制作 木村弥世

一矢《いっし》ノ秋《とき》

居眠り磐音（三十七）決定版

第一章　桜鯛さわぎ

一

安永《あんえい》十年（一七八一）三月に入り、春めいたかと思うと冬に逆戻りし、ために万物の成長がゆっくりとしていた。

江戸の本所界隈《ほんじょかいわい》にはようやく桜の季節が巡ってきていた。朝ぼらけの北割下水《きたわりげすい》の汚れた水面《みなも》にも桜の花びらが舞い散って、一面に浮かぶ光景はなんとなく心が浮き立つものだった。

コケコッコー

鶏《にわとり》の鳴き声が響きわたり、ぎいっ、と門が開かれると、姉さん被《かぶ》りの女が姿を見せた。手には箒《ほうき》を持っていた。

「柳次郎《りゅうじろう》様、ささっ、おいでなされませ、門前から掃いて参りますよ」

と呼ばう貫禄《かんろく》のある声は品川《しながわ》家の嫁、一年前に椎葉《しいば》家より嫁いできたお有《ゆう》だ。

「お有どの、いささか早くはないか」

寝ぼけ眼《まなこ》の柳次郎の普段着の腰には手拭《てぬぐ》いがぶら下がっていた。

「いえ、もはや明《あ》け六つ（午前六時）です」

「時鐘は聞いておらぬぞ」

「寝床の中で聞き逃されたのでございましょう。春眠暁《あかつき》を覚えずと申しまして、春は惰眠を貪《むさぼ》るによい時候です。されど、それでは御家人たる品川家の当主として体面が保てませぬ。武士は士農工商の筆頭の人士、皆の手本でなければなりません」

お有が毅然《きぜん》として言い切った。

「わが家は貧乏御家人じゃぞ、そう張り切られてもな。なんやらうちに母上が二人おられるような気がして参った。こんな……、いや、なんでもない」

途中で口を噤《つぐ》んだ柳次郎にお有がそおっと体を寄せ、

「所帯を持って一年余り、こんなはずではなかったと早《はや》後悔しておられますか」

「滅相もない。幼き頃よりお有どのを嫁にすると固く心に誓うて参ったそれがしじゃぞ。幸せすぎて、あれこれ頭が回らぬだけだ」

大きく頷《うなず》いたお有が、

「本日は六つ半（午前七時）の刻限までに屋敷の内外の清掃を済ませ、朝餉《あさげ》の後には氏神様にお参りいたします。その後、川を渡って仲人《なこうど》の桂川甫周《かつらがわほしゅう》先生と桜子《さくらこ》様にご挨拶《あいさつ》、さらには椎葉家訪問と盛りだくさんの予定が詰まっております」

お有の言葉にげんなりした様子の柳次郎を縁側から覗《のぞ》き見ていた幾代《いくよ》が、

「ふっふっふ、雌鳥《めんどり》が時を告げると家内が騒然とするというが、それは海を渡った唐人の国の話、大和《やまと》の国では女がしっかりしているくらいがちょうどよい。うちには勿体《もったい》ない嫁が参られましたよ」

と独りほくそ笑んでいた。

お有に命じられ、門前と北割下水端を掃いた柳次郎が振り返ると、お有は婚礼の折りに無理やり算段して手入れを済ませた門扉に雑巾《ぞうきん》がけをしていた。

「お有どの、御家人の門は傾《かし》いでいて当然、うちはお有どのが嫁に来られるというので手入れをしたばかりゆえ、三、四年は手入れをせぬでもよかろう」

「門は屋敷の顔にございます。汚れていては品川家の心根を疑われましょう。毎朝、慈しむように雑巾を固く絞って拭《ふ》けば、このようにぴかぴかになります」

「なに、毎朝、拭き掃除をするつもりか。うちに中間《ちゅうげん》や女衆《おんなし》がおった時分とて、さようなことはせなんだはず」

と抗弁する柳次郎に、

「これ、柳次郎、そなたが見ておらぬだけで、奉公人がいなくなって以降、この母が三日に一度は拭いておりましたぞ」

と縁側から幾代の声が飛んできた。

「母上、三日ごとに門扉を拭き掃除ですと」

柳次郎が首を捻《ひね》った。

「いえ、五日か、十日か。ともかく、ちゃんと拭き掃除はしておりました」

「ほれ、姑《しゅうとめ》様がおっしゃるとおりです。品川家の顔はきちんとしておかなければなりませぬ」

お有が品川家に嫁いできて一年と一か月余が過ぎ、仲人の桂川家に挨拶がてらとある相談に行くことが夫婦の間で決まっていた。

「柳次郎、地蔵《じぞう》の親分は釣《つ》り舟に乗られたであろうか」

と幾代が江戸の海の方角を見て、竹蔵《たけぞう》の朝釣りの釣果《ちょうか》を案じた。

数日前、柳次郎は横川《よこかわ》沿いでばったり竹蔵に会っていた。その折り、仲人の屋敷を久しぶりに訪問するのだが、手土産《てみやげ》にはどのような品がよかろうかと相談したところ、

「柳次郎さん、相手は天下の御典医にして、医家の名門桂川家の四代目ですよ。言っちゃ悪いが、貧乏御家人の、おっと、口が滑った」

「親分、真《まこと》のことじゃ、仕方あるまい」

「いえね、わっしが言いたかったのは、桂川甫周先生に品川家が都合算段した高《こう》直《じき》の品を届けたところで受け取りにはなりませんよ。なにしろ桂川先生ご夫婦は坂崎磐音《さかざきいわね》様とおこん様の代役ですからね」

「親分、都合つけたくとも一年余前の婚礼の費《つい》えで鼻血も出ぬ。高直の品など最初から考えてもおらぬ。北割下水の貧乏御家人に相応《ふさわ》しい礼を相談しておるのだ」

「と、居直られてもね」

と竹蔵が横川端で腕組みして思案した。

竹蔵の視線がふと横川に行き、ちょうど釣り舟が戻ってきた光景に目を留めた。

「よし、久しぶりにこのわっしが太公望《たいこうぼう》を決め込みますか」

「はあっ、だれも釣りをしてくれと頼んではおらぬぞ、親分」

「柳次郎さんや、わっしの道楽をご存じで」

「御用が暇の折りに横川に釣り糸を垂れておったのは幼い時分から見ていたがな、そういえば、最近釣りをする姿を見ておらぬな」

「御用が忙しいですからね、暇がありませんや。それに横川で釣れるのは鯔《ぼら》や鯊《はぜ》のたぐいですよ。だが、佃島《つくだじま》沖で珍しく鯛《たい》が上がるって、ついさっき耳にしたところだ。で、桂川家への挨拶はいつですね」

「二日後を予定しておるが、まさか鯛を釣って桂川家に持参しろっていうんじゃないでしょうね」

「いけませんかえ。春に上がる鯛は桜鯛《さくらだい》と称して、身が締まって極上の味ですよ。でえいち、めでたい魚だ。桜鯛なんぞを川向こうまで持参したら、きっと喜ばれますよ」

「親分、それがしは釣果をあてにしてよいものか、と心配しておるのだ。そりゃ、桜鯛を杉の葉を敷いた竹籠《たけかご》なんぞに並べれば、大威張りで桂川家の門を潜《くぐ》れるというものだが」

「おや、わっしの腕を信じていないね、柳次郎さん」

「鯊を釣るのとはわけが違う。魚の中の殿様じゃぞ」

「まあ、あてにして待っていなせえ」

と地蔵の竹蔵が請《う》け合ってくれた。だが、家に戻って幾代とお有に話すと、

「いくら親分でも海の中の魚が相手ではね」

「鯛を釣るのは容易ではありますまい」

とあてになるかという態度で、三人が衆議の上で別の物を考えようということになった。

「とは申されますが、どうするのです」

「母に思案があります」

と幾代が庭に遊ぶ鶏を見たものだ。

「母上、親分のことだ、御用さえなければ釣り舟には乗られたでしょう。ですが、鯛が釣れたかどうかは、甚《はなは》だ怪しい」

「柳次郎、母はお有さんと相談の上、持参する品を用意してあります」

と幾代が言った。

「母上とお有どのが」

と柳次郎が訝《いぶか》しげな顔をした。

「なんぞ購《あがな》われましたか」

「購うばかりが手土産とはいえませぬ、気持ちです」

とお有が胸を張った。

「なんですか、その気持ちとは」

「仲人への手土産を一家の主《あるじ》があれこれ詮索《せんさく》するようでは、出世の見込みはありませんね」

「母上、出世など何代も前から無縁の品川家です。桂川先生と桜子様に心が伝わるものがあればよい、と思うたまでです」

「言われてみればそうかもしれません。手土産はあれです」

と幾代が鶏を見た。

家を出た長男の和一郎《わいちろう》が気まぐれに持参した雛《ひよこ》数羽が、今や二十数羽に増えて品川家の庭をわがもの顔に闊歩《かっぽ》していた。鶏が産む卵は時に食膳《しょくぜん》にのぼることもあるが、大体がお届け物に使われていた。そして、卵を産まなくなった鶏は品川家ではご馳走《ちそう》の鶏鍋に変身した。

「えっ、家の鶏を一羽桂川家に持参しますか。絞《し》めて鍋にするには悪くはないが、仲人への挨拶に相応しいかな」

首を捻る柳次郎に、玄関に走り戻ったお有が古笊《ふるざる》を持参してきた。そして、布巾《ふきん》をとると籾殻《もみがら》の上に鶏卵がきれいに並んでいた。

「鶏卵でしたか、考えられましたな。まあ、桜鯛は無理かもしれぬが、鶏卵なれば品川家らしい気持ちの籠《こも》った手土産です」

柳次郎がひと安心というように胸を撫《な》でおろしたところに、小さな漁師舟が棹《さお》を使って後ろ向きに北割下水に入ってきて、品川家の前に泊《と》まった。

「風に乗って桜鯛はなんとかという声が聞こえましたぜ」

と竹蔵親分が胴の間から叫んだ。どことなく声がいつもより甲高い。

その声を聞いた三人は、北割下水の河岸道《かしみち》に出て迎えた。

「まさか桜鯛を釣り上げたというのではないでしょうね」

「おや、品川家ではわっしの腕を疑っていらっしゃいますな」

竹蔵の前に油紙がふわりと掛けられたものが見えた。

「まさか鯛ではあるまいな、親分」

柳次郎が河岸道から下りて舟を覗き込んだ。

竹蔵が柳次郎、幾代、お有の顔を順繰りに見て、ぱあっ、と油紙を取った。すると朝の光に七、八寸の鯛が杉の葉を敷き詰めた竹笊に並んでいた。

「おおっ、これはこれは」

と柳次郎が驚き、幾代とお有も河岸道から下りて目を丸くして見た。

「なんとも見事な鯛にございますね。これを親分が一人で釣られましたか」

「いささか小ぶりだが、かたちのよいのを揃《そろ》えました。これならば文句はございますまい」

竹蔵が胸を張った。

幾代もお有も驚きを隠しきれない様子だ。

「親分さん、文句どころか、うちのお礼としては上出来です。義母上《ははうえ》、そうでございましょう」

「これ以上の贈り物がありましょうか。竹蔵親分、そなたの釣りの腕を疑うようなことを口にして、幾代、なんとも恥じ入るばかりです」

「いや、母上ばかりではない。この柳次郎、お有ともども親分に詫《わ》びねばならぬ」

と三人が謝罪の言葉を口にした。

「へっへっへへ」

と竹蔵が照れたように笑った。

「いえね、こんなこともあるんだね。佃島の馴染《なじ》みの、ここにいる常《つね》さんの舟で沖に出てさ、針を垂らして半刻《はんとき》（一時間）余り、ぐぐっとあたりがきて、常さんと二人、入れ食いだ。それが四半刻《しはんとき》（三十分）も続いたかねえ、鯛の釣果は大小四十数匹、一生に一度のできごとですよ。まあ、常さんの勘と釣りの腕に助けられたようなもんで、わっしの腕ではございませんので」

と竹蔵が舟を操る漁師風の男を振り返り、謙遜《けんそん》した。

「いや、竹蔵親分の男気に鯛が感じ入ったのですよ。母上、これならば大威張りで桂川先生のところに出かけられますね」

幾代が柳次郎に頷き、お有に何事か囁《ささや》いた。

心得顔に屋敷に戻るお有を見送った竹蔵が、

「すっかり品川家の嫁様になられましたな、お有様」

と呟《つぶや》くと、

「柳次郎とは物心ついた折りから兄と妹のように育ってきましたゆえ、互いに気心が知れておるのでしょう。品川家には得難い嫁です。足りないものは」

と言いかけた幾代がその先の言葉を喉《のど》の奥に呑み込んだ。

「柳次郎さん、こちらを今津屋《いまづや》さんにも届けてくんな」

竹蔵が桂川家へのお礼の下に隠されていたもう一枚の笊を見せた。こちらも桂川家同様になかなかの鯛が杉の葉の上に並んでいた。

「親分のところの食い扶持《ぶち》はあるので」

「常さんが今朝の釣果をすべてうちにくれたんでね、無聊《ぶりょう》を託《かこ》つ八丁堀《はっちょうぼり》の笹塚《ささづか》様と木下《きのした》の旦那《だんな》の屋敷にもこれから届けるんですよ。それでもうちの分は十数匹残っていますよ。そうだ、品川家にも三匹残しておこう」

と竹蔵が大きな竹籠から無造作に鯛を摑《つか》んで幾代に渡した。そこへお有が戻ってきて、

「親分、常さん、鶏卵で鯛を釣ったようですが、うちの鶏が産んだ卵です。心ばかりのお礼です、納めてください」

と古笊二つに並べ替えた鶏卵を差し出した。

「お有様、こいつは有難い。頂戴《ちょうだい》しますぜ」

と竹蔵が快く受け取り、代わりに柳次郎が桜鯛の竹笊二つを受け取った。

「親分、常さん、重ねて礼を申します」

「いやいや、この程度のことはいつでも竹蔵に命じてくださいよ」

上機嫌の竹蔵親分と常が北割下水から舟で去っていった。

「柳次郎、お有さん、魚は生きのよさが命です。朝餉を済ませたら、今津屋さんと桂川家に出かけなされ」

と幾代が命じ、品川家の三人が門を入った。

一刻《いっとき》（二時間）後、品川柳次郎とお有は両国橋《りょうごくばし》を渡っていた。

五つ半（午前九時）を過ぎた時分で、浅草寺《せんそうじ》の方角に境内《けいだい》の桜がおぼろに霞《かす》んで見えた。二人は橋の真ん中で足を止めた。

「私、この橋を渡るとき、いつも不安に感じていました」

「それはまたどうして」

「西広小路《にしひろこうじ》から東に渡るときはそんな気分にならないのです。けれど、東から西に向かうときは落ち着かなくて」

「今もか」

「今は違います。きっと柳次郎様と一緒だからです。それに私の帰る場所は本所と分かっているからよ」

「そなたも北割下水育ちだからな」

「麹町《こうじまち》裏の平川町《ひらかわちょう》の屋敷にはとうとう慣れなかった。私が住み続け、子を生《な》し、婆様になるのは北割下水の品川家です」

と言い切った。

お有がふと自分のお腹のあたりに視線を落とした。

「必ず」

「そう、必ずやわれらのややこが宿っておる」

と柳次郎が言い切った。

先頃、月のものがないとお有に告げられた柳次郎は、

「おお、懐妊か」

と大声を上げて喜んだ。

「まだそうと決まったわけではありません」

「ならば桂川先生に診察を乞《こ》え。いや、それがしも同道する。日頃から品川家の子はうちで面倒を見ると言うてくださっておるからな」

「義母上には、はっきりするまで内緒にしてください。がっかりなされてもいけませんから」

「ならば、仲人の桂川家に挨拶に行くとだけ申しておこう、お有どの」

と柳次郎が言い、こたびの桂川家訪問となったのだ。

「ところで柳次郎様、所帯を持って一年が過ぎたというのに未だお有どのと、他人行儀でおかしいわ。小さい頃はお有と呼び捨てだったではないですか」

「それがしのことを柳兄様と呼んでおったな」

「お有は柳兄様と一緒になったのです。お有と呼んで」

「よいのか」

「夫婦ですもの」

とお有が言うと歩み出した。竹笊を包んだ風呂敷を下げて柳次郎が続いた。

今津屋の店頭はちょうど朝の忙しさが一先《ひとま》ず終わったところで、

「おお、よいところに本所の若夫婦がご入来ですな」

と由蔵《よしぞう》が帳場格子《ちょうばごうし》から視線を二人に留めた。

「桂川先生の屋敷に挨拶に参りますので、その前にと立ち寄りました」

柳次郎が店頭で風呂敷包みを解《ほど》こうとするのを、

「品川様、ここは店先、奥においでなされ」

と由蔵がとめた。

「この風呂敷の中のものの生きがいいうちに届けよ、との母の命《めい》でもございます。私ども、こちらに品を置いて、すぐにも駒井小路《こまいこうじ》に向かいます」

と理由を述べながら風呂敷包みを解くと、一枚の笊を出して、上にかぶせた油紙を払った。

「おおっ、これはまた鮮やかな桜鯛にございますな。ちょうど食べ頃のかたち、塩焼きにすると上品な味にございましょう」

と由蔵が応じて、

「桂川家からの帰りにお立ち寄りくださいまし、今津屋の奥にも顔を見せてくださいな。そうしていただかないと、お佐紀《さき》様にこの由蔵が叱《しか》られますでな」

と笊を両手で受け取りながら、

「失礼ながら、鯛をお買い求めになりましたので」

と尋ねた。

「いえ、品川家に桜鯛を購うなどの余裕はございません。数日前、往来で地蔵の親分にばったり会いまして、桂川先生宅に伺うと喋《しゃべ》ったんですよ。そしたら親分が任せておけって胸を叩《たた》いてくれまして」

と前置きして、経緯《いきさつ》を告げた。

「ほうほう、佃島沖でかように大量に鯛が釣れましたか。それで桂川家のお相伴《しょうばん》にうちが与《あずか》ったというわけですな」

「竹蔵親分がぜひ今津屋さんにと持たせてくれたのです。ですから、お礼は地蔵の親分に願います」

と柳次郎が苦笑いして、風呂敷を包み直した。

「事情が分かりましたので、ただ今はお引き止めいたしません」

と言う由蔵に、お有が尋ねた。

「老分《ろうぶん》番頭さん、坂崎様方から便りはございませぬか」

「坂崎様は用心深いお方です。うちに神田橋《かんだばし》の眼が光っていることを知っておられますゆえ、なかなか連絡《つなぎ》はございません。それにしても一年、音沙汰《おとさた》がない、京からもです。ですが、必ずやお元気にしておられましょう」

と願いを込めて言った。

「おこん様のお子は誕生を迎えておられますね」

「はい、元気なお子にお育ちでしょう」

由蔵は遠くを見るような眼差《まなざ》しを表に向けながら、

（それにしても一年余連絡がない）

とそのことを案じた。

二

駒井小路の桂川家では、この日、四代目の甫周国瑞《くにあきら》が御城に上がる日ではなかった。ために国瑞は数人の医師と薬剤師を手際よく使い、朝から訪れる病人怪我《けが》人の治療にあたっていた。

柳次郎とお有が桂川家の内玄関に立ったのは四つ半（午前十一時）の頃合い、診察を受ける人々の数は少なくなっていた。それでも六人ほどが待っていた。

御典医にして蘭方《らんぽう》医学の大家、甫周国瑞は屋敷で気軽に病人を診《み》た。御典医とは思えぬほど、大身《たいしん》の武家や分限者《ぶげんしゃ》の患者などより、裏長屋に住む庶民を診るほうが多かった。

「医は仁術《じんじゅつ》」

との家訓を守る国瑞は、診察料を払えぬ者も快く診察に応じたため、桂川家の門前には、いつも病人怪我人で長蛇の列ができた。

国瑞は、懐《ふところ》の苦しい患者とみると診察料を取らぬばかりか、無料で薬を調合し

て患者に持たせた。門弟の一人が陰で、

「うちの先生は人がよいにもほどがある。職人なんて怪我をするのが当たり前、親方棟梁《とうりょう》と呼ばれる者が面倒みるのが仕来《しきた》りだ。治療代くらいなんとしてでも払えるのに受け取ろうともなさらない。われらの給金が上がらぬわけだ」

と不満を洩《も》らしているのを聞き、その門弟を密《ひそ》かに奥に呼んだ。

「そなた、患者に治療代を請求せぬことを不満に思うておるそうな、それは大きな心得違いじゃぞ。われらは病人があってこそ、病の本質を知り、次なる患者への的確な治療ができるのじゃ。怪我人や病人は、われらに生きた教材を提供してくださっておるともいえる。風邪《かぜ》ひとつとっても千差万別の症状があらわれる。不満に思う前に、病にかかり苦しんでおられる患者に感謝せねばならぬ。その上で手を尽くし、正確な診断を下して治療をなすのが医家の務めである。治療代を多額に請求し、内蔵《うちぐら》に小判をため込もうなど医師の本分にもとることだぞ」

と教え諭《さと》したものだ。

柳次郎とお有は、桜子に迎えられ、桂川家の奥座敷に通った。

「桜子様、ご無沙汰《ぶさた》をしております」

柳次郎が手土産の鯛を差し出し披露《ひろう》すると、桜子が、

「まあ、なんと見事な桜鯛にございましょう。私は鯛が大好物にございます」

と喜んだ。そこで一席、鯛を入手した次第を語り聞かせるところに、別棟の診療所から国瑞が戻ってきた。

「診察は終わられましたか」

「三、四人は残っておるが、再診の者や薬の付け替えの怪我人ゆえ、門弟らでも十分に対応できるでな」

と国瑞が腰を下ろしかけ、鯛に目をやり、

「おお、見事な桜鯛かな、桜子は鯛が好物でしてな」

「ただ今お聞きいたしました」

と応じた柳次郎が再び鯛の顚末《てんまつ》を告げた。

「竹蔵親分にそのような隠れた才があるとは知らなかった。春からなんとも目出《めで》度《た》い話かな」

と国瑞が応じたところに、柳次郎が、

「桂川先生、本日、かようにお訪ねいたしましたのには、いささかご相談がございまして」

「どうなされた」

「お有の身にいささか異変がございまして」

「うむっ」

国瑞の顔が医師のそれに変わり、お有の顔と体付きを見て、

「お有さんは懐妊かな」

と尋ねたものだ。

「ここひと月、月のものが」

とお有が恥ずかしそうに応じた。

「お有さん、診療室においでなされ」

気軽に立った国瑞がお有を診療室に伴《ともな》っていった。そわそわとお有に従いそうな動きを見せる柳次郎に、

「品川様、ここは亭主どのとお有様にお任せなされませ」

と笑みを浮かべて言った。

「桜子様、お有は悪い病にかかっているということはございますまいか」

と案ずる柳次郎に、

「いえいえ、女の勘では、悪い病どころかおめでたですね。本日、お目にかかったとき、お有様のお顔がなんとなくふっくらと感じられました。これはまず間違

いなく初産《ういざん》の徴《しるし》です。むろん私は亭主どのとは違い、医者ではございません。ですが、門前の小僧ではございませんが経を読むようになりました。はい、懐妊かどうか診察に見えられた女衆のお顔を見ていると、およそ見分けがつくようになりました」

と国瑞との間に長男の伊一郎《いいちろう》を産んですっかり貫禄が備わった桜子が言ったものだ。

「私もこれは懐妊の徴と思うたのですが、もしや悪い病にかかってお有が亡くなりでもしたら、どうしようなどと夜もろくろく眠れぬほどに案じておりました」

「ほっほっほ、品川様はなんと心配性にございますか。おこん様をごらんなされ、旅の空の下で男子をお産みになり、元気に育てておられるのですよ。それを思うと、お有様には品川様や姑様、実家のご両親と多くの人々がついておられます。ご安心なされませ」

柳次郎は桜子の言葉をうっかりと聞き逃した。

「それにしても品川様のお有様想いは並みのことではございませんね」

「桜子様、貧乏所帯に自ら望んで嫁にきてくれた幼馴染《おさななじ》みです、大事にせねば、ばちがあたります」

と柳次郎が言ったとき、国瑞とお有が座敷に戻ってきた。

「か、桂川先生、いかがにございました」

と柳次郎が急《せ》き込んで尋ねた。

「品川さん、お有さんのお顔をごらんなされ」

「はっ、お有の顔を、でございますか」

とお有を見た柳次郎がお有の顔に浮かぶ笑みを見て、

「お、お有、ややこが宿ったか」

「はい」

「おおおっ」

と感激の雄叫《おたけ》びが桂川屋敷に響き渡った。

「これは大変じゃぞ、母にもお有の実家にも即刻知らせねばな。辻駕籠《つじかご》を探してくるゆえ、麹町に回り、本所まで駆け戻ろう」

「品川さん、落ち着きなされ。懐妊は最初の三月《みつき》が肝心、辻駕籠で走るなどいちばんよくない。腹が安定するまでそろりそろりと行動するのがなによりです」

「はっ、はい。ならばそろりそろりと歩いて本所に戻ります、いや、筋違橋御門《すじかいばしごもん》辺りで舟を雇い、本所に戻るのはいかがにございましょう」

「乱暴な辻駕籠より舟はよいが、お有さんは健全な五体をご両親から授かっておられる。ゆっくりと行動するのがなによりも肝心です」

「ならばそうします」

と立ちかける柳次郎を制した国瑞が、

「昼餉《ひるげ》を食していかれませんか、品川さん。私のほうにも話がある」

と言い出した。

「えっ、こちらで昼餉を。考えてもみませんでした」

「持参の鯛を塩焼きにするもよし、ともかく腰を落ち着けてください」

と国瑞が柳次郎を落ち着かせ、桜子が台所に下がった。

供されていた茶を喫《きっ》した柳次郎が、

「本日はなんとも喉が渇く。お有が懐妊したと聞かされたら、さらに渇きが増しました」

と落ち着かない様子で呟き、

「亭主どの、まるで武左衛門《ぶざえもん》様のように落ち着きを欠いておられます。まずは桂川先生のお話をお聞きいたしましょう」

とお有に注意された。

「うむ、そうか、桂川先生はお話があると申されたな」

と国瑞の顔を見た。

「つい二日前、六間保利左衛門《ろっけんほりざえもん》様なる差出し人の書状がわが屋敷に届きました」

「六間様とは、珍しい姓にございますな」

と柳次郎が未だ上《うわ》の空《そら》といった表情で応じ、

「もしや、六間保利左衛門様とは坂崎様の偽名ではございませぬか」

とお有のほうが勘よく尋ね返した。

「お有さん、いかにもさようでした。坂崎磐音どのは六間堀《ろっけんぼり》にお住まいでしたからな。私もだいぶ考えてそのことに気付きました」

「おお、坂崎さんが桂川先生のもとに書状を寄越されましたか。それでいつ江戸にお戻りになるのですか。早く会いたいものだ。まずは、それがしに子ができることを知らせねばなるまい」

「柳次郎様、いったん私どものことを忘れてください。坂崎様があれこれ考えられて、江戸に書状を送ってこられたのです」

「そうだ、そうであった。それがし、もはや念頭からお有の懐妊は消します、はい。これでしかと話をお伺いできます」

と言いながらも柳次郎は未だ上気した顔であったが、それでも最前より落ち着きを取り戻していた。

「品川さん、磐音どのからの文には、いささか込み入った頼まれ事が認《したた》められておりましてな。申し訳ないが、お見せできないのです。代わりに磐音どの、おこんさん方の近況を私の口からお話しいたします」

と国瑞が前置きした。

「ただ今の落ち着き先がどこか、上方《かみがた》近辺としか書いてありませんでした。それは身辺に田沼《たぬま》様の刺客、密偵があることを意味し、そのことを用心されてのことでしょう」

「なに、未だ田沼様の刺客に付きまとわれての旅にございますか」

柳次郎の問いに国瑞が頷いた。

「磐音どのとおこんさんのお子は男児にございました」

「めでたい。佐々木《ささき》家と坂崎家の血筋にして、金兵衛《きんべえ》さんの初めての孫ですね」

「名は空也《くうや》とお付けになったそうです」

「坂崎空也様ですか、よいお名です」

「お有、空也などと、奇妙な名ではないか」

「いえ、坂崎磐音様とおこん様のお子らしく大きなお名前です」

とお有が言い切った。

「そうかのう。名はともあれ、悦《よろこ》ばしい知らせです。金兵衛さんに知らせたら大喜びをしような」

「磐音どのはお子が誕生なされたあと、一段と慎重になっておられます。今津屋や舅《しゅうと》どのに知らせてもらいたいが、田沼の密偵や見張りに気付かれぬように願いますと念を押されておりました」

「承《うけたまわ》りました。今津屋と金兵衛さんには、われらが慎重の上にも慎重を期して知らせます。空也どのの誕生で一行五人か」

と柳次郎が請け合い、洩らした。

首肯《しゅこう》した国瑞が、

「品川さん、それが坂崎磐音どのの道中に、もう二人加わっておられるそうな。こちらの屋敷には、私が本日にもお知らせに上がります」

「坂崎さんの一行にさらに二人ですか。われらが知る人物でしょうか」

「品川さんは一時期尚武館《しょうぶかん》道場に通われましたな。ならばとくと承知の人物ですよ」

「門弟衆ですね」

「旅先から磐音どのが書状を出されたようで、それを頼りに松平辰平《まつだいらたつぺい》さんと重富《しげとみ》利次郎《としじろう》さんが一行に加わっておられるそうな」

「なんと、痩《や》せ軍鶏《しゃも》とでぶ軍鶏が坂崎さん一行の旅に加わりましたか。それは心強くも頼もしいかぎりだが、七人が道中を続けるとなると費えも大変であろうな」

と品川柳次郎は貧乏御家人の性《さが》で、ついそちらを案じた。

「磐音どのには今津屋など富裕の分限者が後見についておられるが、こたびの場合、今津屋には頼ることもできますまい」

「いかにもさよう」

「田沼の見張りがついておりますからな、磐音どのは書状も偽名を使うなど用心しておられます。まあ、路銀のことはしっかり者のおこんさんがおられます。われらが案じたところで致し方ございませぬ。ともあれ、文によれば、一行七人は息災とのこと。空也どのが二歳の誕辰《たんしん》を迎えて、四股がしっかりとして時に摑まり立ちの気配を見せることが記されておりました」

「桂川先生、江戸にいつ戻るとは書いてございませんでしたか」

国瑞が顔を振った。

「心中を察するに、帰りたくとも江戸は田沼意次《おきつぐ》様の天下が続いています。そればかりか、昨安永九年（一七八〇）四月には遠江《とおとうみ》の領地に普請《ふしん》中の相良《さがら》城が完成して、相良に意次様が凱旋《がいせん》なされた。その意次様の留守中に、家治《いえはる》様が意知《おきとも》様を御座間に召し出されたことがございました。城中では、田沼意次様の実権を倅《せがれ》が継ぐ布石の一歩という風聞が流れておりましてな、意次様から意知様へと二代にわたり、幕閣を専断する考えに諸侯も旗本衆もうんざりとしたり、怒ったりしておられます。しかしだれ一人、ただ今の田沼親子に逆らえるお方はおられません」

ううーん、と唸《うな》った柳次郎が、

「家治様の養子選びを田沼様がしておられるという話はどうなったのでございますか」

「それです。相良から江戸に戻られたあと、いよいよ大詰めを迎えるそうな」

御典医だけに甫周国瑞は城中の動静には詳しかった。

「家治様の養子選びが田沼意次様一人の手で決定されるならば、田沼意次、意知親子の天下がいつ果てることなく続くことになります」

「ために磐音どのも江戸に帰りたくとも帰れないのでしょう」

「空也様がお生まれになった今、田沼派の手が空也様に伸びることを坂崎様は恐れて、江戸には当分戻られないおつもりなのですね」

とお有が言った。

国瑞がこくりと頷いた。

六間保利左衛門の偽名を使った書状には、桂川甫周国瑞に極秘の頼みが記してあった。それには、

「どのような危険が襲い来ようと、われら一統、近い将来江戸に帰着する仕度を始め居り候。ために御典医桂川甫周どののお力をお借りしたく願い上げ候」

と医師桂川甫周国瑞として旗本新番組番士佐野善左衛門《さのぜんざえもん》家を訪ねてほしいと記されてあった。そして、書状には薄紙に細字で佐野善左衛門政言《まさこと》に宛てた書状が同封してあった。

「それにしても金兵衛さんは、わが腕に孫の空也様を抱きたいと大騒ぎされましょうな」

「田沼派の刺客が目を光らせておりますから、くれぐれも注意をお願いします」

「承知しました」

「舅どのは息災でしょうね」

「このひと月顔を合わせておりませんが、病ならば必ず宮戸川《みやとがわ》の幸吉《こうきち》あたりから知らせが舞い込みます。ないところをみると元気にしておることと思います」

「柳次郎様、空也様が健《すこ》やかに二歳の誕辰を迎えられたと知った金兵衛さんの口を封じるのは大変ですよ」

「お有、本日は忙しゅうなったぞ。まず平川町を訪ねて、そなたの懐妊を知らせ、それから今津屋、六間堀と順繰りに回ろうか」

「椎葉の家はこの次でようございます。まず先に今津屋さんに伺いましょう」

とお有が言ったとき、

「お待たせいたしました」

と鯛の塩焼きが主菜の膳が運ばれてきた。

一刻余り、四人は四方山《よもやま》話をしながら竹蔵親分が江戸の海で釣り上げた桜鯛を賞味した。だが、四方山話といっても話題は、つい旅先にある坂崎家の話に戻った。

品川柳次郎とお有が桂川家を辞去し、駒井小路から雉子橋通小川町《きじばしどおりおがわちょう》に出たとき、武家地から屋敷を壊すような物音が響いてきた。

「拝領屋敷替えになった大身旗本が普請をなされるのであろうか。かようなご時世に景気のよい話じゃな」

二人が御堀に架《か》かる雉子橋の方角に向かうと、なんとその音は神保小路《じんぼうこうじ》の中ほどから響いてきた。

「神保小路は昔から譜代《ふだい》衆の屋敷と聞いておるがな」

と音に導かれていくと、屋敷を壊す物音は、驚くべきことに尚武館佐々木道場のあった佐々木家から発していた。

「これは」

柳次郎とお有は足を速めて、門前に立った。すると親方と思える男が門の下から、屋根瓦《がわら》を下ろす職人らの作業を見守っていた。

「こちらは剣道場があったところではないか」

と柳次郎は知らぬ振りをして尋ねた。すると振り返った親方が、

「へえ、尚武館佐々木道場でございますよ。つい数年前、大きな改修をやったばかりで、なんとも勿体ない話ですがね。武家屋敷造りにかけては、名人と評判の銀五郎《ぎんごろう》親方が手掛けた道場でしたがね、壊されたらお仕舞いだ」

「たれの命《めい》であろうか」

「さあ、なんでも御城からの命ということですがね、わっしらは言われたことをやるだけでさあ」

「親方、いささかこの屋敷に縁があった者でな。邪魔をせぬゆえ、もう一度尚武館を見せてはくれぬか」

「瓦を下ろしてますんでね、足元が危ないや。お内儀《ないぎ》さん、気をつけてくださいよ」

と親方が許してくれたので、柳次郎とお有は道場の玄関先に立つと、しばし瓦を下ろす作業を見て、道場前から枝折戸《しおりど》を入ると佐々木家の母屋と離れ屋に回った。

おこんが嫁入りしたときに見た桜が満開に花を咲かせていた。また銀五郎親方が磐音とおこんの間に娘が誕生したとき、嫁入り道具を誂《あつら》えるように植えてくれた白桐《しろぎり》から芳香が漂い、淡い紫色の五弁の花を咲かせていた。高さはすでに九、十尺余に達して堂々とした白桐に成長していた。

(桜も白桐も切られ、生を絶たれるか)

そのことが柳次郎の胸に響いて、哀《かな》しみとも寂寥《せきりょう》ともつかぬ感情が走った。

三

「尚武館はあとかたもなく消えていくのでしょうか。坂崎様やおこん様がこのことをお知りになったら、どう思われましょう」

「居たたまれないほど哀しみに暮れられような。お二人に跡継《あとつ》ぎができて空也様と名を知った直後に、このように無残にも破壊される尚武館に接するとは、世は無情にして残酷じゃな」

「あまりにもひどすぎます。もはや坂崎様方の戻るところは神保小路にはなくなりました。それにしても、たれがこのようなことを」

「決まっておるわ。神田橋の女狐《めぎつね》あたりが賢《さか》しら顔に田沼意次様に進言してのことよ」

「どこまで佐々木家を虐《しいた》げれば気が済むのでしょう」

柳次郎とお有は驚きのあまりに佐々木家の母屋に人の気配があることに気付かなかった。黒羽織に袴《はかま》の壮年の男がふいに母屋の玄関に姿を見せて、

「そのほうら、何奴《なにやつ》だ」

と横柄《おうへい》にも訊いた。大名家か大身旗本に奉公する家臣の風体《ふうてい》だった。それにしても言動が居丈高《いたけだか》だ。

「人がおられたか、気が付かないことでござった。われら、ここに住まいしておられた佐々木家にいささか所縁《ゆかり》のある者にござる。通りがかりに尚武館が壊されるのを見て、門におられた親方に断り、しばし懐旧の情に耽《ふけ》っておったところにござる。邪魔をしたようだ、早々に立ち去り申す」

と頭を軽く下げた柳次郎は、

「お有、参ろうか」

と佐々木家の母屋と離れ屋の前から門へと戻り始めた。

「待て。こちらの用が済んでおらぬ」

「用とはなんでござるな」

柳次郎はお有を背後に庇《かば》うと黒羽織を振り返った。すると男の背後から三人の怪しげな浪人が姿を見せた。

「佐々木家に所縁があると言いおったな」

「いかにも申し上げた」

「どのような所縁か」

「おてまえにそのようなことを言う謂《いわ》れはないと思うが」

「神田橋の女狐と言うたな」

「おてまえ、田沼意次様のご家臣か。それにしては御城近くで不逞《ふてい》の浪人を従えての行動とは訝しいな」

「それがしがなにをしようと、そのほうの知ったことではないわ」

「たれの命で尚武館を壊されるか、お尋ね申す」

柳次郎はこの際、経緯をはっきりさせようと問い返した。

「そのほうなどとは無縁のお方の沙汰よ。佐々木家、尚武館の痕跡《こんせき》はひとかけらなりとも残すなという命じゃ」

「尚武館は幕臣の方々や大名諸家のご家来衆が稽古《けいこ》に励まれた道場、いわば幕府の道場に等しいものであった。それを壊すとは横暴な所業、許し難し」

「ほう、われらに歯向かうと申すか」

黒羽織が同道の浪人剣客に顎《あご》で命じた。

「お有、門外へ」

柳次郎は体でお有を押して、枝折戸へ向かおうとした。

「柳次郎様」

とお有の怯《おび》えた声がした。

柳次郎が振り向くと枝折戸を別の二人の浪人が塞《ふさ》いでいた。

「なにをなす気か」

「知れたこと。屋敷を取り潰《つぶ》された佐々木家所縁の者と堂々と名乗る輩《やから》を見逃すわけにはいかぬでな。今後口には用心するよう痛めつけるまでじゃ」

「なに、白昼御城近くで乱暴狼藉《ろうぜき》じゃと。無法は許せぬ」

「ほう、この期《ご》に及んでも抗《あらが》うと申すか」

柳次郎とお有を前後から挟《はさ》み込んだ浪人らが刀の柄《つか》に手をかけて、間を狭めてきた。

「おてまえ、老中田沼様の家臣じゃな」

「それがどうした」

「老中の家臣ともあろう者が無法者の真似事《まねごと》か」

「無法者じゃと言うたな。ならば、田沼家普請奉行配下後藤房之助《ごとうふさのすけ》、望みどおりに無法者の真似をしてみせようか。ほれ、そやつら二人を捕らえて離れ屋に連れ込め」

自ら後藤房之助と名乗った田沼家の家臣が、不逞浪人に最後の断を下した。

「承知した」

と浪人の頭分《かしら》が柳次郎に迫った。

「女房はなかなかの美形ではないか。そのほうには勿体ないわ。どこぞしかるべき住処《すみか》を探してやろう。吉原《よしわら》がいいか、それとも四宿《ししゆく》がいいか」

頭分の言葉に仲間が下卑《げび》た笑みをみせた。

「無礼を申すとためにならぬぞ。それがし、尚武館佐々木道場の末席をけがした門弟じゃ。懲らしめてくれん」

多勢《たぜい》に無勢《ぶぜい》の柳次郎は、相手の動きを牽制《けんせい》するために門弟であったことを告げたが、

「門弟じゃと、おもしろい。ひょっとしたら、逃げ惑う佐々木の養子夫婦の行方を承知やもしれぬ。体に訊いてみようか。すぐさまひっ捕らえ、離れ屋に連れ込むのじゃ」

と後藤が重ねて浪人どもに命じた。

「許せぬ」

柳次郎は刀の柄《つか》に手をかけつつ、

（坂崎さん、力をお貸しください）

と祈った。

尚武館佐々木道場の建物を壊すなど、田沼一党以外ありえなかった。お有を伴っていたのだ、今少し慎重な行動をとるべきであったと自らの軽率を悔いた。

「刀を抜くというか、抜くなら抜け。亭主は切り刻んで、屋敷のこやしにしようか」

平然と言いかけた頭分が黒塗りの鞘《さや》からそろりと刀を抜くと、仲間がそれに倣《なら》った。徒党を組んで血なまぐさい仕事で世間を渡ってきた輩だった。

柳次郎は大声を上げて助けを呼ぼうかと考えた。

尚武館の隣家は佐々木家と親しい交わりをしてきた屋敷ばかりだ。声を聞きつければ駆け付けてこよう。だが、相手は今をときめく老中田沼家の家臣、駆け付けてきた者の屋敷にも後々迷惑がかかる。また武士として、助けを呼ぶことにためらいもあった。

「お有、それがしが逃げ道をつくるで、門の外へ逃げよ」

「いやでございます。夫婦は一心同体、死ぬも生きるも柳次郎様と一緒です」

と言い切ったお有が懐剣の紐《ひも》を解いた。

「ほう、この女、われらに手向かう気じゃぞ。どうしたものかのう」

と頭分がせせら笑い、配下の一人が、

「気が強い女もまたおもしろいではないか。亭主ともども殺すには勿体ない。阿《あ》古屋《こや》どの、離れ屋に連れ込んで、ほれ、例のごとく」

「それも一興」

と言いつつ、前後から間合いを詰めてきたのを見て、柳次郎は剣を抜かんとした。そのとき、のんびりとした声が響いた。

「品川さん、野犬の相手はたい、こん小田平助《おだへいすけ》で十分ばい」

声の主を探すと道場の外廊下に立っていた。

「おお、小田どの。なんとも心強いお味方登場かな」

「品川さん、尚武館佐々木道場の留守を若先生から預かった小田平助ばい。拝領地召し上げのあともくさ、隣近所の門番さんやら出入りのあった商人《あきんど》に願《ねご》うて、異変があれば知らせをくださらんかと頼んでいたとよ。そしたらくさ、尚武館が壊され始めたという知らせが昨日小梅村《こうめむら》に届いたもん。ほんでくさ、どげん馬鹿めが、無法ばするとか、見に来たとたい。そしたら、逆上《のぼ》せあがった老中さんの妾《めかけ》がどうも策を弄《ろう》したごとあると、こやつらの話で分かったところじゃった」

「小田様、腹が立つことで」

「いかにも腸《はらわた》が煮えくり返るたい。最前から腹の虫ば抑えるにはどげんしたもんやろかと、考えちょったところたいね」

と柳次郎に答えた小田平助の小脇《こわき》には得意の槍折《やりお》れが携えられて、外廊下をすたすたと歩くと、
ひょい
と地面に向かって飛んだ。そこはお有のかたわらで、

「この輩はくさ、品川柳次郎さんの大事な嫁様になんちゅうことば言いよるとね。呆《あき》れた話ばい」

と言いながら、さらにすいっとお有と立ち塞がった浪人の間に身を入れた。

なにしろ、小田平助は五尺二寸そこそこの身丈で風采《ふうさい》はいたってあがらない。だが、この風体に騙《だま》されて、古風な棒術の槍折れの餌食《えじき》になった者は数知れずだ。

「爺《じじい》、大言壮語《たいげんそうご》しおったが、口が利《き》けぬように叩き斬《き》ってくれん」

とお有の逃げ道を塞いだ巨漢が、刃渡り二尺八寸はありそうな刀の切っ先を平助の胸に突き付けた。

「さあて、泣くのはどっちやろかね」

相変わらずのんびりと言いかけた小田平助の小脇の槍折れがいきなり回転する

と、ぐいっと伸びて、相手の胸を突き、よろめくところに、
がつん
と肩口を強打が襲い、巨漢をあっさりとその場に転ばした。

「お、おのれ」

と慌《あわ》てふためく二人目に、槍折れは動きを止めることなく鬢《びん》をしたたかに叩いて倒した。一瞬の間に二人が地べたに転がり、

「品川さん、お有さんの手ば引いてくさ、後ろに下がらんね。こん外道《げどう》、品川さんが相手する輩じゃなかもん。小田平助に任してくれんね」

と言うと小柄な体を品川夫婦の前に出し、

「だれが頭分ね、ちっとは骨のあるところば披露せんね。ここでしくじったらくさ、そん後、用心棒稼業がやり難《にく》うなろうもん」

と相手の商売まで案じた。

「爺のへなちょこ棒術がこの剛毅《ごうき》一刀《いっとう》流阿古屋三蔵《さんぞう》に通じるものか」

と大上段に振りかぶった剣を振り下ろしざま、踏み込んできた。

ひょい
と小田平助の槍折れの先が阿古屋の鳩尾《みぞおち》を突き上げると、悲鳴を上げる間もな

く、虚空に両足を上げ背中から地べたに叩き付けられて気絶した。

小田平助の槍折れは変幻自在、迅速にして意表をついた。

「なんやら拍子抜けたいね、もちっとやり甲斐《がい》がある相手はおらんと」

と言いながら、立ち竦《すく》んだ二人の浪人をひと睨《にら》みした。

「われら、阿古屋どのに銭になる仕事があると誘われただけにござる。かような無法とは知らなんだ、これにてご免蒙《めんこうむ》る」

と後ろ下がりに残りの二人が逃げ出した。

茫然《ぼうぜん》とした表情で、その場に残されたのは田沼家普請奉行配下の後藤房之助だけだ。

「後藤さんというたかね、お前さん、どうすると。そん腰の刀ば抜いてくさ、武士の意地を見せんことにはかっこつくめえが」

「いや、それがしは解体工事の検分にござれば、刀を抜く要はいささかもござらぬ」

と後ずさりしようとした。

「そりゃ、なかろうが。言いたい放題、品川さんとお有さんに言うたもんね。わしゃ、道場の外廊下で聞かせてもろうたたい。こん尚武館佐々木道場が消えるのは、老中の命なれば致し方もなか。ばってん、この腹立ちはどうにもこうにも収まらん。わしゃ、若先生が江戸に戻られたとき、尚武館を無傷で返したかったと。それをどこの馬の骨とも知れん女子やら、おぬしのような腸《はらわた》なしに好き放題されて、どうにもこうにも申し訳がたたんたい」

小田平助は後ろ下がりに逃げようとする後藤房之助との間合いをするすると詰めると、小脇の槍折れをぐいっと突き出した。すると先端が伸びて、逃げ腰の後藤の鳩尾をしたたかに突き、数間先に吹っ飛ばした。

「手ごたえがなか連中たいね」

と呟く小田平助の声は寂しげだった。

「品川さん、わしらだけが消えていく尚武館佐々木道場の立会人たいね」

柳次郎は黙って頷くと、思い出の詰まった道場や佐々木家母屋と離れ屋を、そして、最後に咲き誇る桜の花と白桐をお有と平助とともに目に焼き付けた。

およそ半刻後、三人の姿は今津屋の店頭にあった。

「おおっ、小田平助様を伴われて戻ってこられましたか、品川様」

と由蔵が機嫌よく出迎えた。

「老分どの、いくつか話がございまして、こちらに伺いました」

「そのお顔の様子では店先というわけにもいきますまい。折りよく旦那様もおられますので、三和土《たたき》廊下を通って内玄関から上がってくだされ」

と由蔵が勘よく三人を奥に招じた。

今津屋の奥座敷に吉右衛門《きちえもん》とお佐紀がいて、吉右衛門は両替屋組合の帳簿に目を通し、お佐紀は縁側でおはつを相手に奉公人のお仕着せを点検していた。この日、夏物のお仕着せが呉服屋から届いたばかりで、年々背丈が伸びる小僧一人ひとりに合わせて、お佐紀らは裾《すそ》の上げ下げをしていたのだ。

「おや、品川様ご夫婦と小田様がご一緒とは珍しい」

と吉右衛門が廊下に立つ三人を座敷から見上げた。

「旦那様、お佐紀様、お三方のただならぬ様子に、奥にお通しいたしました」

「それはよいが、なにがございましたな」

と吉右衛門が招き入れた。

おはつが座布団を三人に勧めて、台所に下がった。お茶の仕度をするためだ。

「品川様、最前は桜鯛を頂戴いたしまして有難うございました。その折り、老分さんから、桂川先生のところからの帰りにお立ち寄りいただけると聞いておりまた。

「実は桂川家に伺ってから、思わぬことがあれこれございまして」

と座布団に腰を落ち着けた柳次郎が、尚武館が壊されている事実を早口で告げた。

「なんと、尚武館佐々木道場がこの世から消えてしまいますか」

話を聞いた由蔵が呻《うめ》いた。

「尚武館が改築されるとき、今津屋さんが大金を寄進なさって立派に出来上がった道場、江都《こうと》一と申してもよい剣道場でした。それを無体に壊すとは、神田橋の妾の了見、いったいどういうことでしょうか」

柳次郎の立腹の言葉に吉右衛門が、

「ふうっ」

と大きな息を吐いた。

「品川様、尚武館の建物はなくなっても、尚武館の記憶や精神が門弟衆に受け継がれているかぎり、剣道場は必ずや再興できますよ」

と吉右衛門が言い切った。

「神保小路の尚武館跡地に田沼様の抱え屋敷でも普請して、またぞろ奇っ怪な用心棒を住まわせる心積もりにございましょうか」

　と由蔵が推論を展開した。

　一座がしばし重い沈黙に落ちた。

「品川様、あれこれあると申されましたが、他にも悪い話がございますので」

　と由蔵が重苦しい雰囲気を変えるために柳次郎に訊いた。

「いえ、本日、桂川先生のところにお邪魔いたしましたのは、日頃の無沙汰を詫びるためと今一つ、お有の体を診てもらうためでございました」

「え、お有様はお加減が悪うございますか」

「老分さん、そうではありますまい。ご懐妊かどうか、桂川先生の診断を仰ぎに行かれたのではございませぬか。お有様、いかがでした」

　とお佐紀がお有の顔を見た。

「お佐紀様、桂川先生は今が大事な時期と申されました」

「それはめでたい。手土産の桜鯛が効きましたかな」

　と吉右衛門が笑顔で応じて、

「最前の嫌な話が吹き飛びました」

　と答えたものだ。

「いえ、よい話はこれからにございます」

「ほう、それはまたどういうことで」

「桂川先生のもとに六間保利左衛門様なる人物から書状が届いたそうにございます」

「六間保利……まさか坂崎磐音様の変名ではございますまいな」

とこんどは由蔵が勘よく問い返した。

「いかにもさようでした」

「この一年余、全く連絡が途絶えておりました。坂崎様とおこん様のお子は健やかにお育ちでございましょうね」

「お佐紀様、男子にございまして、名は空也と名付けられたそうです」

「坂崎空也様ですか。いかにも磐音様のお子らしい名前にございます」

「吉右衛門様、空也様はすでに二歳を迎えられ、摑まり立ちの気配を見せられるそうです」

「お二人のお子です、すくすくとお育ちでしょう。それにしてもどちらに住もうておられるのか」

「上方近辺としか、桂川先生に宛てた書状には記されてなかったそうです」

「ということは、今も坂崎様方は田沼一派の刺客に脅《おびや》かされる日々が続いておるということですね」

と吉右衛門が応じるのへ、柳次郎が、

「ご一統様、ただ今坂崎さんの一行に尚武館の門弟にして武者修行中であった松平辰平どのと重富利次郎どのの二人が加わり、一行は七人の大所帯になったそうです。この陣容なれば、田沼の刺客などにおいそれと屈することはございますまい」

「江戸では尚武館が消え、旅の坂崎様方にはお子が生まれ、門弟衆が加わられた。いつ、坂崎様は江戸へお戻りになる気か」

吉右衛門の嘆息が今津屋の奥座敷に洩れた。

四

宵《よい》の口、六間堀端を千鳥足でよろめく亭主に、けなげに肩を貸す女房がいて、

「しっかりなされませ。武士たるもの、これでは体面が保てませせぬ」

という声が密やかにした。

品川有だった。ということは、千鳥足の主は品川柳次郎であろう。

北之橋詰《きたのはしづめ》に、

「深川《ふかがわ》名物鰻処《うなぎどころ》宮戸川」

の看板を掲げる親方の鉄五郎《てつごろう》が堀向こうの夫婦を認めて声をかけた。

「お有さん、どうしなさった。亭主どのはえらくご機嫌のようじゃな」

「あ、鉄五郎親方、お騒がせして申し訳ありません。今津屋さんでお酒を馳走になり、かように正体もなく酔うてしまいました」

お有の声を聞きつけた幸吉が店の前に姿を見せて、

「わあっ、まるで武左衛門さんだね。呆れた」

と思わず叫んだ。それを聞いた早苗《さなえ》が哀しげな顔を見せた。だが、柳次郎夫婦を注視する幸吉はそのことに気付かなかった。

「なんじゃと、幸吉。いやさ、宮戸川の小僧さん、なにか文句でもあるというのか。人間、嬉《うれ》しいときには酒を飲み、哀しいときにも酒に酔う。それが人生というものじゃぞ。やい、小僧」

「えれえ悪酔いだよ。今津屋さんが悪い酒を出すはずはないんだがな。だいいち、屋敷に帰るのなら、方角が違うよ。北割下水は反対だよ」

「そんなこと、幸吉に言われなくともこの品川柳次郎、とくと承知じゃ」

と柳次郎がよろめく体をふんばり、堀越しに宮戸川を睨んだ。腰が落ちてひょろつき、お有が手を離せば堀に転がり落ちそうな泥酔ぶりだ。

「だからさ、北割下水はあっちだと言っているんだよ」

と二人が歩いてきた方角を差した幸吉が、

「親方、おれが送っていってもいいですかい。あれじゃ、お有さんが可哀想《かわいそう》だ」

と鉄五郎に願った。

「品川柳次郎さんまで、竹村《たけむら》の旦那になっちまったか。旦那の毒が回ったかね。一体全体どうなってんだい」

店の入口で恥ずかしそうに立ち竦む早苗に気付いた鉄五郎が、

「早苗、すまねえ。ついうっかり親父様のことを引き合いに出しちまった」

「いえ、親方、うちの父親は事実そうなのですから致し方ございません。それにしても品川様があのように酔われるなんて、初めて見ました」

「早苗、幸吉と一緒に北割下水まで送っていけ」

親切にも鉄五郎が早苗に命じた。すると柳次郎が、

「お、親方、だ、だれが屋敷に帰ると言うた。それがしとお有、た、立ち寄ると

ころがあるゆえ、かように、ろ、六間堀端を歩いておるのじゃぞ」

呂律《ろれつ》がまるで回っていない。

「あれじゃあ、ほんとうに堀に落っこっちまうぜ。品川さん、どこに行こうっていうんだい」

「それがしか、金兵衛さんにいささか報告があってな、と、遠回りして金兵衛長屋に向かっておるところだ。それをあれこれと言いおって」

「品川さん、報告ってまさか」

と幸吉が言葉を呑み込んだ。

「おお、そのまさかじゃ」

「そりゃ、まずいよ。声が大きすぎるよ。だれに聞かれてるか知れたものじゃない。すこし声をひそめてさ」

「な、なに、それがしが騒がしいとぬかしおるか。それがしとお有に子ができたのじゃぞ。ほ、本日、診察をうけたばかり、桂川甫周先生のお墨付きの、か、懐妊じゃぞ。この柳次郎が父親になるのを祝《いお》うてなにが悪い。うん、幸吉、これ、小僧の幸吉、返答せえ」

「なんだそんなことか」

「なにっ、そんなこととはなんだ」

「あっ、口が滑っちまった。別のことを考えてさ」

「別のことな、われらがことじゃぞ」

「そうか、柳次郎さんとお有さんにややこができて嬉しくってさ、それで今津屋で酒を馳走になって酔っちまったんだね。それにしてもこんな刻限、金兵衛さんのところを騒がすこともあるまい。仕方ねえな。おれが明日、知らせておくよ」

「こ、小僧の幸吉、ひ、人の情というものを知らぬのか。かような吉事は即刻知らせる。そ、それが世間様の仕来りというものじゃぞ。柳次郎は、幸せ者じゃ、お有に子ができた」

柳次郎の説明でなんとか事情を察した鉄五郎親方が、

「品川様、お有様、おめでとうございます。これで品川家も万々歳だ」

「親方、これまで品川の家が万々歳ではなかったように聞こえるな」

と柳次郎が鉄五郎に絡《から》み始めた。

六間堀端を往来する人々が柳次郎の泥酔ぶりを見て、笑っていく。

「柳次郎様、通りがかりの方々が笑っておいでです。しっかりしてくださいませ」

「な、なにっ、笑《わろ》うておるとな。それがしに子ができたのがそれほどおかしいか」

とこんどはお有に柳次郎が絡み始めた。

「品川柳次郎さんや、分かった、分かりました。幸吉、早苗、品川さんを金兵衛長屋まで送っていけ。そいで報告したら、早々に北割下水まで送るんだ。こう酔っぱらってちゃ、祝いもなにもあったもんじゃねえや」

鉄五郎が酔っ払いの柳次郎を持て余したように二人に命じた。

北之橋を渡って、品川夫婦のもとに駆けつけた幸吉と早苗は、ふらつく柳次郎をささえながら、

「よし、お有さん、おれと早苗さんに任せてくれ。ややこがお腹にいるというのに、お有さんにしなだれかかって、亭主の威厳もなにもあったもんじゃないよ。まるでだれかさんみたいだよ」

「幸吉さん、竹村武左衛門のようだとはっきりおっしゃいませ」

柳次郎の左腕をとった早苗が言った。

「あっ、しまった。おれ、つい武左衛門の旦那と早苗さんがさ、親子だってことを忘れちまうんだ。すまねえ」

と詫びた幸吉が、

「ともかくさ、酔っぱらいを黙らせるには、好きなようにさせることだ。急いで金兵衛さんのところに運び込もう」

と早苗と共に柳次郎の両脇に肩を入れて、

「お有さん、ゆっくりとついてくるんだよ」

「幸吉さん、早苗さん、申し訳ございません。この醜態で屋敷に連れ戻ると、義母上がきっと立腹なされます。柳次郎様が金兵衛どのに知らせると言い張るのをよいことに、酔いを醒《さ》まそうとしていたところです」

「今津屋から歩いてきて、却《かえ》って酔いが回っちまったんだね」

と幸吉が応じながら六間堀の河岸道から路地を曲がり、金兵衛の住まいの玄関になんとか辿《たど》り着いた。

「金兵衛さん、酔っ払いのお客だよ」

と言う声に、

「幸吉、酔っ払いだと、また竹村の旦那が酔って正体をなくしたか。幸吉、そんな男、うちに連れてくるんじゃない」

と玄関を開けた金兵衛が、

「なんだ、品川さんのほうか。こりゃまた大勢でどうした」

「金兵衛さん、聞いてあげなよ。今夜は特別な日なんだって。品川さんとお有さんにややこができたんだそうだ」

「それで祝い酒を飲みすぎたか。仕方ない、うちで酔いを醒ましていきな」

と腰が定まらぬ柳次郎が玄関口でひと騒ぎして、幸吉と早苗が二人して腰を押したり、手を引っ張ったりしてようやく居間に上げ、そのあとをお有がすまなそうな顔で従ってきた。

「お有さん、亭主はややこができたと聞いて、よほど嬉しかったようだね。今晩だけは大目にみることだね」

と金兵衛がお有を慰め、茶の仕度を始めた。

「金兵衛様、私が淹《い》れます」

と早苗が長火鉢の鉄瓶に手をかけ、柳次郎もようやく落ち着いた。

そんな様子を外から窺《うかが》っていた人影が宵闇《よいやみ》に紛れて姿を消した。だが、金兵衛の家の面々は知る由《よし》もない。

「品川さん、今夜は特別だぜ。いくら自分にややこができたからって、始終酒に酔っていたら、竹、あっ」

幸吉が慌てて手で口を押さえたが、早苗が、

「竹村の旦那になる、でございましょ」

と苦笑いで言ったものだ。

「酔っ払いというと、どういうわけか、早苗さんの親父様の顔が浮かぶんだ。どういうわけかねえ、まあ、それは脇においといて。品川さん、金兵衛さんにちゃんと報告しないか」

と幸吉が言うと、

「もはや、そなたが告げたではないか」

柳次郎の酔った口調が急に変わり、ふだんどおりの顔付きで早苗が淹れた茶を自ら受け取ると、

「酒に酔うた真似も楽ではない。喉が渇いた」

と茶を喫した。

金兵衛、幸吉、早苗の三人が目を丸くして柳次郎の変身ぶりを見た。

「なんだ、酔ってねえのか」

「しいっ、大きな声を出すでない。この家をどなたかの密偵が見張っていないともかぎるまい」

「えっ、素面《しらふ》なのですか、品川様」

早苗も驚きの顔で柳次郎を、それからお有を見た。するとお有がこっくりと頷いた。

「品川さんや、わざわざ大騒ぎしてうちに繰り込んできたには仔細《しさい》があるというわけだ。うちの婿《むこ》どの方の話かえ」

金兵衛の問いに柳次郎が、そういうことだ、と首肯し、

「本日、われらが仲人桂川先生のお屋敷に挨拶がてら、お有を診てもらいに伺《うかご》うたのだ」

と説明を始めた。

「お有様の懐妊は真の話でございますよね」

と早苗が訊くと、

「早苗さん、ほんとうのことだ。お有は懐妊しておるそうな」

と柳次郎がお有に代わって答えた。

「おめでとうございます」

と早苗が祝意を伝え、金兵衛と幸吉も口を揃えた。

「お有の診察を終えられ、奥座敷に戻られた桂川先生が六間保利左衛門という差

出し人の書状を持ち出してこられた」

柳次郎は、磐音からの書状に記されていた内容を金兵衛に告げ始めた。

「なんだって、尾張《おわり》城下に落ち着いて子を産んだとばかり思っていたが、また田沼の刺客に追われて旅の空か。おこんも坂崎さんも、苦労ばかりで」

と金兵衛が嘆いた。

「金兵衛さん、最後までよく聞いてくれ。尾州茶屋《びしゆうちやや》中島《なかじま》家では京の本家に坂崎さん方が頼っていかれるようにお膳立《ぜんだ》てを整えて、尾張名古屋から送り出されたそうだ。ところが待てど暮らせど、坂崎さん方は京に姿を見せられなかった」

「どうしてだい、品川さん」

「幸吉、尾州茶屋を出た坂崎さん一行が京の茶屋本家を頼るのは、尾張で中島分家に世話になった経緯からして容易に考えられることだ。だから、坂崎さんは、自ら知恵を絞って考えた隠れ家を探し、おこんさんはそちらでお子を産まれたのであろう。敵を騙すために味方にも本心は洩らされなかった。坂崎磐音さんらしい慎重な行動ぶりと思わぬか」

「それはそれとしてよ、おこんさんに子が生まれたんだね」

「今から一年以上も前のことで、安永九年正月元日に誕生したそうな」

「ほうほう、正月にね、めでてえや。男かえ、女かえ」

「男子だ、金兵衛さん。名は空也、坂崎空也様と名付けられた」

「坂崎空也だって、なんだかおれの孫は坊主のようなご大層な名じゃな」

と言いながらも金兵衛は、潤んだ瞳を拳でそおっと拭《ぬぐ》い、くるりと皆に背を向けて仏壇と向き合った。

チーン
と鈴《りん》を鳴らした金兵衛が、

「おのぶ、おこんにとうとう子が生まれたよ。それも一年も前のことだというじゃねえか。なんで早く知らせてくれないのかね」

「坂崎さんの周りに未だ田沼派の刺客がいるゆえ、おいそれと知らせることができなかったということではなかろうか。また、こちらの金兵衛さんの家にも田沼様の見張りの目が光っておろう。ためにそれがしが竹村武左衛門もどきに大虎《おおとら》の真似をして、こちらを訪ねたというわけだ」

「品川さんには一杯食わされたがさ、うちの婿どのご一行は、いつ江戸に戻ってくるんですね」

と金兵衛が仏壇から柳次郎らに向きを変えて尋ねた。

「未だ田沼様の天下だからな」

と柳次郎が首を傾げ、

「どうやら上方近辺に潜んで、時節の到来を待っておられるようだ」

「時節の到来って、江戸に戻るということだろう」

「幸吉、そういうことだ」

「品川さん、婿どのとおこんには弥助《やすけ》さんと霧子《きりこ》さんが従っているんだったな」

「いや、二人だけではないぞ。なんと武者修行中の松平辰平さんと重富利次郎さんの二人が合流したそうだ」

「えっ、よく婿どのの居場所が分かったな」

「坂崎さんが道中から二人に書状を出されたのだろう。いくらなんでも若い二人には田沼様の見張りなんぞはついておるまいからな」

「そうか。婿どのが二人を呼び寄せたってわけだね」

「桂川先生もそう考えておられた。ともあれ、坂崎磐音さんとおこんさんには、空也どの、弥助どの、霧子さん、痩せ軍鶏とでぶ軍鶏の二人が加わって七人になり、賑《にぎ》やかになっていることはたしかだ」

柳次郎の報告に金兵衛がまた眼をしばたたかせ、

「品川さんや、ようも知らせてくれました」

と礼を言った。

「さあて、となるともう一度酔っ払いの真似をせねばなるまいて」

柳次郎とお有は竪川《たてかわ》を二ッ目之橋で渡り、竪川に沿って薄く伸びる町屋を過ぎて、武家地に入っていった。

「柳次郎様、武家屋敷に入りましたし、すでに静かに休んでおられます。騒いではなりませぬ」

とお有が注意したが、柳次郎はなにやら分からぬ俗謡を大声で歌い、その合間に、

「品川柳次郎は親父様になるのじゃぞ、ふっふっふふ。そうじゃ、子の手本になるように酒は慎まねばならぬな」

と言いながら、しばらく行くと今度はなにやら分からぬ言葉を喚《わめ》き始めた。

その後ろを四人の人影が密かに尾行していく。

「いささか訝しいとは思わぬか。あやつは北割下水の貧乏御家人であろうが。あやつの仲間の大男なれば酒に目はないが、この者はふだん正体をなくすほどに酔

うことはない」

「なんぞ坂崎から連絡《つなぎ》でも入って、尚武館から今津屋に行き、金兵衛のもとを訪ねたのではござらぬか」

「女房が懐妊したにしては騒ぎすぎますな。酔ったふりをして、われらを騙すつもりでしょうか」

「そのことも考えられる」

「ならば人の往来もなし、二人を痛めつけて坂崎からの連絡があったかどうか、聞き出そうではないか。もし推測があたっておれば、おすな様から褒賞《ほうしょう》がたっぷりと出るでな」

「尾張を出たあと、行方を絶って早一年有余が過ぎたそうな。ここで手柄を立てれば、もそっと重要な仕事を貰《もら》えよう」

「よし」

と神田橋に雇われたと思える四人組の浪人が話し合い、柳次郎とお有との距離を縮めようと走り出した。

その四人組の後方から、小柄な影が気配を消して尾行を始め、たちまち間合いを詰めた。

柳次郎とお有は南割下水《みなみわりげすい》に架かる石橋を渡った。

四人組が続いて石橋を渡ろうとしたとき、後ろからいきなり槍折れが唸りをあげて、最後尾を走る四人組の一人の側頭部を強打し、その場に倒した。が、夢中で走る三人の仲間は気付くことなく、柳次郎とお有を追った。

槍折れが二人目の背中を突くと、

「あっ」

と悲鳴を上げた二人目が仲間二人の体に伸《の》し掛かるように倒れ込んだ。

「どうした」

と振り向こうとする二人を槍折れが敏速に襲うと、なにがなにやら分からないままに南割下水の石橋の上に次々に昏倒《こんとう》した。

その様子を確かめた小田平助は、武家屋敷をゆらゆらと行く柳次郎とお有の影を追っていった。

第二章　早苗蜻蛉

一

安永十年は四月二日に天明《てんめい》元年（一七八一）と変わった。
改元の理由は光格《こうかく》天皇の即位に伴ってのことと言われる。孝経《こうきょう》によれば、
「則天之明、因地之利、以順天下」（天の明に則《のっと》り、地の利に因《よ》り、以《もっ》て天下を順《じゅん》にす）
が出典といわれ、尚書《しょうしょ》に、
「顧諟天之明命」（諟《こ》の天の明命《めいめい》を顧《かえり》みる）
とあるによった。
だが、紀伊《きい》領内高野山《こうやさん》の内八葉外八葉《ないのはちようげのはちよう》の隠れ里に改元の触《ふ》れなど届くわけもな

く、口伝《くちづ》てに改元を知らされても、姥捨《うばすて》の郷《さと》ではいつもどおりの暮らしが続いていた。

磐音とおこんに新しい身内が増えて、すくすくと育つ様子を見ながら春から夏へ、夏から秋へ、さらに厳しい冬が姥捨の郷に巡ってきたとき、空也の四股はしっかりとして、時に摑まり立ちを見せることもあった。

磐音は朝稽古のあと、内八葉外八葉の山で雑賀衆《さいかしゅう》とともに野良仕事をし、山の恵みを求めて終日外に出るときがあった。するとおこんは、

「磐音様、空也がなにやら話しかけて参りますが、なにを訴えようとしているのか分かりませぬ」

などと、外から戻った磐音に報告した。

この日の夕暮れ、田植えの仕度を男衆《おとこし》とともに終えた磐音が御客家《おきゃくや》に戻ると、おこんが、

「空也の這《は》い這《は》いの早いことといったら。ちょっと眼を離した隙《すき》に危うく縁側から庭に転げ落ちるところでした」

と告げた。

野良仕事で足元が汚れた磐音は菅笠《すげがさ》を脱ぎ、腰にぶら下げた手拭いで手を拭う

と、

「どれどれ、父に抱かせてくれぬか。おっ、今日一日でずしりと重くなっておるな。この分なればもう三月《みつき》もすれば二本足で歩けよう。空也の動きまわる場が広くなればなるほど危険は増す。おこん、これまで以上に気をつけねばな」

はい、と返事したおこんがしばし思い悩むように沈黙し、言い出した。

「姥捨の郷の西は紀伊水道をはさんで阿波《あわ》の国、さらにお遍路《へんろ》道を西に向かって歩き、宿毛《すくも》と申す湊《みなと》から船で豊後《ぶんご》水道を越えれば、豊後関前《せきまえ》に辿り着きますそうな」

松平辰平が筑前博多《ちくぜんはかた》から関前城下に入り、坂崎家に数日逗留《とうりゅう》したのち、正睦《まさよし》の厚意で藩船に乗せてもらい、宿毛湊で土佐《とさ》に上陸、お遍路道の中村街道を高知城下へと到着した道だった。

そのあと、辰平は重富利次郎を伴って紀伊水道を越え、紀伊領内に入った経緯があった。そのことをおこんは言っていた。

「おこん、晴れた日などは、関前の猿多《さるた》岬《さき》から四国の山並みが望める距離じゃからな。辰平どのも水路、陸路で来られた経路、むろん豊後関前に通じておる」

「で、ございましょう。関前の舅《しゅうと》様、姑《しゅうとめ》様に空也を抱いていただきとうございます」

磐音はおこんの胸中を察したが、すぐに答える言葉が思い浮かばなかった。

「ただ今は我慢のときと承知しております。かように長閑《のどか》な姥捨の郷に何の不足もなく暮らさせていただきながら、時に不安に思うことがあります。生涯、この郷に居続けることになるのではないかと」

「おこん、そなたの気持ちも分からぬではない。言うても詮無《せんな》きことと承知しておるおこんじゃからな、それがしが今なにを言うても役には立つまい」

「申し訳ございません。疲れて戻られたばかりの磐音様に愚痴を申しました」

「おこん、いつの日か、豊後関前にわれら三人で参ろう。また江戸に必ずや戻る。家基《いえもと》様の死、養父《ちち》玲圓《れいえん》様養母《はは》おえい様の死に応《こた》えねばならぬ責務が、尚武館の後継になったそれがしにはある。だが、その秋《とき》は今ではない。しばし時を貸してくれ」

「分かっております。それにしてもこんはいつからかようにも気弱な女になったのでございましょう。その昔、磐音様と出会った頃は、いつの日か磐音様と暮らせる日があればなにも要《い》らぬと思っていたものを。こうして磐音様の子、空也を生《な》したにも拘《かかわ》らず、つまらぬことばかり考えております」

「江戸に生まれ育ったそなたにとって、姥捨の郷はすべて万全とは申せまい。いや、江戸の人波や賑わいが懐《なつ》かしくなるのは無理もない」

「いえ、そのようなことを考えたのではございません。豊後の義父上《ちちうえ》様と義母上《ははうえ》様に空也を見ていただきたいと思っただけです」

おこんの気持ちは千々に乱れていた。

「京に行かれた弥助どのと霧子が、なんぞ知らせを持って戻られよう。さすれば、われらのこれからの目処《めど》が立つやもしれぬ。そう遠いことではない。しばらく辛抱してくれ」

磐音がおこんに願い、

「おこん、明日から姥捨の郷では田植えが始まる。それがしも辰平どのも利次郎どのも雑賀衆の手伝いをいたす。おこん、空也を籠《かご》に入れて畦道《あぜみち》に連れていき、そなたも田植えをせぬか」

「えっ、私に早乙女《さおとめ》が務まりましょうか」

「初めての田植えゆえ最初は戸惑いもあろうが、すぐに慣れる。夏の光の下で汗を掻《か》き、体を動かせば、鬱々《うつうつ》とした気持ちは吹き飛ぶ。そなたが加わることを年神《としがみ》様か三婆《さんばば》様に頼んでおこう。どうじゃな、おこん」

しばし考えたおこんが、

「女衆《おんなし》の足手まといにならぬように頑張ります」

と答え、縁側から立ち上がり、

「空也の面倒をお願いします。そろそろ、お腹《なか》を空《す》かせた弟たちが戻って参りますからな」

と憂い顔を笑みに変えて台所に立った。


松平辰平と重富利次郎は姥捨の郷に籠ったのをよいことに武者修行の仕上げとばかり、磐音を相手に必死の稽古を繰り返していた。朝稽古のほかにも七つの刻限から夕稽古を自らに課していた。むろん朝夕の稽古の合間には、磐音とともに雑賀衆の手伝いで山に入って猪狩《いのしし》りをしたり、野良仕事を手伝ったりした。

夕刻前、野天道場に雑賀衆の鷹次《たかじ》ら子供が集まってきて、辰平と利次郎の二人から剣術の手ほどきを受けるのがいつしか日課となっていた。ために二人の若武者は、一日の大半を姥捨の郷の畑や田圃《たんぼ》と野天道場で過ごしていた。

磐音は朝稽古に立ち会ったあと、雑賀衆の男たちと一緒になり、農作業や山仕事を手伝った。そんなわけで夕稽古は若い二人に任せていた。そんな隠れ里の暮らしがなにより楽しみな磐音だった。

一方、おこんは一日じゅう御客家にいて、空也の世話をするばかりで心の中に鬱々とした悩みをため込んでいた。そんなおこんの胸中を察した磐音は、明日から始まる田植えにおこんを誘ったのだった。むろん磐音も、

(関前の父上母上に空也をお見せしたい)

とも、

(舅の金兵衛どのの腕に抱かせたい)

とも願っていた。

だが、江戸には佐々木一族を根絶やしにしようという老中田沼意次が磐音らの帰りを待ち受けていた。また、京には、坂崎磐音一行の動静をしつこく探る雹田《ひょうでん》平《ぺい》が拠点を置き、その手の者が高野山内八葉外八葉の周辺に姿を見せていた。だが、雑賀衆に守られ、弘法大師の法力が支配する姥捨の郷を探り出せずにいる雹一味だった。

神田橋のお部屋様と呼ばれる田沼意次の愛妾《あいしょう》、おすなに命じられた雹田平は、なんとしても坂崎磐音を討ち果たす強固な考えで、磐音らが姥捨の郷から出てくるのを網を張って気長にも待ち受けていた。

空也がせめて旅に耐え得る歳《とし》になるまで姥捨の郷に隠れ潜むのがいちばんの策と磐音は覚悟していた。それがいつまで続くのか。

（磐音、いつまでも田沼の手から逃げてばかりもいられまい）

磐音の耳に養父玲圓の声が響いた。

（いかにもさようにございます。されど江戸に戻るには時節と戻り方がございましょう）

（わしがそなたに重荷だけを残して旅立ったでな、相すまぬことよ。じゃが、そなたなら、必ずやよき時節によき江戸帰着を果たそうぞ）

（しばし時をお貸しくだされ）

磐音の無言の声に玲圓の気配は消えた。

「見よ、空也。そなたの故郷じゃぞ」

御客家の縁側から見える里山の景色を、腕に抱いた空也に磐音は見せた。

乳をもらい、襁褓《むつき》を替えてもらったばかりの空也はご機嫌で、磐音の腕の中で、

「あぶあぶあぶ」

と分からぬ言葉を発して、指を広げたり曲げたりしていた。

若緑に彩られた内八葉外八葉の山並みに囲まれ、姥捨の隠れ里に湿った空気が

漂っていた。そこに夕刻の黄金色《こがねいろ》の光が差し込み、田植えの仕度を終えた田圃を染めた。

見上げる高野山は、磐音に一つの思い出を刻んでいた。

（あのお方なれば和歌山藩の財政を立て直されよう）

磐音一行にとって二度目の早苗の季節を迎える。今年は必ず一人前の働き手として田植えに加わりたいと磐音は思っていた。去年の田植えも、磐音をはじめ弥助、辰平、利次郎、霧子と田圃に入ったが、一人前の働きはできなかった。

「若先生、ただ今戻りましてございます」

と辰平が竹皮包みを下げて、野天道場から戻ってきた。

「利次郎どのは河原の湯か」

「はい。私は若先生と空也様を迎えに参りました」

それが日課だった。頷いた磐音が、

「おこん、空也を湯に連れていってよいか」

と奥に声をかけると、

「お願いいたします。皆さんの着替えはこれに」

とおこんが竹籠に男三人と空也の着替えを入れて運んできた。

空也は湯と聞いて、理解したか、

「きゃっきゃ」

と大きな笑い声を上げた。

「空也は河原の湯が好きじゃな。よしよし、利次郎どのが待っておるで、参ろうか」

辰平がおこんから竹籠を受け取り、代わりに竹皮包みを差し出した。

「勢太郎《せいたろう》のお父っつぁんが春先に山で仕留めた猪の肉だそうで、味噌《みそ》漬けにしてあるそうです。夕餉《ゆうげ》に食べてくだされと届けてくれました」

「おや、猪の肉ですか。夕餉に一品菜が増えましたね」

とおこんが辰平から包みを受け取り、

「行ってらっしゃい」

と磐音たちを送り出した。

河原の湯は、田植えの手伝いに奉公先から戻ってきた雑賀衆や野良帰りの男衆、剣術の稽古を終えた鷹次らで一杯だった。

だが、天然の湯船は広く、姥捨の暮れなずむ景色が望めて、なんともゆったりとした時間が流れていた。

「空也様が来たぞ。坂崎様、おれに抱かせてくれ。なあに、妹や弟の面倒を見てきたおれだ。利次郎さんよりずっと安心していいぞ」

と鷹次が磐音の腕から空也を抱き取ろうとした。

「しばし待て、鷹次」

磐音は空也の着物を脱がせ、襁褓を外して丸裸にした。

「空也、過日のように湯の中で小便をしてはならぬ。ほれ、こちらにせよ」

と河原に向かって空也を突き出すと、空也が心得たように小便をした。弧を描く小便が残照に映えて黄金色に染まった。

「よし、こんどはかけ湯を使《こ》うてな」

と湯船のかたわらに座すと、水で埋めた湯を張った桶《おけ》を持って鷹次が待ち受けていて、空也の体にかけてくれた。

「鷹次、頼む」

と磐音が空也を渡すと、この秋にも京の外奉公に出るという鷹次が受け取った。

磐音らの剣術指導を受け始めて一年半余、鷹次はまず体がしっかりしてきて、技量もめきめきと上達していた。すでに雑賀衆の戦人《いくさびと》として一人前の心と体を育《はぐく》んでいた。

そんな鷹次の腕に抱えられた空也が仲間たちのもとに連れていかれた。するとぐるりと雑賀衆の男の子や利次郎に囲まれ、いよいよ上機嫌で喜びの声を発していた。

磐音が河原の湯の脱衣場と決められた岩陰に行くと、年神様の雑賀聖《しよう》右衛《え》門《もん》が服を脱ぎ終えたところだった。

「聖右衛門様、本日は遅い湯にございますな」

「苗の仕度を見ていましたでな。坂崎様、明日はよろしくお願い申します」

「雑賀衆の邪魔にならぬようせいぜい頑張ります」

と応じた磐音は野良着を脱ぎ、年神様と呼ばれる姥捨の長老とともに湯に向かった。

ちょうど男衆が松明《たいまつ》に火を灯《とも》して河原の湯を照らし付けたところだった。まだ残照はあったが、男衆のあと、交替で女衆が湯を使うので、松明を灯したのだ。

かけ湯を使った磐音と聖右衛門は人の少ない湯船の縁から身を入れた。

「ふうっ」

と聖右衛門は息を吐くと、

「河原の湯にまさる極楽浄土があろうか」

と呟いた。そして高野山の奥之院の方角に向かって合掌し、

「南無大師遍照金剛《なむだいしへんじようこんごう》」

を称《とな》え、高野山に感謝した。

姥捨の郷は空海《くうかい》、弘法大師の大きな慈悲心で生かされている隠れ里だった。

「早いものじゃ。坂崎様方が霧子の案内《あない》でこの郷に来られて一年半余が過ぎた」

「あっという間でございました。お蔭《かげ》さまであのように空也も一段と体が大きくなりました」

「歩けるようになって、郷の子らに交じって内八葉外八葉を駆け回るなれば、自然と頑健な体ができましょうぞ」

聖右衛門が鷹次らに囲まれて笑い声を上げる空也を見た。

「年神様、明日からの田植えにございますが、おこんにも手伝わせてもらえませぬか。江戸の深川育ち、田植えは初めてゆえ助けにはなりますまいが、本人も田植えを楽しみにしております」

「おこん様も手伝《てつど》うてくださるか、それはなによりじゃ。田植えは姥捨の衆全員が集う行事にございますでな、おこん様が加わるのは大歓迎にございますぞ。な

あに田植えなど、すぐに覚えます」

長老の聖右衛門が許しを与えてくれた。

「丹《たん》の増産を図って一年余、ようやく軌道に乗りました」

と河原の湯で顔を洗った聖右衛門が言った。

姥捨の郷で採掘される丹が、紀伊藩や根来衆《ねごろしゅう》、粉河衆《こかわしゅう》に知られるようになったのは、老中田沼意次が幕府財政を立て直すためと称して幕府丹会所《たんかいしょ》の設立を企てたことがきっかけだった。

高野山奥之院副教導室町光然《むろまちこうねん》老師の調停で紀伊藩に年貢として二百両、さらに根来寺《ねごろじ》、粉河寺《こかわでら》に年間五十両ずつ寄進をすることで、姥捨の郷の丹はこれまでどおり雑賀衆の所有権が黙認され、採掘、販売が認められた。

この計三百両の年貢、寄進のために、雑賀衆は丹の増産を図ることになった。

だが、三百両を産み出す増産計画は一朝一夕ではならず、坑道の整備に一年余がかかった。

「それはようございました」

磐音も室町光然老師に同道し、和歌山城下に出向いた一件だ、軌道に乗ったと聞いて安堵《あんど》した。

「京に赴《おもむ》かれた弥助さんと女衆、そろそろ二月《ふたつき》になりますで、戻ってこられてもよろしかろう」

と聖右衛門が磐音に二人の帰りを告げるように言った。

「戻ってきますか」

「はい、戻ってこられますぞ」

磐音は姥捨の郷を拠点に雑賀衆の助けを借りつつ、田沼一党の刺客、雹田平らの動静を探るために弥助と霧子を時折り、京や名古屋に派遣して風聞風説を集めていた。

今から二月前、弥助と霧子は空の道一ノ口を抜けて、京へと出かけていた。二人が上方に張り巡らされた雑賀衆の網の目の助けを借りる以上、長老の聖右衛門のもとには弥助と霧子の動きも伝わってきていた。

「霧子は田植えを楽しみにしておりましたからな」

「間に合います」

と年神様が請け合ったとき、西の山の端が残照に染まった。

「明日は天気ですがな、明後日から曇り空の田植え日和《びより》に変わります。雨が降りだすのは田植えが終わった頃です」

「それはなによりです」

自然を相手に長年姥捨の郷で暮らしてきた雑賀衆は、気候の変化に敏感で、万物の成長の時期に精通していた。その年の気候の変動を予測して田植えの日が決められ、雑賀衆の男衆が郷に戻ってくるのだった。

「田植え手伝いの男衆は、およそ戻って参られましたか」

磐音は、久しぶりに河原の湯に浸かって故郷を懐かしむ雑賀衆の男たちを見た。雑賀衆の男たちの大半が上方から近畿一円に散って働いていた。だが、正月や田植えには奉公先から休みを貰って姥捨の郷に戻ってくる仕来りがあった。その男衆の奉公先は雑賀衆の息がかかった先だから、このような無理が利いたのだ。

「明日の朝までにまた何人かが戻ってきます」

と聖右衛門が答えたとき、脱衣場の岩陰からひとつの人影が姿を見せた。

「ただ今戻りましてございます」

「弥助どの、ご苦労でしたな」

と応じた磐音が、

「聖右衛門様のお言葉どおりにございましたな」

と雑賀衆の情報の確かさに感じ入り、年神様に笑いかけた。そして、かけ湯を

使う弥助に、

「霧子も一緒に帰ってきたのでござろうか、弥助どの」

「へえ、霧子はおこん様の手伝いをしております」

「ささっ、湯に浸《つ》かって疲れを癒《いや》してくだされ」

磐音の言葉に弥助が湯に身を浸して、

「若先生、この湯に浸かると、すうっと疲れが消えていきますよ。極楽浄土とはかような郷を指すのでございましょうな」

と笑いかけた。

「最前、聖右衛門様が同じ言葉を洩らされたばかりです。それがしもかような安寧な郷は他に知りませぬ」

「坂崎様方、気に入られたなら、江戸のことなど打ち捨てて、いつまでもこの郷に逗留してくだされよ。いや、郷人になってくだされ」

と願った。

「あっ、弥助さんが戻られたぞ」

利次郎の大声が湯に響き、

「利次郎さんや、わっしに空也様を抱かせてくだされや」

と弥助が願って、鷹次らが湯船の中を神輿《みこし》のように空也を抱えてきて、弥助に渡した。

「おおっ、この二月《ふたつき》でまた一段と大きゅうなられましたな。そのうち爺々《じじ》の手にはおえなくなるほどに逞《たくま》しゅうなられましょう」

とまるで本当の爺様のように両眼を細めて、空也を抱いた。

二

河原の湯からすうっと人影が消えた。明日の田植えに備え、やり残した仕度を夜なべで果たすためか。

弥助は、磐音に京の報告をなすために湯に残り、それを察した磐音が、

「辰平どの、利次郎どの、空也を先に御客家に連れ戻ってはくれぬか」

と願った。

そんなわけで河原の湯に磐音と弥助が残った。

「京の様子はいかがでしたか」

「いくつか報告がございます。一つは尾州茶屋中島分家の大番頭三郎清定《さぶろうきよさだ》様気付

の書状が一通、さらに京の茶屋本家茶屋四郎次郎《しろうじろう》様気付の書状を一通預かってきておりますで、御客家に帰りしだいお渡しします」

と弥助が報告した。だが、差出し人の名は言わなかった。

尾州茶屋と磐音一行の関《かか》わりを承知しているのは今津屋の由蔵くらいだ。ために書状の差出し人は由蔵と推測がついた。

磐音は頷いた。

「雹田平は、未だご本家の動きを見張っておりますか」

「へえ、雹も意地になったように破《や》れ寺の棲み家を動きませんや。若先生がいつの日か、茶屋本家を頼ると頑固に信じているようです」

「われらの隠れ家はおよそ突き止められておろうにな」

と磐音は笑った。

「むろん、雹はわれらが高野山の懐に匿《かくま》われていることを承知しております。磐音様が針糸売りのおこ、つ、なを和歌山城下で始末なされた直後、何度も紀伊領内に入り、綿密な探索を行い、室町光然老師に同行していた清水平四郎《しみずへいしろう》を名乗る武家が坂崎磐音様と推測をつけたからでございましょう」

紀伊領内に雹田平一味と思える者たちが潜入し、内八葉外八葉にひっそりとある雑賀衆の隠れ里、姥捨の郷を囲むように見張りが付いていた。だが、海と空と山から守られる聖地高野山の一角にある姥捨は、雲水《うんすい》も里人も足を踏み入れられない未知の郷であった。この郷に入るには空の道三口、川の道二口、海の道二口の七つの出入口しかない。だが、この七口は、雑賀衆が二百年余の時と知恵と労力を費やして開いた隠れ道だ。

雹田平とてそう容易《たやす》く攻略できるものではなかった。ただ、系図屋雹田平は、唐に伝わる易学や系図学を駆使して、坂崎磐音一行が内八葉外八葉に隠れ潜んでいることを突き止めていた。ゆえに配下をぐるりと内八葉外八葉を取り囲む街道の要衝《ようしょう》や宿場に駐在させて、磐音らの動静を注視していた。

およそ八か月も前からのことだ。

当然磐音らもそれに気付き、隠れ里に逼塞《ひっそく》していたが、時に弥助や霧子が空の道一ノ口を抜けて京に出向き、茶屋本家に連絡《つなぎ》をつけ、磐音らの居場所をはっきり伝えるとともに細作《さいさく》茶屋中島家の協力を願っていた。また同時に雑賀衆の男衆頭の雑賀草蔵《そうぞう》が主《あるじ》として京の高瀬川一之船入《いちのふないり》のそばで開く丹問屋、紀伊《きい》姥捨屋《うばすてや》の助勢をえて、雹田平が京の拠点とする破《や》れ寺杢蔵寺《もくぞうじ》の出入りを見張る場を茶屋本家中島家に設けていた。

尚武館佐々木家を根絶やしにするために派遣された唐人系図屋にして刺客の雹田平とその一味は、裏高野にひっそりと隠れる磐音一行を監視し、磐音らもそれに対抗して京の雹田平の拠点の破れ寺の動きを注視していた。

二派の暗闘は、江戸から尾張名古屋をへて京と高野山に移ったが、両派が有利に決戦の場に引きずり込まんと、静かな睨み合いがこの一年余展開されてきた。

「こたびのわれらの探索は、茶屋本家中島家と丹問屋の紀伊姥捨屋の雑賀衆の手助けなしには、なに一つできませなんだ。雹の動きは、中島家と雑賀衆が破れ寺に出入りする物売りや飯炊きの男衆なんぞから丹念に集めた噂《うわさ》話にございましてな、これらの者も茶屋中島家の息がかかった者たちにございます。こんどばかりは余所者《よそもの》をなかなか寄せつけない京の用心深さに助けられました。雹も長引く京滞在に、時に感情を昂《たか》ぶらせ、唐人の言葉で配下の者や商人を怒鳴りつけるそうです。ですが、こいつばかりは唐人の念仏、さっぱり分からないと言うておりました」

と弥助が苦笑いした。

「こたびばかりは、わっしも霧子も手も足も出ませんでしたよ」

「雹田平一味がこの裏高野の姥捨の郷にわれらがいることを知りながら、入り込まないのはなぜにござろうか」

と磐音は念のために問うた。

「系図屋雹田平にとって空海様の聖地は、いちばん厄介《やっかい》なところにございましてな、あやつの霊力もこの地では十分に発揮できぬようでございます。また雑賀衆の底力を雹は承知のようで、姥捨の郷に潜入するのは最後の手段と考えているようです」

「ただ今の雹の手勢は何人ほどにござるか」

「腹心のおつなを失って後、紀伊領内に潜入した雹は、その直後に二月半ほど紀伊からも京からも姿を消しました。どうやら長崎を往復していた気配で、ただ今雹の周りには十数人から二十数人の和人と唐人の影がございます。なんでも時至らば、南蛮《なんばん》渡来の鉄砲を手にした新手の助勢が、長崎から紀伊領内まで唐人船で乗り込む手筈《てはず》とか。雹は姥捨の郷の地形を知り、雑賀衆の力を勘案して、十分な手勢、おそらく百人から二百人を率いてこの姥捨の郷に乗り込む算段にございますよ」

「雹一味が動くのはいつのことにござろうか」

「こんどばかりは雹もじっくりと腰を据えて戦いに備えておるようで、もう少し先のことになりましょうか。ともかく姥捨の郷に雹一味が潜入してきたときは総力戦になります。われらも雹一味も勝ち抜いたとしても大きな打撃を受けましょう」

「雑賀衆に迷惑がかかることだけはなんとしても避けたい」

　磐音の本音だった。

「雹も、できることならば若先生を京に引きずり出して、なんとかしたいと考えておりましょう。ために茶屋本家を見張る破れ寺杢蔵寺を立ち退《の》こうとはしないのでございましょうな」

「こたびの戦、われらが江戸に戻るために避けては通れない関門にござる。できることなら茶屋本家や雑賀衆に迷惑がかからない手立てで事を決したい」

「坂崎磐音というお方は必ずやそう考えると思うからこそ、雹は居座っているのでございますよ。あやつ、日がな一日、系図を前に思案したり、筆を入れたりしておるそうな」

「ほう、系図ですか。どのような系図か知りたいものだ」

　と呟く磐音に、

「なんとか手立てを考えてみましょうか」

と弥助が約した。頷いた磐音はしばらく沈思した。

弥助は磐音が沈思をとくのを待って話を転換した。

「田沼様は遠州《えんしゅう》相良に築城中の相良城に入られ、城持ち大名の一人に出世なされました」

弥助は槌音《つちおと》が響く相良城下を密かに訪れた日のことを昨日のことのように思い出していた。

部屋住みの十六歳の田沼意次は、家重の小姓として蔵米三百俵で出世双六《しゅっせすごろく》の第一歩を踏み出した。以来四十六年、大名に出世して、晴れの相良城入りであった。

安永九年（一七八〇）四月十三日、およそ一年前のことだ。

「ほぼ同じ時期、意次様の嫡子《ちゃくし》意知様が将軍家治様の御座間に召し出され、親しくお言葉をかけられたそうな。なんでも幕閣の中には、父意次様の側用人《そばようにん》を意知様が継ぐ布石とみる向きがあるように思えます」

「父子で幕閣を意のままにされるか」

「若先生、これまで内々に進行していた家治様の養子の一件が御三卿《ごさんきょう》一橋《ひとつばし》家徳川治済《はるさだ》様の子、豊千代《とよちよ》様に内定したそうにございます。この話は、茶屋本家の細作が江戸の人脈から探り出したことにございます」

家基の死から二年が過ぎ、家基が就くべき十一代将軍候補が田沼意次の手によって決定されたことになる。つまりは家治亡き後も側用人として将軍の代弁者の地位に留まり、絶大な権力をふるうことを意味した。

この話を聞いた磐音は、紀伊の岩千代《いわちよ》（のちの治宝《はるとみ》）の江戸行きを阻止したことに安堵を覚えていた。英邁《えいまい》な若君が田沼意次の手足の如《ごと》く傀儡《かいらい》として使われ、最後には命さえ奪われかねない事態を防いだと、家基の悲劇と重ね合わせて考えていた。

そして、磐音は昨年初夏、高野山奥之院の副教導室町光然老師に招かれて滞在した宿坊での十数日を懐かしくも思い出した。だが、それは磐音の記憶にだけ留められるものだった。ともあれ、岩千代が家基様の二の舞になることがあってはならない、と磐音は自らに誓っていた。

「今一つ、茶屋本家から聞かされたことにございます。おそらく今津屋の由蔵さんが茶屋本家に文で知らせたことにございましょう。神保小路の尚武館佐々木道場が取り壊されたそうにございます。なんでも噂では田沼家の抱え屋敷になるとか」

磐音はなにも感想を述べなかった。ただ、頷いた。

「江戸から百両、おそらく今津屋様からでございましょう。それと尾州茶屋分家の中島三郎清定様からと思える金子《きんす》百両を預かってきております」

「江戸にも名古屋にも気遣いをさせてしもうた」

「この金子の出処は書状に記されておりましょう」

と弥助がすまなそうな顔で応じた。しばし考えていた磐音が、

「弥助どの、江戸からの書状を読んだあとに決するが、われら、じかに書状をやり取りする方策を考えておきたい」

「わっしか霧子が飛脚屋の真似事をいたしますかえ」

「弥助どのと霧子は雹一味に顔も素性も知られておる。また京の雹の動きを知るために大事な二人じゃ。となると、辰平どのか利次郎どのかな」

「ただ今の二人ならば田沼一味に気付かれることなく伝書使《でんしょし》の役目は果たせましょう」

「時至らば二人に願おう」

と答えた磐音が、

「あまり夕餉を待たせてもなるまい。利次郎どのが腹を空かせては可哀想だ」

弥助と磐音は河原の湯から上がった。

「待たせたようじゃな」

姥捨の郷の御客家の囲炉裏端《いろり》に、久しぶりに七人が顔を揃えることになった。囲炉裏の自在鉤《じざいかぎ》には鉄鍋が掛かり、猪鍋がぐつぐつと音を立てていた。

弥助が持ち帰った書状を読み終え、磐音が囲炉裏端についたとき、すでに夕餉の仕度は終わっていた。

「勢太郎様から頂戴した猪の肉が、ちょうどほどよく煮えたところにございます」

とおこんが磐音に笑いかけ、

「ついうっかり忘れておりました。空也のために弥助様と霧子さんが京からあれこれと玩具を購《あがの》うてきてくれました。それに飴玉《あめだま》やら干菓子《ひがし》もたくさんございます」

「探索に京に入ったのじゃ。さような気遣いは無用にしてくれればよいものを」

「若先生、京の方々と馴染みになるには買い物をしたり、あちらの仕来りに従ったり無駄話もせねばなりませぬ。駄菓子屋を訪れれば玩具の一つも購い、世間話をするうちに、破れ寺の動きを聞かされることもございます」

と霧子がわざわざ買ったものではないと付け加えた。

だが、空也の周りには、でんでん太鼓やら土笛やらがらがら細工がたくさんあった。

「急に空也は玩具長者になったようじゃな」

「磐音様、飴玉や干菓子は姥捨の郷の子供衆に配るほどございます。明日、田植えの中休みに子供衆に配ってもようございますか」

「それは喜ぼうな」

と磐音が答えると、

「若先生、話もようございますが、ほどよくついた燗酒《かんざけ》をお飲みください」

と利次郎が徳利《とっくり》を差し出した。

「頂戴しよう」

囲炉裏端で七人の一家の夕餉が始まった。

「霧子、京の都はどうであったな」

久しぶりの霧子の顔を眩《まぶ》しそうに見ながら利次郎が尋ねたのは、酒が一回りしてその顔が酔いに染まった頃合いだった。

「京のなにが知りとうございますか」

「それがし、父に伴われて京をさあっと通過しただけだがな、江戸とは違《ちご》うて女衆はきれいで、町屋やお店がなんとも賑やかに見えた。大坂の食い倒れ、京の着倒れと申すが、食べ物も酒も美味《おい》しかろう。弥助どのと美味しいものを食したか」

「利次郎さん、われら、探索に入ったのでございます、お忘れなのではございませんか」

「それは承知しておる。とは申せ、二月《ふたつき》の京滞在は短くはないでな、楽しいこともあったろうと思うただけじゃ」

「利次郎さん、弥助さまも私も茶屋本家中島家に俄《にわ》か奉公人になりましての御用にございます。京言葉を真似ること一つをとっても難儀にございました。美味しいものを食べたか、美味しい酒を飲んだかと尋ねられても、思い出せません。私はかように若先生やおこん様といっしょに食する食べ物がなにより美味しゅうございます」

「なんと二月も京にあって、それが感想か。探索とはそもそも五感を働かせて、些細《ささい》なことをも調べる御用であろう。それでは一人前の探索をなしたといえぬのではないか」

「おや、利次郎さんは常々五感を働かせてお暮らしにございますか。気が付きませんでしたわ」

「これ、霧子、それがし、一見磊落鷹揚《らいらくおうよう》な人間を装うておるが、あれは見せかけでな、これでなかなか細やかな神経の持ち主なのじゃ。床に入っては、あの折り、年神様に受け答えした言葉に過不足はなかったか、三婆様に挨拶は欠かさなかったかと反省の時を過ごし、なかなか寝つかれぬことも多いのじゃ」

「おや、利次郎。そなたの寝つきが悪いとは初めて知ったぞ。床に入った途端、今日の布団はほかほかじゃ、と言いながらすぐに大鼾《おおいびき》で寝込むのはどこのたれか。おれのかたわらにはそなたしかおらぬというのに、不思議なことがあるものよ」

「辰平、それは空耳じゃ。それがし、そなたが寝ついたのを待ってようよう眠りに落ちる毎夜でな」

「霧子、利次郎の言うことなど真面目《まじめ》に聞く要はないぞ。言葉に誠意がないのは昔から全く変わらぬ。高知の従兄弟《いとこ》方はたれもが実直なお人柄じゃがな、重富家でも異色というべきか、利次郎は口先男じゃぞ」

辰平の言葉に一座が笑った。だれもが、利次郎が坂崎家の末弟を演じていることを承知していた。

「辰平さん、ご心配なく。利次郎さんのさような気性は私、百も承知です」

「ならばよい。利次郎の言うことなど百に一つの真実もなし、聞き流せ」

「承りました」

「辰平、霧子、おぬしら、実に冷たいのう」

徳利に手を伸ばそうとする利次郎より先に燗徳利を摑んだ霧子が、

「これが最後にございますよ」

と念をおして酌をした。

「弥助どのとそなたが久しぶりに姥捨に戻ってきた夜ではないか、酒くらい飲ませよ」

「明日はなんの日にございますか、利次郎さん」

「明日がなんの日か。なんぞ格別に変わったことがあったか」

「もう酔っておられるのですね。明日から姥捨の棚田で田植えが始まります。日頃お世話になっている雑賀衆に少しでもお返しする日にございます。それをお忘れですか」

「覚えておるぞ。ただ、急に霧子に訊かれたで思い出さなかっただけだ」

霧子と利次郎の話を聞きながら、磐音たちはしみじみと姥捨の郷に暮らす平穏な日々の幸せを思った。むろんだれもが仮の平穏の時と承知していた。それだけに七人全員が炉端に顔を揃えて、夕餉をとる時が貴重で嬉しかったのだ。

「霧子、おれは正直いうと、水を張った田に足裏を付けた途端、指の間からにゅるっと泥が這い上がってくる感触が気持ち悪くてたまらぬのだ。田植えはよいが、あの泥がな」

と正直な気持ちを吐露《とろ》した利次郎が猪口《ちょこ》の酒を口に含んだ。

「なんとまあ、五つ六つの子供より幼くて、呆れるわ」

「嫌なものは嫌じゃと言うただけだ」

また利次郎と霧子の他愛もない話が始まろうとしていた。

囲炉裏端で寝かされていた空也を、顔に笑みを残したおこんが寝間に連れていった。

「利次郎さん、いつまでお猪口を握っておられるのですか。お酒に未練を残しておられるのはもはや利次郎さんだけですよ」

「なに、おれだけとな。ふーむ、辰平め、若先生や弥助どのの前ではえらく行儀がよいな」

「利次郎、田植えが無事に済んだら、田植え仕舞いの祭り酒が振る舞われる。その折り、たっぷりと飲んで霧子に嫌われよ」

と、辰平が言いかけ、

「若先生、なんぞお話がございますか」

と、河原の湯で弥助が磐音に京の雹田平一味のことを報告したことを察して尋ねた。

「弥助どのから精《くわ》しく報告は受けた。また最前、持ち帰られた江戸と尾張からの書状も読んだ。江戸にも尾張にも気遣いをかけておる。申し訳ないことじゃ」

磐音の言葉に迷いがあった。

「若先生、江戸に帰る目処はつきませぬか」

ようやく猪口を膳《ぜん》に置いた利次郎が尋ねた。

「姥捨の郷の外には雹田平一味の眼が光っておる。また京にも系図屋雹田平自身が控えておる。江戸に戻るには時を選ばねば、老中田沼意次様、意知様親子にわれら踏み潰されることになる。これではなんのために江戸を逃れたか意味がなくなるでな」

「と言われますと、今しばらくはこの姥捨の郷に潜んでいるのでございますか」

「それが安泰かというと、そうでもなさそうじゃ。ともあれ、われらを快く受け入れてくれた雑賀衆に迷惑をかけてはならぬ。この姥捨の郷を去るときを視野にいれて、じっくりと江戸帰着を考えねばならぬ」

「よし、その秋《とき》いたらば雹一味に目にもの見せてくれん」

一行の総帥磐音が江戸帰着を考えていることを知った利次郎が張り切った。

「利次郎どの、まずわれらがなすべきことは、明日からの田植えの手伝いである。雑賀衆の日々の暮らしを守る米作りゆえ、あだやおろそかにしてはならぬ」

「はっ、はい」

「利次郎、若先生は足裏に触る土が気持ち悪いことなど忘れて、田植えに努めよと言われておるのだ」

辰平の言葉に利次郎は、自らに言い聞かせるように分かっておると頷いた。

「田植えが終わったあと、それがしの考えを聞いてもらおう。もしや、辰平どのと利次郎どののどちらかに尾張名古屋に旅してもらうやもしれぬ。そなたらは未だ雹田平一味に顔が知られておらぬでな」

「えっ、名古屋城下に旅でございますか」

利次郎が急に破顔した。

「利次郎さん、この姥捨を抜けるだけでも命がけにございます。その覚悟がおありですか」

「霧子、言うな。坂崎家の末弟としてそれがし、十分な力を尽くすゆえ、お任せあれだ」

と胸を叩いた。だが、霧子は心配げに利次郎の顔を見た。

「霧子、夕餉の後片付けは、われら男でなす。おこんと一緒に湯に行ってまいれ」

と磐音が命じて、賑やかな夕餉が終わった。

三

田植えの朝、姥捨の郷は未明から祭礼のような賑やかさで、広場に篝火《かがりび》が焚《た》かれ、雑賀の男衆や女衆が天秤棒《てんびんぼう》に振り分けた籠に苗を載せて郷から坂道を下って里山に向かい、畦道へと天秤棒を揺らしながら行列していった。

そんな中に、野良着姿の磐音、弥助、辰平、利次郎、そして霧子がいた。

おこんは空也の仕度を整えてから里山に来ることになっていた。

棚田のほぼ真ん中に小さな広場があり、道祖神《どうそじん》が祀《まつ》られてあった。そこに苗が次々に運ばれてきた。

「坂崎様、本日は宜《よろ》しゅうお願い申します」

と年神様の雑賀聖右衛門が磐音を見て声をかけた。

「年神様、こちらこそ宜しゅうお願い申します」

磐音の格好は、古びた稽古着に袴の裾をからげ、菅笠を被《かぶ》っていた。腰に小さ刀を差しているのが周りと比べて異色といえばいえた。

「年神様、田植えに戻ってこられる予定の男衆はすべて帰村なされましたか」

磐音はなんとなく男衆の数が少ないようで尋ねた。

「そのことですが、ちと気になることが生じております」

「なんでございますな。それがしで役に立つことがあれば命じてくだされ」

「和歌山城下で奉公する三人が未だ姿を見せておりませぬ。そこで川の道一ノ口に迎えを出しておりますのじゃ」

「これまでかようなことがございましたか」

「いえ、三人の頭分の儀助《ぎすけ》は和歌山で左官職を営む男で、今年の田植えは職人二人を連れて姥捨に戻るのを楽しみにしておりましたのじゃ。なんぞ不測の事態が生じたなら、必ずや連絡《つなぎ》が入るはずにございましてな」

「異なことにございますな」

磐音は弥助を呼ぶと事情を説明し、川の道一ノ口に走れと命じた。

弥助は野良着姿のまま棚田から走り出した。一年半余、姥捨の郷に住んだ弥助は、郷周辺をとくと承知していた。

「弥助さんが無駄にならなければいいが」

と聖右衛門が言い、田植え作業に注意を戻した。

畦道には年寄りと十三から十五、六歳までの早乙女が花笠を被り、手甲脚絆《てっこうきゃはん》に袖《そで》と裾をからげた縞柄《しまがら》木綿を着込んで、赤襷《あかだすき》をして太鼓、笛、鉦《かね》などの楽器を手にしていた。

三婆様、年神様、助年寄《すけとしより》、神主、和尚など姥捨の郷の長老衆が集まり、羽織姿の年神様の雑賀聖右衛門と神主が代掻《しろか》きを済ませ、水の張られた親棚田の前に進み出た。一枚の親棚田の隅々には青竹が立てられ、御幣《ごへい》がひらひらと風に舞い、注連縄《しめなわ》が田圃に張られていた。

八葉神社《はちようじんじゃ》の神主のお祓《はら》いが始まり、手にした大幣《おおぬさ》で棚田を清めて、年神様が、

「天明元年の早苗が健やかに育ち、秋には実り多き恵みをもたらしてくれんことを雑賀の神にお祈り申す」

と願い、三婆様が白磁の器に入れた御酒《みき》を振りまいた。

「どんどんどんとな」

と早乙女の一人が抱えた太鼓を打つと、姥捨の郷に鳴り響き、笛、鉦が和して、早乙女の甲高い歌声が棚田に響いた。

「やんれやれやれ、姥捨棚田の田植えにござい、
老いも若きも棚田に集い、早苗植えよや、植えよや早苗」

と歌に和して親棚田に年男と年女が入ると、手にした苗を植え始めた。

「やんれやれやれ、姥捨棚田の田植えにござい、
老いも若きも棚田に集い、早苗植えよや、植えよや早苗」

と再び早乙女の歌声が朝の光に響くと、田植えの衆がそれぞれ田圃に入り、

「ほうれほれほれ、姥捨棚田の田植えにござい、
今年や、豊年満作じゃ、植えよ、歌えや、踊れや歌え」

と応じて田植えが始まった。

磐音は男田圃の田人《とうど》として加わり、利次郎と辰平は雑賀衆の若手組の田人の列に入っていた。その背には竹籠が背負われ、苗が入っていた。

田圃の土がにゅるにゅるして気持ちが悪いと言っていた利次郎も、同じ列に並

んだ者に負けまいと田植えに専念していた。

　空也を伴い田圃にやってきたおこんは、霧子とともに女田圃の早乙女に交じり、苗を入れた竹籠を腰に下げていた。

　おぼこ娘と年寄りの楽の音と歌声に合わせて、本植えされた苗の列が面積を広げていく。

　五つ半（午前九時）の刻限に小中飯《こじゆうはん》でひと休みして、再び田植えが始まった。磬音が田圃に入ろうとしたとき、年神様の聖右衛門が磬音を呼んだ。そして、

「いささか厄介が」

と言うと、田植えの場から姥捨の郷の広場へと連れていった。そこには雑賀衆の男衆、熊獲《くまと》り名人の宇吉《うきち》が待っていた。

「どうした、宇吉」

「へえ、年神様、和歌山から田植えに戻ってこようとした儀助親方、江次《こうじ》、根《ね》っこの太郎平《たろべい》の骸《むくろ》が川の道一ノ口から半里ばかり離れた藪陰《やぶかげ》で見つかりました」

「なんと、むごいことを」

　と応じた聖右衛門が、

「儀助らは雑賀衆の者ぞ。易々と討たれたたか」

「儀助親方らは帰り道、何者かの気配に気付いたとみえて、川の道一ノ口から遠くへ誘い込もうとして、尾行する者とは別の組に矢を射かけられ、動きを止めたところで斬り殺されたと思えます。儀助親方らは雑賀衆として、立派な斬り死をしましただ」

と宇吉が報告した。

重々しく頷いた聖右衛門が磐音を見た。

「宇吉どの、弥助どのはこのことを承知か」

「弥助さんの助けも借りて、親方らの骸を見つけたんですよ。弥助さんは三人を手に掛けた奴《やっ》らの後を追っておられます」

その言葉を聞いた磐音は、

「どうやらわれらを見張る雹田平の一味が姥捨の郷に潜入せんとして儀助親方らを尾行し、三人は犠牲になったものと思われます」

磐音の言葉に頷いた聖右衛門が、

「坂崎様方の敵は、雑賀衆の敵でもございます」

と応じ、

「宇吉、追跡の手はそなたを除けば四人か」

「弥助さんを加えますと五人です、年神様」

「相手はどれほどの手勢と見られたな」

「足跡などから推し量って二十人に近い人数かと。奴らは未だ川の道一ノ口を見つけようと、あの界隈に潜んでおると思えます」

「田人から何人か人を回すか」

　と聖右衛門が迷った。田植えの行事も大事なら、姥捨の郷に潜入しようとする雹一味も見逃すわけにはいかなかった。

「聖右衛門様、ここはそれがしにお任せくだされ。宇吉どのを道案内に、儀助親方らをむごくも殺した一味を必ず仕留め、一人《いちにん》たりとも逃しませぬ」

　と姥捨の郷の長老に願った。

「お願いしてよろしいか」

「こればかりはわれらの罪、なんとしても討ち果たします」

　聖右衛門が磬音の言葉に頷き、許しを与えた。

「宇吉どの、仕度をいたす。しばし待ってくれぬか」

「坂崎様、道場で落ち合いましょうか」

　と言い合う二人に聖右衛門が、

「宇吉、儀助らの骸を運ぶ者たちはあとで送る」

と悲痛な面持ちで言った。

「年神様、外八葉伊那《いな》蕗山《ふきやま》の登り口、摩《ま》崖仏《がいぶつ》のそばにございます」

「分かった。狼などに食い荒らされてもならぬ、人は必ず残しておけ」

と聖右衛門が命じ、宇吉が頷いた。

磐音は、御客家に戻ると敷地の中を流れる小川で手足を洗った。御客家の土間で田植えの土に汚れた野良着を脱ぎ捨て、おこんが姥捨の郷に入って縫《ぬ》ってくれた単衣《ひとえ》に着替え、裁《た》っ着《つ》け袴《ばかま》を穿《は》くと草鞋《わらじ》で足を固めた。田植えで被っていた菅笠はそのままにして、腰に愛刀の備前包平《びぜんかねひら》と小さ刀を差し、仕度を終えた。

急ぎ御客家を出ると無人の広場を突っ切りながら、磐音は、

(この郷に雹田平一味を一人たりとも入れぬ)

と決心を改めて固めた。

野天道場には、宇吉が熊獲りで使う犬を連れて待っていた。背には竹籠を負っており、竹籠の上に突き出たのは革に包まれた鉄砲の銃身と思えた。どうやらそのほかにも食べ物などが入っているのであろう。

「犬に追わせますか」

「黒ぶちはどの犬よりも鼻が鋭うございます。ふと思いついて連れていくことにしました」

頷いた磐音は、

「それはよい考えかな」

と宇吉に微笑《ほほえ》みかけ、宇吉がまず姥捨の郷を流れる丹入川《にいりがわ》の対岸へと土橋を渡った。

丹入川は姥捨の郷をほぼ北東から南西に向かって流れると、丹生川《にうがわ》、さらには紀ノ川に合流する。

川の道一ノ口は、この丹入川が岩場を伝い、流れ落ちる段々滝《だんだんだき》のそばに隠されていた。

丹入川右岸に移った磐音の耳に、対岸の棚田の上で行われる田植え歌が風に乗って流れてきた。だが、その歌もすぐに聞こえなくなった。

土手道の葦原《あしはら》には獣道のような道が隠されていた。

黒ぶちを先頭に宇吉、磐音の順でひたすら進んだ。一刻（二時間）も過ぎた頃か、辺りが、

ぱあっ

と開けた。

磐音には見覚えのある景色だ。鷹次に連れられて高野山に登った折り、丹入川の対岸を歩いて段々滝に出た覚えがあった。すでに姥捨の郷と紀伊藩領内の境は近い。

「ひと休みいたしましょうか」

宇吉が岩場で足を止めると、黒ぶちは心得たもので岩場を下ると川の水を飲みに行った。

宇吉が竹籠から竹筒を取り出し、

「婆様が煎《せん》じた薬草茶にございます。喉の渇きが抑えられ、元気が出ます」

と磐音に差し出した。

「頂戴いたす」

竹筒の栓を抜いて、薬草茶を口に流し込むと、爽《さわ》やかな香りが口に広がった。

「これは美味《うま》い」

「うちの婆様の自慢にございます。これをふだんから飲んでおれば風邪知らずと威張っております」

と苦笑いした宇吉も、磐音から竹筒を受け取るとひと口ふた口と飲んで栓をした。

「あと半刻も下ると儀助親方のいる場所に辿り着きます」

黒ぶちが河原から駆けあがってきて、磐音らも再び歩き出した。

川幅が広がった丹入川の両岸は切り立った岩場だが、黒ぶちは慣れた様子でひょいひょいと飛んで先導した。それでも時折り宇吉を振り返り、これでよいのかという表情で飼い主を見た。

磐音は黒ぶちに、尚武館の玄関番を務めていた白山《はくさん》の姿を重ねていた。今や再興すべき尚武館の建物はこの地上から消えてないという。

白山は小梅村の今津屋の御寮で小田平助らと磐音らの帰りを待っているだろう。

丹入川の流れが早まり、前方に大滝があることが知れた。そこは剣客平賀唯助《ひらがただすけ》が和歌山藩の地役人三人を殺害して、懐の銭を奪った場所だった。

偶然にも磐音は平賀の凄腕を岩場の上から鷹次と一緒に見ていた。その平賀も高野山奥之院御廟《ごびょう》前で磐音に戦いを挑み、亡くなっていた。

丹入川のほとりを諸行無常《しょぎょうむじょう》の風が吹き抜けていく。

宇吉は、大滝を過ぎた辺りで流れから離れ、急な崖《がけ》を高野山とは対岸の外八葉の山並みへと導いていった。そこは儀助親方らが尾行者をまこうと必死の逃走を企てた地であった。

しばらく行くと黒ぶちがふいにわんわんと鳴いた。

伊那蕗山の摩崖仏の前では、雑賀衆の武三郎《たけさぶろう》が腰に山刀を差して待っていた。

「武三郎、待たせたな」

と宇吉が若い武三郎を労《ねぎら》い、

「坂崎様が同道なされた」

と言った。

「田植えじゃから、人は割《さ》けまいと思うておったが、坂崎様が来てくださったのは心強い」

「連絡《つなぎ》は入ったか」

「宇吉さん、坂崎様、相手は十九人で、その頭分は唐人らしいと連絡が入りました。この地より一里半、丹入川の支流の谷に入り込んでいるようです」

「武三郎、熊谷《くまだに》流れの谷か」

「へえ、あそこは余所者が入るところじゃねえ。じゃが追うほうも難儀じゃ」

「追っ手は弥助どのを含めて四人じゃな」

磐音は念を押しながら、岩棚に儀助ら三人の骸が横たえられているのを目にした。頷く武三郎に宇吉が竹籠を背から下ろすと、白布を出し、さらに線香と火打石を出した。

　黒ぶちはその辺りをくんくんと嗅《か》ぎまわっていた。さらに殺人者との臭《にお》いを区別するように儀助らの骸を嗅いでいた。

　磐音と宇吉は儀助ら三人の亡骸の傷を調べた。どの体にも矢傷と斬り傷が無数に残されて、まず矢傷で動きを止めた様子が窺えた。そのうえで姥捨の郷への入口を尋問したのだろう、儀助の体には多数の責められた傷が残っていた。だが、儀助らは無言を貫きとおして姥捨の郷への潜入口を告げなかった。それは儀助らがなぶり殺しに遭《あ》ったことと、唐人に率いられた雹一味が未だ熊谷流れを彷徨《さまよ》っていることが示していた。

　磐音は儀助らの顔を水で清めて、白布で包んだ。そして、線香を手向《たむ》けると儀助らに、

（必ずや仇を討つ）

　と誓った。

「武三郎、迎えが来るまでしばし辛抱せえ」

　宇吉が武三郎に命じて、竹籠から竹皮包みの食べ物を残した。

「黒ぶち、熊が相手ではないぞ。卑怯者《ひきょうもの》めの後を追え」

と宇吉が命ずると、黒ぶちが摩崖仏の背後の山の斜面を登り始めた。

「宇吉さん、坂崎様、杖《つえ》を持っていかれませんか」

と武三郎が手作りした堅木《かたぎ》の五尺棒を差し出した。儀助らの骸を姥捨の郷まで運ぶことを考え、武三郎は山刀で竹棒や木の棒を手作りしていたのだ。

「おお、これはよい。借りていこう」

磐音は長さ五尺ほどの棒を振って強度と撓《しな》りがあることを確かめた。

わんわん
と先に山の斜面に入った黒ぶちが磐音らを誘い、二人も従った。

どこをどう歩いているのか、黒ぶちは山に這い上がり、谷に下りて、再び岩場を這い上がって一刻あまり歩き続けた。

ふいに黒ぶちの背の毛が逆立った。だが、どこか迷いもあるのか、ゆっくりと進み始めた。さらにしばらく行くと黒ぶちの様子が変わった。尻尾《しっぽ》を振り始め、咆《ほ》えた。

「おお、黒ぶちが援軍に現れたか。おや、坂崎様もご一緒じゃぞ」

岩陰から雑賀衆の男衆東田《ひがしだ》の伊造《いぞう》が姿を見せた。磐音を剣術の師と仰ぐ一人で、姥捨の数少ない男衆を束ねる助年寄だ。

岩陰に回ると弥助ら三人が岩場に腰を下ろしていた。

「ご苦労でしたな」

と磬音が声をかけると弥助が、

「唐人め、あれこれと細工をしおって、なかなか距離を詰めさせません。それにただ今のようにふわっと行方を晦《くら》ませるので、思案していたところです」

昨日京から姥捨の郷に戻ってきたばかりの弥助が珍しく弱音を吐いた。

「強い味方が加わったでな、安心なされよ」

と磬音が黒ぶちを見た。

「弥助どの、一味に唐人が交じっておるというが、まさか雹田平ではござるまいな」

「ちらりとそやつの影を遠くから見ましたが、雹ではございません。長崎から連れてきた唐人で和語を喋ります。鳥の囀《さえず》りのような声をこの内八葉外八葉のあちらこちらから発する術を心得ておりまして、こちらを迷わせてなかなか尻尾を摑まえることができません」

さしもの弥助もいささかうんざりした表情だ。

「弥助どのらを疲れさせ、そこを襲おうという算段ではござらぬか」

「へえ、いかにもそうかもしれません」

「元気をつけてください」

宇吉が伊造や弥助らに竹籠に入れてきた食べ物を渡した。

竹皮に包まれた握り飯は田植えの場で食するものだったが、聖右衛門が宇吉に持たせたものだ。

「坂崎様も腹が減ったことでしょう」

宇吉が竹皮包みを渡した。

刻限はすでに九つ（正午）を回った頃か、中天にある太陽が内八葉外八葉を照らし付けていた。

「頂戴しよう」

宇吉は自分が食べる前に黒ぶちに熊肉を与えた。

梅と煮た熊肉を包み込んだ握り飯を香の物と一緒に二つ食した一行六人と黒ぶちは元気を取り戻して、改めて雹一党の追跡にかかることにした。

伊造が布切れに擦《こす》りつけた臭いを黒ぶちに嗅がせた。

「なんとも得体の知れない臭いを時折り振りまきまして、わっしらの追跡を攪乱《かくらん》しゃがるので。だが、こんどはその臭いがそやつのもとへと案内してくれましょうよ。黒ぶち、よう嗅いだか」
と黒ぶちに話しかけると、くんくん布切れを嗅いでいた黒ぶちが顔を上げ、内八葉外八葉の山並みを睨んで、
わあーん
とひと声吼えると力強く歩き出した。

四

内八葉外八葉の山並みは標高こそ三千余尺と高くはないが、幾重にも重なり合った峰々が連なり、神聖にして厳《おごそ》かな静寂が支配していた。

神々が宿る原生林の中を、雹田平の一味はときに一手に集まり、またときに数組に分かれて、磐音ら追跡者を攪乱した。

だが、雑賀衆はこの地に二百年余生きる一族だ。

長崎の唐人がいくら霊力に優れようと、また諸国を浪々してきた武芸者であろうと、確実に間を詰めていた。雑賀衆の助年寄伊造らはこの山並みを暮らしの場

にしてきたのだ。まして、磐音一行には熊獲りで駆け回る黒ぶちが加わっていた。

だが、敵もさる者、追跡者が距離を詰めてきたと思うと、渓谷に入って臭いを消し、数組に分かれた者たちが再び合流し、また新たに散ってあちらこちらに野生の動物の臭いを振りまき、黒ぶちの追跡を躱《かわ》して逃げ回った。

相手の気配を感じつつも、影を捉《とら》えることができず、追跡行は一刻余におよんだが、谷底を見下ろす細流で気配が消えた。

「弥助どの、伊造どの、ご一統、あやつら、われらを誑《たぶら》かしつつ、こちらが疲れるのを待っているとは思われぬか」

磐音が言い出したのは、細流が流れ込む谷底を見下ろす岩場だ。

内八葉外八葉を照らす日は西に傾き始めていた。

「雹が長崎で見つけた唐人め、われらがどう追跡してくるか見通して、あれこれと策を凝らしておりますな」

と弥助が言い、

「あやつら、姥捨の郷に入り込むために外八葉の山々を歩き回り、よう地形を承知しておりますぞ。敵ながらあっぱれというべきでしょう。和歌山藩の地役人などとうてい足元にも及びません」

と伊造も答え、

「それにしても腹が立つのは、今もわれらの様子を遠くから窺っておる様子があることです」

と言い切った。

磐音は長崎滞在中に聞いたことを思い出していた。

唐人のある者は、声が聞こえなくとも口の動きで言葉を解するというのだ。ひょっとしたら、名も知れぬ唐人もこの読唇術を心得た者ではないか。

「伊造どの、これから話すときは手で口を押さえて話してくだされ」

と自らの口元を隠しながら願うと理由を述べた。すると早速伊造が手で口を覆って、

「やつら、こちらの動きを読みとっておりましたか。道理でわれらの考えの先へ先へと行方を晦ますわけです」

と得心したように話した。

磐音は口元から掌を外しながら、空を見上げた。

「もう日も落ちよう。追跡行はここまでにして、姥捨の郷にいったん戻ろうか」

弥助も伊造らもその言葉に怪訝《けげん》な顔をした。

だが、磐音が言い出したことだ、なんぞ考えがあってのことと思い、一行が頷いた。さすがの雑賀衆の伊造らも、唐人を頭にした相手方に引き回されて、いら立ちが生じていた。

一同は、気分を変えるためにもいったん山を下りることにした。

黒ぶちをなだめて黙々と丹入川のほとりへと下りた。上流へ六、七丁も上がれば、段々滝の下流にあって剣客平賀唯助が和歌山藩の地役人三人を斬った岩場のある大滝に出る。

「伊造どの、あやつら、われらのあとを追ってきたな」

「気配は消しておりますが、坂崎様がわざわざ枝を折り、下草を踏み潰した跡を辿って追ってきましたぞ。最前とは反対の立場にわれら立たされたことになる。さてその先はどうなされますな」

という伊造に弥助が、

「若先生はなんぞ考えがあって山を下りられましたか」

「弥助どの、あやつら、追えば追うほど一定の間合いをとって陽炎《かげろう》のように逃げおる。ならば反対にわれらの後を追わせ、誘《おび》き寄せる算段はないかと考えたのじゃ」

「なるほど、そのようなお考えにございましたか。この先には姥捨の郷への境が待ち受けておりますが、どういたしますな」

「あやつらは、われらがその口を通ることを見越して追跡してきたのだ。われらに姥捨の郷の潜入口を案内《あない》させようとしておるのだ」

「こいつは姥捨の郷の生命線、滅多なことで余所者に悟られるわけにはいきませんぞ」

と伊造が手で口を覆いながら言った。

「あやつらをわれらの手元まで誘き寄せるには、その策しかござるまい」

「坂崎様は川の道一ノ口を使って、あやつらを皆殺しにしようと考えておられますか」

「こちらの手を曝《さら》してあやつらを一気に斃《たお》すしか手はあるまいと思うたが、どうじゃ」

磐音の言葉に伊造と雑賀衆が考え込んだ。しばし沈黙していた伊造が、

「われらは六人、相手方は十九人か。一人が三人を一気に斃さねばなりません」

「じゃが、少数のわれらが多勢の逃げ場を塞いで一気に斃すしか、姥捨の郷の秘密を守る術《すべ》はござらぬ」

「坂崎様、いささか冷たい思いをすることになりますぞ」

「多勢に無勢の戦い、冷たい思いなど、いくらでも我慢いたそう」

「ならば」

と助年寄の伊造が決断し、丹入川の河原に下りると上流へ上り出した。

半刻後、磐音ら六人と黒ぶちは、
どどどど
と膨大な水塊が音を轟《とどろ》かせて滝壺に落ちる、段々滝の内側に隠れ潜んでいた。

伊造によれば川の道一ノ口の段々滝は丹入川の中でもいちばん水勢のある瀑布《ばくふ》で、その内側に姥捨の郷への進入路が隠されていた。

伊造は磐音の考えを聞いたとき、

「肉を切らせて骨を断つ」

策しかないと覚悟した。

この川の道一ノ口を破られれば、姥捨の郷が雹田平一派に知られることになる。

それを防ぐには六人が身を賭《と》して、雹の刺客団を待ち受けるしかなかった。

日が落ちたか、瀑布の内側の気温が急激に下がっていった。

段々滝の内側に幾重にも水が落下して、その間に細い道、川の道一ノ口がくねくねと伸びていた。

磐音らは内側の滝水の中に身を潜めてひたすら待った。伊造が、

「冷たい思い」

と言ったのはこのことだと、磐音も弥助も身に染みて噛《か》みしめていた。

初夏とはいえ滝の水は冷たかった。だが、耐えて待つしかない。

磐音らが段々滝内側の落水に溶け込んで四半刻が過ぎた頃か、瀑布の内側の一角に灯《あか》りが現れた。

追跡者に変わった雹一派は松明《たいまつ》を灯して、瀑布の内側に入り込んできた。

(罠《わな》に誘い込まれたわ)

磐音らは姿と体臭を消す水勢の中で追跡者を待った。

瀑布の内側を観察しているのか、入口から中へはなかなか入ってこなかった。

敵の気配を感じていきり立つ黒ぶちを宇吉が必死で制していた。

ついに灯りが動いた。

十九人の面々が段々滝の瀑布裏に隠された川の道一ノ口に、一列になって入ってきた。前後に松明方がいた。

磐音は水の中に隠れた六人のうち、入口にいちばん近い水の壁に身を潜めてい

た。

一人ふたり、と磐音の前を通過していく。

追跡者は瀑布が轟く滝裏の岩棚道を歩くのに神経を遣って、まさか水の壁の中に磐音らが待ち伏せしているとは考えもつかないのか、通り過ぎていった。

磐音の狙《ねら》いは唐人だった。唐人を磐音が始末するのをきっかけに弥助や伊造がそれぞれ得意の得物と技を駆使して、十九人を一人残らず殲滅しなければならなかった。一人として生きてこの場を去らせてはならない戦いだった。それは田植えの手伝いに姥捨の郷に戻ろうとしていた儀助親方ら三人の仇を討つことでもあった。

磐音の前を十数人が通り過ぎ、一行の最後尾の松明が水の流れの向こうに浮かんだ。松明の二人ほど前に白い長衣が浮かんだ。

磐音は気配を殺してその瞬間を待った。

段々滝の内側は水の壁がいくつも立って落下し、その間を抜ける川の道一ノ口は一見閉鎖された空間と思えたが、その実、包平を使えるほど奥行もあり天井も高かった。

しかしながら水の壁に塞がれた中を初めて通過する人間には、恐怖と不安を伴った閉塞感《へいそくかん》を与えた。

唐人がなにごとか呟きながら磐音の前にさしかかった。

「うむ」

というふうに口を開いた唐人が、磐音の隠れた水の壁の前で足を止め、腰の青《せい》龍刀《りゆうとう》に手を伸ばした。

磐音の手が包平の柄《つか》にかかり、水塊とともに一気に唐人の体を両断して、外の瀑布へと突き落としたのが一瞬先だった。

松明を手にした刺客の一人が松明を捨て剣を抜こうとしたが、水の壁から姿を現した、濡《ぬ》れそぼった阿修羅《あしゆら》のような磐音の一撃を浴びて、滝壺に姿を消した。

磐音が動いたのをきっかけに弥助や伊造ら雑賀衆が匕首《あいくち》や山刀を振るい、足場の定かではない川の道一ノ口の段々滝裏で動きを止めた面々に襲いかかった。

黒ぶちも、逃げ出そうとする松明の男の足首に嚙みつくと、四肢を踏ん張って、首を左右に振った。

「ああああっ」

という悲鳴を残して男は滝壺に落ちていった。

磐音は一行の後ろから次々に非情の剣を振るっていった。

姥捨の郷を守り、儀助ら三人の仇を討ち、田沼意次の愛妾、神田橋のお部屋様おすなに磬音の居場所を知られないために包平を振るった。

七人を倒し、八人目は恐怖心から錯乱し自ら瀑布へと身を投げたとき、段々滝裏の待ち伏せ作戦は終わった。

「怪我はござらぬか」

と磬音が一行に声をかけると、

「宇吉、黒ぶち、元気にございます」

「伊造、かすり傷一つございません」

と無事を報告する声が段々滝の瀑布裏に次々に木霊《こだま》して、一行はその場から滝壺を見下ろす岩場に出た。

磬音の目に最初に飛び込んできたのは、月光に蒼白《あおじろ》く照らされた滝壺だった。

そして、渦巻く滝壺の上を飛び交う螢《ほたる》の明かりがなんとも幻想的であった。

滝壺に雹一派の刺客の姿は一人としてなかった。十九人の命を呑み込んだとは思えないくらい静けさに満ちていた。いや、瀑布の音が轟いていた。だが、岩場に立つ磬音らに静寂を感じさせたのは、唐人らの命を呑み込んだからであろうか。

「坂崎様、この段々滝、馬殺しと申しましてな、落ちた者を一気に滝壺の底深くに引きずり込むのでございますよ。これまでこの滝壺に落ちて命が助かった者は一人としておりませんし、骸さえも上がってくることはございません」

と助年寄の伊造が言い、一行六人はしばし滝壺の螢の明かりを見ていた。

月の位置から察して五つ（午後八時）過ぎか。

「姥捨の郷に戻りましょうか」

伊造が磐音に話しかけた。

「この段々滝から摩崖仏までそう遠くはございますまい。この六人に武三郎どのを加えて七人がおるのだ、儀助どの方の骸三体を収容して姥捨の郷に戻りませぬか。いつまでも武三郎どの一人に番をさせておくのも可哀想じゃ」

「坂崎様、お手伝いいただけますので」

「姥捨の郷が人数を出せるのは田植えが終わったあとでござろう。ならば、われらが儀助どの方を今宵《こよい》じゅうに父祖の地に連れ帰ろうではないか」

「はっ」

と助年寄の伊造が感激の返事をすると、

「宇吉、案内に立て」

と命じた。

儀助ら三人の亡骸《なきがら》を武三郎が拵《こしら》えていた竹製の担架を利用して姥捨の郷の雑賀《さいか》寺《でら》に運び込んだのは七つ（午前四時）過ぎのことだった。磐音らの帰着は、三婆様、年神様らに知らされ、雑賀寺に姥捨の郷の長老衆が駆け付けてきた。

遺体が姥捨の水で浄《きよ》められる間、伊造が十九人の刺客団を始末した経緯を長老方に報告した。

「だれ一人生き残った者はおらぬのじゃな」

「年神様、儀助親方らの仇はきっちりととりましてございます。これもすべて、坂崎様と弥助さんが味方に加わっておればこそできたものにございます」

「坂崎様、またそなた様に借りができましたな」

「聖右衛門様、三婆様、雹一味を姥捨の郷近くにまで来させたは、すべてわれらの咎《とが》にございます。そのことを思えば、それがしと弥助どのの働きは当然のこと、借りなどと斟酌《しんしゃく》なさることはございません」

「坂崎様方とわれら雑賀衆は、もはや一蓮托生《いちれんたくしょう》の間柄にございますよ、年神様」

と三婆の筆頭梅衣《うめごろも》のお清《きよ》が言い、

「聖右衛門どの、儀助親方らの弔《とむら》いは田植えが終わったあとに行いましょうかな。

今日はこれから空海様の慈悲にすがって、思円《しえん》和尚に読経を願いましょうな」と雑賀寺の本堂に磐音らは向かった。

浄められた儀助らは本堂に安置され、雑賀衆として名誉の死を遂げた三人の霊前にて思円和尚が読経し、線香が手向けられたあと、慌ただしく墓地に埋葬された。

田植えが待っていた。本葬は田植えが終わってから執り行うことが長老衆の間で決していた。

「坂崎様、伊造、そなたらも河原の湯で体を温めなされ。その間に着替えを持たせますでな」

一晩じゅう内八葉外八葉を駆け回っていた磐音ら七人は、お清の心遣いを有難く受けて河原の湯に向かった。

四半刻後、磐音らは白み始めた東空を河原の湯から見ていた。

「伊造どのが冷たい思いと若先生に言われたとき、わっしは初夏のこと、山歩きで汗みどろになった体を洗うにはちょうどよいと思うておりましたよ。ところがなんのなんの、凍えるほどの厳しさに正直後悔しましたぞ」

と弥助が河原の湯で体が温まったところで、本音を語った。

「雑賀衆の者でも、まさか段々滝裏の水の壁に身を潜めた者はおりますまい。いや、われらも身が縮んで大事なときに体が動くかと案じました。ともかく儀助親方らの仇を討ちたい一心でございました」

と伊造が弥助に応じた。

「摩崖仏でわっし一人が寂しい思いをしておるかと思うておりましたが、坂崎様方が水の中に潜んでおられたとは知りませんでした」

と武三郎も話に加わった。

田植え二日目が始まる様子で、棚田の真ん中にある広場では篝火が焚かれ、囃《はや》子《し》方の爺様や早乙女らが陽気な調べを演奏し始めた。

「若先生、弥助様、おこん様から着替えを預かってきましたぞ」

と田植え仕度の利次郎と辰平が姿を見せた。

「ありがたい。滝の水でずぶ濡れゆえな」

「梅衣のお清様が御客家にお見えになり、若先生方は夜通し働かれたゆえ本日は田植えを休んで体を養いなされと言葉を残されていきました」

「なに、われらは寝よとお清様は申されたか」

「若先生方の体を気遣ってのことですよ」

「それでわが女房どのはどう言うたな」

と磐音が問い返すと、辰平が、

「どなたがどう申されようと、わが亭主どのは田植えを休むことはございますまい。野良着を届けてくださいとかように持参しました」

「さすがはわが女房どの」

磐音がにっこりと笑った。

「辰平さんや、わっしはどうなのだ」

「弥助様のことは、おこん様は寝巻と野良着のどちらなりと好きなほうをお選びくださいと申されて、われらの爺様の体を気遣《きづこ》うておられました」

「辰平さん、この弥助、そなたらの爺様になった覚えはないぞ」

「そうそう、空也様の爺様にございましたな」

「利次郎さんや、痛いところを突きおって」

「ともかく、若先生、次の機会にはわれら二人の若武者を戦いの場に連れていってくだされ」

と利次郎が磐音に談判すると、

「田植えは姥捨の郷の一大事、血なまぐさい戦いの場よりどれほどよいか。本日はそれがし、辰平どのと利次郎どのの組に加わり、二人の仕事ぶりを拝見いたすでな」

「やっぱりこの足で田植えに参られるおつもりですか」

「いかぬか」

「霧子の小言だけでもうんざりしておるところに、若先生と弥助様が田植えに加わられるか」

と利次郎が頭を抱えた。

「加勢は一人でも多いほうがよかろう」

「若先生がおられると手を抜くこともできんぞ。どうする、辰平」

「手を抜いておるのはそなた一人だ。それがしを仲間に加えるな」

「辰平まで離反しおったか。本日は女衆の組に入れてもらおう。助年寄、そう願えませぬか」

「ようございますとも。霧子の組にお入りなされ」

と伊造に言われた利次郎が、

「うへえ」

と頭を抱えたとき、

「やんれやれやれ、姥捨棚田の田植えにござい、田人も早乙女も棚田に集い、早苗植えよや、植えよや早苗、手と手と触れれば苗育つ」

と賑やかな囃子とともに歌声が響いてきた。

「弥助どの、田植えに参ろうか」

と磐音が言い、河原の湯から上がった。

「やっぱり田植えに参られますか」

「利次郎どの、そなたの好きなようになされ」

「若先生、そんなことをしたら霧子にこっぴどく叱られます」

と利次郎が悲鳴を上げて、河原の湯に笑い声が響いた。

第三章　ぴらぴら簪

一

江戸は本所北割下水から無遠慮にも騒がしい胴間声《どうまごえ》が響いてきた。

「柳次郎、そなたの女房どのの腹がぽっこりと膨らんでまいったな。これでは内職もままなるまい。実家に戻すか」

「何を申すか武左衛門どの、大事な嫁女を実家に戻すとはどういうことです」

「幾代様、知れたこと。品川家にかぎらず、北割下水の御家人は貧乏を絵に描いたような暮らしでござろう。こちらでも食い扶持が一人減れば、それだけ助かるというもの。子を産むのも椎葉家で為《な》し、そうだな、生まれた子が這い這いするくらいまで親子を預かってもらうのだ。さすれば品川家の家計がだいぶ浮こう。

どうじゃ、柳次郎、この武左衛門の考えは。ときに嫁女はこわい姑《しゅうとめ》のもとを離れて、実家でのうのうと羽を伸ばしたいものよ」

品川家の縁側に尻切《しりき》り半纏《ばんてん》で腰を下ろした武左衛門が言った。幾代が武左衛門の言葉を聞き流して奥に消え、座敷に膳を並べる柳次郎が、

「せっかく嫁に来てもろうたお有をなぜ実家に戻さねばならぬ」

と友に反論した。

その昔、武左衛門は二本差しにこだわる浪人であった。が、日傭《ひようと》取りの力仕事もままならぬ年齢に達し、陸奥《むつ》磐城平《いわきたいら》藩安藤《あんどう》家下屋敷に中間《ちゅうげん》として雇われることになり、武士を捨てた。ために、一家は下屋敷のお長屋に住み暮らすことになり、娘の早苗が宮戸川に勤めるようにもなって家計もだいぶ落ち着いた。

「うむ、そなた、それがしが懇切丁寧《こんせつていねい》に説明した話が分からぬか。三人のうち、一人の食い扶持が助かるのだ。こんな楽なことはあるまい。かようなご時世、実入りは増えぬ、されど万事物は高直《こうじき》ゆえ暮らしは苦しい。そこで特段の知恵を授けてやったのだぞ」

平然と話し続ける武左衛門の背後に再び幾代が立ったのを、当人は気付いていなかった。

「武左衛門様、私はこちらで子を産みます。平川町には戻りませぬ」

せり出した腹で膳を運んできたお有も口を揃えた。

「おぬしら、この程度の理屈も分からぬか、厄介極まりなき夫婦じゃな。費えはできるだけ実家に出させる、これ、貧乏御家人の暮らしのこつよ」

と大声で喚く武左衛門の首筋にひんやりとした刃《やいば》が触れた。

「な、なんだ。おおっ、客に向かって、や、刃を突きつけるとは、どのような、ぞ、存念《ぞんねん》か」

「存念と申されたか、武左衛門どの」

幾代の低声が背にして、

「いかにも存念と申しましたがな。幾代様もお分かりにならないか」

「そなたの魂胆はよう分かりました。いかにも品川家は分限者に非《あら》ず。なれど嫁を餓えさせる真似はさせませぬ。岩田帯《いわたおび》を締め、内職ができぬようになったから実家に帰せと申されたな」

ぴたぴたぴた
と筑紫《ちくし》薙刀《なぎなた》の反《そ》りの強い刃が武左衛門の無精髭《ぶしょうひげ》の生えた頰《ほお》を叩き、武左衛門が両眼を閉じた。

「や、やめてくだされ、幾代様。ど、どこがどう気に入らぬのだ」

と恐怖を堪《こら》えて眼を開き、見上げると、白い襷《たすき》に鉢巻き姿の幾代が怖い顔で睨んでいた。

「ふええっ」

と首を竦める武左衛門に柳次郎が、

「旦那、お有もこの家で子を生《な》すと決めておるのだ。一家三人が一つのものを三つに分けて食せばなんとか生きられる。そのような馬鹿げた暮らしのこつとやらを自慢げに披露すると、本気で母上の薙刀が一閃するぞ」

「ば、ばかをぬかせ。それがしが大事な知恵を授けたというに、この品川家では三人して得心がいかぬとは嘆かわしい」

「そのようなことはどうでもよい。そろそろ客が来られる頃合いだ。旦那、手伝う気にはならぬか」

「岩田帯を締めた内祝いをやるからと呼ばれた客人の一人だぞ。客をさように使い立てしていいのか」

妊娠して五月《いつつき》をめどに黄道吉日《こうどうきちにち》を選んで、氏神様でお祓いをしてもらった岩田帯を締める仕来りがあった。

品川家では、お有が岩田帯を締めた祝いに、正客として仲人の桂川甫周国瑞、桜子夫婦、お有の実家の椎葉夫婦とお有の弟佐太郎《すけたろう》、今津屋の老分番頭の由蔵、おこんの父親の金兵衛、南町奉行所の与力《よりき》笹塚孫一《まごいち》、定廻《じょうまわ》り同心の木下一郎太《いちろうた》、それに地蔵の竹蔵親分らを招いて、宴《うたげ》を開こうとしていた。

真っ先に姿を見せた武左衛門も一応客の一人だが、相変わらずの尻切り半纏姿で、まったく客に呼ばれた形《なり》ではなかった。

「よし、門前に立って、それがしが来る客を呼び込もう。北割下水の御家人屋敷は門も貧相じゃによって、うっかりと通り過ぎてもいかん」

「一々、旦那に言われなくとも、招かれた方々全員がわが屋敷の質素を承知じゃ、そのようなことを口にいたすな」

「この屋敷が質素とな、ものは言いようじゃな」

と手入れが行き届いた屋敷を見廻した武左衛門が、

「柳次郎、それがしは台所でお燗番《かんばん》を務めよう」

と庭から台所に行きかけた。

「そのお役がいちばん危ないわ。お燗番どころか、手酌で飲むのに忙しかろう。やっぱり旦那には門前に立っていただく。それがいちばん無難じゃからな」

と柳次郎が武左衛門に命じたとき、門前で訪《おとな》いの声がして、椎葉家の三人が早、到着した。

「柳次郎、座敷に上げてよいのか」

「控え座敷などないからな。縁側に案内《あない》して、鶏が餌《えさ》を啄《ついば》む光景でも見ていていただこうか。ただ今膳部を並べるでな」

「なんとも御家人の家のもてなしは貧しいのう。客に向かって鶏が餌をつつく庭を見ておれだと」

と武左衛門が呟くところに、椎葉家のほかにも、桂川国瑞と桜子夫婦、南町奉行所の古狸《ふるだぬき》の笹塚孫一、木下一郎太らを案内して、地蔵の竹蔵親分や金兵衛が続々と姿を見せた。

「ささっ、ご一統様、すべて馴染みの顔ばかり。ならばこの家が狭い屋敷ということも承知でござろう。どなた様も体を小そうして庭に通られ、鶏が餌を啄む景色と瓢簞《ひょうたん》がぶら下がるところを暫時《ざんじ》見物しながら、時がくるのを待ってくだされよ」

と武左衛門が叫ぶと、客を狭い庭に案内した。

椎葉夫妻こそ武左衛門とその口調に呆れ顔だったが、国瑞らは慣れたもので、

秋の陽射《ひざ》しが差し込む庭に通った。そして、桜子が、

「なんとも長閑《のどか》な佇《たたず》まいですこと」

　と感心した。

「なにっ、御典医のお屋敷ではかようなところを長閑といわれるか。これが長閑かのう。鶏を飼うのも野菜を狭い敷地で丹精《たんせい》するのも、すべて貧乏のなせる業《わざ》、生計《たつき》の足しにござる。つまりは内情火の車じゃな」

　と武左衛門が無駄口を叩くのを、

「これ、武左衛門どの、そなた、本日は客で呼ばれたか、それとも手伝い人か」

「おや、笹塚様。年番方《ねんばんかた》を辞されて閑職におられるそうな。北割下水の貧乏御家人の岩田帯の内祝いにまで顔を出されますか」

「そなたにそれがしが年番方を辞したことなど云々《うんぬん》されたくないわ。そなた、牢《ろう》屋敷に入ったこと一度ならず。その折り、あれこれと面倒を見て外に放逐してやったは、どこのたれか、忘れてはおるまいな」

「はて、牢屋敷などに逗留したかのう。そういえば、そのようなことがあったやもしれぬ。笹塚様、あの折り、牢から出すように尽力してくれたのは坂崎磐音であったかのう」

「ふーん」

と笹塚が鼻を鳴らし、

「そなた、覚えておらぬようじゃな。ならば今いちど牢屋敷に戻してもよいぞ。さすればこの界隈もすっきりしよう」

元年番方与力の眼力で武左衛門を睨んだ。

「ちょ、ちょっと待ってくだされ。なにもせぬ人間を牢につなぐなど乱暴な法があろうか」

「いえ、武左衛門の旦那の体を叩くと埃《ほこり》の一つや二つ、いや、牢に放り込む理由は事欠きませんよ。笹塚様、木下様、急ぎ牢屋敷に送り込んでくだされ」

と竹蔵親分まで掛け合いに加わったとき、門前で、

ぷーん

と鰻の蒲焼《かばやき》の香りが漂った。

「品川さんや、幸吉たちが注文の品を届けに来ておりますよ」

という金兵衛の声とともに松吉《まつきち》、幸吉、早苗の三人が、深川名物鰻処宮戸川の白焼きやら蒲焼を届けに姿を見せた。

「品川様、座敷に上げてようございますか」

幸吉がすっかり宮戸川の一人前の職人になった口調で柳次郎に尋ねた。座敷では桜子も手伝って、岩田帯の祝いの席ができた。

「父上、その形《なり》で祝いの席に参られましたか」

と縁側で早苗が父親の武左衛門を小声で詰《なじ》った。

「いかぬか。わしとこの家は親戚同然の付き合いじゃぞ。そう堅苦しゅう考えずともよかろう」

「母上はなにも言われませんでしたか」

「勢津《せつ》はわしがどこへ参ったか知らぬでな」

「呆れました。体面にも関わります、すぐに着替えてきてください」

「早苗、たかが柳次郎の家の飲み会じゃぞ。気張った形では当家が恥を搔くことになる。なにしろこの界隈で品川家ほど家禄《かろく》の低い御家人はおらぬからのう。柳次郎、こちらは七十俵何人扶持であったかのう」

と早苗の気持ちなど一切構わぬ武左衛門に早苗が顔を赤らめた。

「早苗さん、父御《てでご》に法を説いても無駄です。うちは諦《あきら》めておりますから、娘のそなたが案じずともようございますよ」

と幾代が言うところに、

「幾代様、お有様、膳の上に並べてみましたが、いかがにございますか」

と幸吉が品川家の女たちに訊いた。点検するように膳を見た幾代が、

「宮戸川の鰻が加われば、わが家の膳も賑やかにも晴れがましく、一段と格が上がりますね。親方にお礼を言うてください」

と言い、幸吉たちが、

「毎度ありがとうございました」

と言って姿を消した。

「ささっ、お待たせ申しました。座敷に名札がついておりますので、その場に座してくだされ」

と柳次郎の声で招客が縁側や玄関から上がり、銘々《めいめい》席に着いた。

「うむ、残るは今津屋の由蔵どのだけか」

と柳次郎が由蔵の席を目に留めた。そのとき、

「遅参して申し訳ございません」

と声がして、手代に角樽《つのだる》を持たせた由蔵が庭に姿を見せた。

「おや、皆さん、すでにお揃いでございましたか。申し訳ないことにございます。出がけにいささか手間取ることが生じまして、かように遅れてしまいました」

と庭先から頭を下げた由蔵が、

「手代さん、角樽を」

と縁側に立つ柳次郎に渡すよう長身の手代に命じた。

「畏《かしこ》まりました」

と手代が縁側に近寄り、角樽を差し出した。

「母上、お有、今津屋さんから角樽を頂戴しました」

と柳次郎が言うと武左衛門が、

「それはわしが台所に運んでおこう。今津屋からの酒となると、下《くだ》り酒、それも新酒ではないか。これは燗《かん》などしてはならぬ、冷《ひや》にかぎる」

と柳次郎の手から取り上げようとした。その柳次郎が、

「ううっ」

と驚きの声を洩らし、手代の顔をまじまじと見直した。

「なんだ、柳次郎。角樽の酒が腐っておるのか」

「馬鹿を申せ」

と言った柳次郎が、

「そ、そなたは」

と念入りに手代の顔を見た。

「松平辰平どのではないか」

「しいっ、お静かに願います」

と由蔵が言い、

「私が遅れた理由にございます」

「辰平どのは坂崎さんと一緒と聞いたが、まさか坂崎さん方が江戸に戻っておられるのでは」

「いえ、ただ今ご一統様に事情を説明させてもらいます」

と答える辰平の返事に、

「母上、お有、それがしの膳を辰平どのに差し上げて席を設けてくだされ」

「柳次郎、なにがあってもいいように、膳の一つ二つはすぐに増やせるよう仕度してありますよ。それよりなにより由蔵さんと辰平どのに座敷に上がっていただきなされ」

幾代が即座に応じると、お有と一緒に台所に姿を消した。

新たに辰平の席が設けられ、全員が膳部を前に座した。

「本日はお招きに与り有難うございます。品川家ではお有様の腹のややこが健やかに成長なされますよう、お祈りしております」

桂川甫周国瑞の音頭で岩田帯の祝いの乾杯がなされた。だが、乾杯が終わってみると、突然出現した辰平に当然のように注意が集まった。

「いえね、最前うちの裏口に旅の方が訪ねてきておられると女衆《おんなし》に教えられ、はて、裏口とは異なことと私が出てみると、松平辰平様ではございませんか。そこで慌てて奥へ通っていただき、ざっと理由を聞かせてもらいました。その上で主《あるじ》の吉右衛門が、品川家のお招きに松平様をお連れしたらどうですと勧めたため、かように手代に変装させてご一緒してきたわけにございます」

と由蔵が松平辰平同道の経緯《いきさつ》を告げた。

「辰平さん、うちの婿どのとおこんになにか異変があったのではなかろうな」

と金兵衛がまずそのことを案じた。

「いや、ご夫婦にも空也様にもどなたにも、何事があったわけではありません。それがし、若先生の命《めい》で江戸のさるお方に書状をじかに届けることになり、かくの如く隠密裡《り》に江戸入りしたところです」

と辰平が説明したところに、

「辰平さん、若先生方はどちらにおられるのじゃ。三度三度の飯は食しておられるか」

　とすでに茶碗《ちゃわん》酒を何杯か飲み干した様子の武左衛門が尋ねた。

「竹村さん、われらがどこに住み暮らしているかは申せません。いえ、これはひとえに皆様方に迷惑がかかると懸念してのこと。若先生の周りには常に田沼一派の眼が光っておりますからね」

「それにしても、いつまで田沼を恐れて逃げ回っておるのだ。尚武館の後継がそれではだらしがないではないか」

「相手は老中田沼意次様、用心にこしたことはございません」

「田沼が死ぬのを旅の空で待つつもりか。なんとも気の長い話じゃな」

「黙れ、武左衛門」

　と柳次郎が品川家の主の威厳で一喝し、

「辰平どのの話を静かに拝聴しようではないか」

　と辰平を促した。

「それがし、こたびの御用で訪れてよいと若先生に許されたのは、書状の届け先と今津屋のほかは、一つだけにございました。今津屋の主どのの判断でかように皆様とお目にかかれて嬉しゅうございます。話は幾晩徹宵《てつしょう》しても尽きぬでしょう」

辰平は、残りの一つの訪ね先、三味芳《しゃみよし》六代目鶴吉《つるきち》の名を口にしなかった。

「そなた、先行して江戸に戻ってきたのだな」

「それがし、用事が済んだ上は、さるお方の返信を頂戴して田沼一派に気付かれぬうちに江戸を離れます」

と武左衛門の問いに辰平が応じた。

「辰平さんはお屋敷にも戻られぬそうにございます。念を押しますが、それだけ田沼様の刺客や密偵の眼が私どもに注がれておるということにございましょう。本日、こちらに辰平様をお連れしたのはわが主と私の一存にございます。どうか、皆様にもこのこと構えて余所《よそ》に洩らさないでくださいまし」

と由蔵が念を押して願った。

「なんでもいいから、婿どの方の様子を聞かせてくだされ」

金兵衛の懇願に辰平が覚悟したように頷き、話し始めた。

「磐音様、おこん様、空也様を中心に、弥助様、霧子、重富利次郎とそれがしの七人で、とある隠れ里に住み暮らしております。それがしと利次郎は若先生から武者修行先に書状を頂戴し、なんとしても若先生の旅に加わりたい一念で筑前博多から若先生の故郷豊後関前を経由し、利次郎が滞在しておりました土佐高知に向かいました。そこで二人で話し合った末、若先生方が潜んでおられる隠れ里を目指したのです。ですが、それは書状の文面を推測しての探索行です、ひと月余りも時を要してさえ見つからず、半ば諦めかけたとき、反対に霧子によってわれら二人は見つけ出されたのでございます。その地は老中田沼意次様といえども、おいそれとは手出しができない場所にございまして、その隠れ里にいる分にはまず安心かと存じます」

「安心ならばよかった。でも早く孫の顔を見たいものだよ」

「金兵衛どの、これより述べることは、若先生が許されたことではございません。間違いがあるやもしれませぬが、そのお積もりでお聞きくだされ」

と辰平は前置きして願った。

「分かりました、辰平どの」

と国瑞が一同を代表して返答をした。

「江戸に戻ることを若先生は内心決しておられるように見受けられます。ためにそれがしを江戸に遣わされ、弥助どのと霧子を京に、さらに利次郎を名古屋に遣わされたのでございましょう」

「おい、最前から皆が訊きたいことは、尚武館の若先生はいつ江戸に戻るつもりかということじゃ」

武左衛門が性急に尋ねた。

「江戸に戻る決心をされたのではないかというのは、それがしの推測にすぎませぬ。若先生の胸中はたれも窺い知れませぬ。ですが、われらに命じられた動きからそう察したのです」

と辰平は自らに許された範囲の中で、江戸の仲間に推測してもらおうと言った。

「辰平さん、なんでもいいからさ、婿どのたちが江戸に戻るのはいつごろなんだい」

と金兵衛もせっついた。

「若先生は慎重なお方です。江戸に戻る以上、田沼一派の攻撃は激しさを増しましょう。それに対抗できる策を考えられたあとに動かれると思われます」

辰平の言葉に国瑞が、

「私どもは家基様をお守りできなかった一事を忘れてはなりません。そのことがあるからこそ、坂崎磐音どのは慎重の上にも慎重な布石を打って、江戸への帰還を果たそうとしておられるのでしょう。私は辰平どのを江戸に遣わされたこと自体、すでに江戸に戻られるための強い決意の表れと考えます。坂崎磐音どのは、田沼意次に一矢《いっし》報《むく》いることを決せられたのです」

と己に言い聞かせるように呟き、一同が得心したように頷いた。

二

晩夏の候、京の小川通出水《でみず》上ル下長者の茶屋本家に二人の奉公人が入った。一人は野暮ったい形《なり》の下男で、ぼそぼそとした在所訛《ざいしょなま》りを話し、勝手裏で薪《まき》を割るのが仕事で、時にふわっと裏口から姿を消すことがあった。

もう一人は台所の女衆で、こちらも近くの八百屋や魚屋に買い物に行かされたり、米を研《と》いだりなど、下働きをする女だった。

むろん下男は弥助で女衆は霧子だ。

二人は磐音の命で、霜田平の京での日常を探るべく、姥捨の郷を出て茶屋本家に住み込み、霜の行動を探ろうとしていた。

二人の探索を助けたのは茶屋四郎次郎の財力と人脈だ。

霜田平が隠れ潜む破《や》れ寺、杢蔵寺に京都町奉行所の役人が訪れ、

「不逞の者棲むべからず」

と告げ、杢蔵寺の占拠者雹田平とその一味に即刻立ち退きを命じた。

雹は老中田沼意次の名を出し、隠れ御用を遂行中であるゆえ、黙認されたしとの言葉で応じた。

「老中田沼様の御用にござるか。されど杢蔵寺は寺社方差配、無住の寺を不法に占拠することはどなたにも許されませぬ。どこぞ引っ越し先を見つけられたし」

と役人も重ねて命じた。そして、言い足したものだ。

「ただ老中田沼様の御用と聞いて、むげに追い立てることはわれらの本意でなし。この界隈に空き家がないこともない」

「お役人、そなたら、この近くに貸家を承知と申されるか」

雹の問いに役人らが衆議していたが、

「下長者界隈なればこれより半丁ほど離れた場所に、薪炭《しんたん》商だった古家が貸家に出されておる」

「どちらの方角か」

「茶屋本家の北側にあってな、間口五間ながら奥行きがあり、裏は堀川《ほりかわ》に通じる疏水《そすい》に接しておる。小舟なら裏口に着けることができる。薪炭商が荷の積み下ろしに使っておったのだ」

「疏水は堀川に通じておるのだな」

「いかにもさよう。さらに南で鴨川《かもがわ》に合流する」

「見てみよう」

役人に教えられた元薪炭商の古家が雹田平は気に入った。

京家にしては間口五間と広く、奥行きがあり、確かに裏口は石段の船着場を持つ疏水に接していた。この堀を通じて伏見に、摂津《せっつ》大坂に船で往来できるのは至極便利であった。長崎の手勢が到着したときには、淀川《よどがわ》、堀川を通じて、この隠れ家に到着できる。

今一つ雹田平を喜ばせたのは内蔵《うちぐら》があったことだ。壁が厚く、重い鉄扉の出入口は一つ。集中心を要する卜《ぼく》にも、また田沼家の系図を贋造《がんぞう》するにも煩《わずら》わされず、秘密を保つには打って付けだった。

月々の家賃は二両二分と高かったが、雹田平一味は町奉行所との諍《いさか》いを避け、即刻新しい住処に移った。

だが、この薪炭商の真の持ち主は茶屋本家で、この家に通じる地下道が掘られ、内蔵の厚壁や天井の数か所に覗き窓さえあることを、迂闊《うかつ》にも雹は察せられなかった。そして、雹一味が隠れ家に引っ越して以来、弥助や霧子、茶屋本家の奉公人の監視下に置かれたのだった。

重富利次郎は尾張名古屋に遣わされ、両家年寄竹腰山城守忠親《たけのこしやましろのかみただちか》の屋敷を訪れ、用人にお目にかかった上で磐音からの二通の書状を差し出し、一刻（二時間）ほど待たされたあと、

「重富どの、返書は数日かかるとの仰せじゃ」

「畏まりました」

と受けた利次郎に用人が尋ねた。

「そなた、尾張藩流儀を伝える影《かげ》ノ流藩道場にて指導を乞いたいそうじゃな」

「できることなれば」

「ならばこの文を持参して、道場主石河《いしかわ》季三次《きさんじ》どのを訪ねよ。稽古が許されよう。また寝泊まり、食事は藩道場のお長屋でなす手配を石河どのに願うてある」

と気配りまでみせた。

利次郎は磐音らが一時尾張に世話になっていたと聞いていたが、かようにも密接な関わりを保持していることに驚きを禁じ得なかった。

「なにからなにまでのお手配、恐悦至極にございます」

「そなたの師が指導なされていた藩道場である。門弟衆もそなたのことを受け入れてくれよう」

と用人が言い、初めての使いに緊張していた利次郎の顔にようやく笑みが浮かんだ。

高野山の内八葉外八葉は全山紅葉の季節を迎え、燃えるような色彩に染め上げられていた。

御客家ではおこんが、年が明ければ三歳になる空也を相手に数え歌を教えていた。

「一番はじめは一《いち》の宮《みや》」

とおこんが歌うと空也が、

「いちばんはじゅめはいちのみや」

と回らぬ舌で真似して歌った。

「二は日光東照宮、三は讃岐《さぬき》の金毘羅《こんぴら》様、四は信濃《しなの》の善光寺《ぜんこうじ》、五つは出雲《いずも》の大社《おおやしろ》、六つ村の鎮守様、七つ成田《なりた》の不動様、八つ八幡《やわた》の藪知《やぶし》らず……」

とおこんが歌い継ぎ、

「九つ、高野の弘法様」

と歌うと空也が大声で和した。

おこんの視線がふうっと姥捨の棚田に行った。たわわに実った稲穂が刈り入れを待ち、頭《こうべ》をたれていた。

さらにおこんの眼差しが、

「九つ、高野の弘法様」

の山に向けられた。

(三度目の正月も姥捨の郷で皆とともに迎えたい)

と旅に出た四人の身を案じた。

辰平は磐音の命で江戸へ戻っていた。どのような話を持って戻ってくるか、待ち遠しいおこんだったが、磐音はおこんに、

「こたびの御用、われらが旧知の方々に一人ひとり会う機会はないと思うてくれ。ただし今津屋を訪ねることは許したで、われらが無事に暮らしておること、舅《しゅうと》どの方に伝わろう」

「お父っつぁんが元気だとよろしいのですが」

「由蔵どのは、金兵衛どのの動静を把握しておられよう。われらの息災が伝わり、江戸の衆の無事が近々こちらに齎《もたら》されよう」

と答える磐音に、

「辰平さんはお屋敷にも戻られないのですね」

「厳しいことじゃが、田沼意次様が権勢を振るわれる江戸ゆえ、用心するにこしたことはなかろう」

と言いながら、辰平が万が一危機に瀕《ひん》したときは、小梅村の今津屋の御寮に小田平助を訪ねて頼れと命じてあることを思い出していた。

辰平が小田平助に連絡をとらずに済むならば、それだけ田沼一派に磐音らの動静が伝わる可能性が低いということだ。だが、なにかあったときの救いとしての策を授けてあった。

「辰平さんもご両親にはお目にかかりたいでしょうに」

「御用ゆえ我慢してもらうしかあるまい。おこん、われらが江戸に戻るための準備じゃ、今は辛抱のときじゃぞ」

とおこんを説得するように言ったものだ。

「ととさま」

と空也が磐音の姿を見つけて呼んだ。物思いに耽っていたおこんは我に返り、

「気がつかないことにございました」

と詫びの言葉を口にした。

辰平と利次郎の二人に代わり、夕方の稽古の指導を終えた稽古着姿の磐音が空也を抱き上げ、

「母様《かかさま》はまた江戸のことを思うておられたか」

と笑いかけると、

「ととさま、ゆ、かわらのゆにいこう」

と催促した。

「空也、鷹次らを相手に稽古をつけたでな、父は喉が渇いておる。茶を一杯所望してから、河原の湯に行こうぞ」

と言うのを聞いたおこんが勝手に立ち、

「そろそろ、どなたかが帰ってこられてもよい頃にございましょうな」

と勝手から声をかけた。

「そうじゃな、京、名古屋、江戸といちばん遠い道中は辰平どのじゃが、意外に

早く帰ってきそうな気がする」

「江戸での御用はすぐに済みますか」

「すぐに返書が貰えそうなのは名古屋じゃが、利次郎どのの願いを聞き入れてもらえれば、影ノ流藩道場で修行をしてこられよう。せめて二十日からひと月の滞在を願うて出ていったで、今頃は石河季三次先生のもとで稽古に励んでいよう」

磐音は空也をあやしながら、姥捨の郷の景色に目をやった。

（これが最後の秋となるか）

それもこれも京、名古屋、江戸の三都から齎される情報による。

「どなたも無事にお戻りになるとよいのですが」

「辰平どのも利次郎どのも、もはやどこに出しても恥ずかしくない若武者じゃ。必ずや無事に御用を果たして姥捨に戻ってこよう」

と応じるところにおこんが淹れ立ての茶を運んで、縁側に置いた。

「ささっ、空也、母のもとにおいでなされ。父様《ととさま》が茶を喫せられます」

と空也をおこんが抱き取ろうとしたが、

「いやじゃいやじゃ、ととさまとゆにいく」

「茶を喫したら一緒に湯に参ろうな」

磐音は空也を片手に抱いたまま茶碗に手を伸ばした。

「おこん、錦秋《きんしゅう》の内八葉外八葉をとくと記憶に残しておくがよい。かような極楽浄土はまたとあるまいからな」

おこんは磐音の言葉に、

(やはり磐音様は江戸に戻ることをはっきりと決めておられる)

と改めて感じとった。

「これからどのような暮らしが待ち受けているか分かりません。ですが、この姥捨の郷の暮らしをこんは生涯忘れることはございますまい」

「われらは果報者じゃ。なにより姥捨の郷は空也の生地にして故郷ゆえ、生涯縁は切れぬ」

磐音とおこんの夫婦がしみじみと語り合う刻限、江戸では松平辰平がいささか狼狽《ろうばい》していた。

九段坂をあがり田安御門《たやすごもん》の前から火除地《ひよけち》を抜け、麴町《こうじまち》三丁目に入った。この界隈に新番組蜷川相模守《にながわさがみのかみ》の番士で、知行五百石の旗本佐野善左衛門政言の拝領屋敷があった。

松平辰平が姥捨の郷から使いに出された相手が佐野家であったのだ。磐音から書状を直《じか》に佐野善左衛門政言に渡すよう命じられた辰平は、用人から、

「わが主は初めての人間に直にお目にかかることなどない。それがしが必ずや書状を主に届けるゆえ、こちらにお渡しあれ」

と書状を渡すように強く言われたが、

「それがしもまた師より、必ず佐野様に直に届けるよう命じられし者、佐野様以外にはお渡しできませぬ」

と拒んだ。

「お手前、師と言われたが、どなたじゃな」

「それも申せませぬ」

「それで書状をわが主に直に渡すことが許されようか」

「用人どの、主様にこうお伝えくだされ。わが師とは料理茶屋谷戸《やと》の淵《ふち》のお京様《けい》が取り結ぶ縁じゃと」

佐野が直に会うことを拒んだとき、この人物の名を出せと磐音から言われていた。

「なに、不忍池《しのばずのいけ》の端の谷戸の淵とな」

と思案した用人が奥へ辰平の言葉を持っていったあと、辰平はようやく癇性《かんしょう》そうな佐野善左衛門に会うことができた。磐音の書状を黙したまま読んだ佐野は、

「佐々木どのは、いや、今は坂崎姓に戻られたそうじゃが、今も尾張にご逗留かな」

といきなり尋ねたものだ。

「それはかりはお許しくださりませ。師から許しを得ておりませぬし、老中田沼様一派にわれらの住処が洩れることは、極力避けねばなりませぬゆえ」

「なにっ、いまだ坂崎どの方は田沼一派の刺客に追われておられるか。この春に、御典医の桂川甫周国瑞どのが訪ねてこられ、坂崎どのからの書状を受け取り申した。それには、急に江戸を離れたことの詫びが認《したた》められてあったが」

「はい。われらの周りには常に田沼意次様の刺客の影がございます。先頃も若先生は、隠れ家を知ろうとする二十人ほどの刺客を始末なされたばかりにございます」

「なんとのう」

と応じた佐野が、

「わが系図が雹田平なる唐人の手元にあることは確かじゃな」

「それがしは、そのようなことを聞かされてはおりませぬ。師の書状にてお察しくだされ」

「雹が上方にあるのは確かじゃな」

「われらが京に入るのを待ち受けていると聞かされております」

と思わず辰平が洩らした。

「京な」

「唐人は京の下長者町の李蔵寺なる破れ寺を棲み家にしておるそうな」

しばし沈思した佐野善左衛門が、

「坂崎どのへの返書に二、三日要する。三日後に屋敷を訪ねられよ」

と答えたものだ。

三日後、再び佐野家を訪ねると、佐野善左衛門は俄かに旅に出たという返事を家臣が告げた。

「それがし、坂崎が使いの松平辰平と申します。主どのは坂崎に宛てた返書を残しておられませぬか」

「書状など預かっておりませぬが」

辰平と同年配の家来が気の毒そうに伝えた。

「ならば用人どのにお目にかかりたい」

「多治《たじ》用人にござるか」

「五十路《いそじ》の頃合いの用人どのです。名は存じませぬ」

「ならば多治七蔵《しちぞう》にござるが、多治用人も主の供で留守にしております」

「どちらに行かれたのでござろうか」

「さあ、それは」

佐野家の玄関先で途方に暮れる辰平に同情したか、若侍が、

「しばし待たれよ」

と奥に姿を消した。四半刻も待たされた末に若侍が姿を見せ、

「主の行き先はお伝えできかねます。なれど多治用人は、京に参るゆえ、ひと月半の不在、と勝手掛に言い残し、その間の費えを渡されたそうな。用人どのは行き先は他人に洩らしてはならぬと命じられたわけではござらぬで、そなた様にお伝えします」

「京、にでございますか」

(なんということか)

辰平は油断をした自らを悔いた。

佐野善左衛門は坂崎磐音への返書を記すことなく、なぜか自ら行動しようとしていた。

雹田平が京にいることを告げたのは辰平自身だ。磐音の書状には雹がどこにいるのかまで、記されていなかったかもしれないのだ。辰平が洩らした京という言葉に反応しての佐野の行動ではないか。

「佐野様はいつ屋敷を発《た》たれましたな」

「そなた様が当家に参られた翌未明のことです」

辰平は主の動静を洩らしてくれた若侍に謝意を告げると、茫然として佐野家の門を出て、ふらふらと麴町を抜け九段坂を下っていった。足は自然と夕暮れの武家屋敷から神保小路に向いていた。

(どうしたものか)

自分を信頼して江戸に使いに出されたにも拘《かかわ》らず、失敗してしまった。佐野自ら行動することでどのような騒ぎが生ずるか、だれかに相談したいと思ったが、会うことを許されたのは佐野善左衛門と今津屋、それと三味芳の鶴吉だけだった。

はっと磐音の言葉が脳裏を過《よぎ》った。

江戸で危難が生じたとき、小梅村の今津屋の御寮に槍折れの達人小田平助を訪ねて頼れと磐音に指示されたことを思い出したのだ。

だが、辰平は小田を知らなかった。小田が尚武館に客分として入ったとき、すでに辰平は西国で武者修行の最中だったからだ。また辰平は御寮の所在も知らなかった。

磐音は、小梅村の別当延命寺三囲稲荷《みめぐりいなり》と隅田川の岸辺に挟まれた地に今津屋の御寮はあると伝えたが、御城近くの武家地に育った辰平は、大川対岸の小梅村の地理に疎《うと》かった。

今津屋のことを知るには今津屋に訊くのが早道だ。だが、なるべくならば今津屋を訪ねることは避けたかった。

(そうだ、今津屋の御寮を知る人物がいたぞ)

ふと思い当たった辰平は、柳原土手《やなぎわらどて》を両国西広小路へと急ぎ下っていった。

今津屋を横目に両国橋を渡り、大川左岸に出た辰平は北割下水に品川柳次郎を訪ねた。

訪いの声に玄関に出てきたのは柳次郎自身だった。

辰平はいきなり柳次郎に、今津屋の御寮を知らないかと尋ねていた。

過日、今津屋の手代姿で会った辰平の落ち着いた姿と異なり、血相が変わっていた。柳次郎が辰平に事情を質《ただ》すと、

「小田平助様に急ぎ会いたいのですが、今津屋の御寮をご存じありませぬか」

と答えるばかりだ。

「辰平どの、まずわが家にお上がりなされ」

「事は急を要しますゆえ、すぐにも小田様を訪ねとうございます」

「辰平どの、急ぐときほど落ち着きが肝心です。いかにも今津屋の御寮は江戸の坂崎さん方の留守宅にございます。ために、常に田沼一派の眼が光っております」

「どうすれば密かに小田様に連絡《つなぎ》をつけることができましょうか」

「旅姿のそなたは目に付きやすい。土地の人間を御寮に送り込みます。小田様をうちに呼び寄せるのです」

と言った柳次郎が腕組みして思案した。

「柳次郎、かような時間にどなたがお見えですか」

と幾代の声が響いて、柳次郎がにんまりとした。

三

翌七つ半（午前五時）、松平辰平は小田平助を同道して東海道神奈川宿を足早に通り過ぎ、佐野善左衛門政言と用人一行を追っていた。

槍折れと称する六尺棒を携えた小田平助の足は実に早かった。

さりながら、磐音が江戸の留守宅ともいえる今津屋の御寮を、なぜ数多《あまた》おる門弟の中で小田平助に託したか、今一つ理解がつかなかった。

愛嬌のある顔といえばいえなくもないが、忌憚《きたん》なくいえば風采は上がらず、身丈も五尺二寸余と貫禄に欠けた。

昨夜、今津屋の御寮を訪ねたのは幾代とお有の二人だった。御寮の門前から辺りに響きわたる大声で幾代が喚いた。

「小田平助どの、北割下水の品川にございますぞ。かぼちゃの煮物を作りすぎましたでな、お裾分けに持参しました。男やもめ、いえ、男所帯にうじが湧《わ》くと申しますでな、それとなく様子を見に参りました」

いかにも親しげに叫ぶ幾代とお有の姿に、留守をしながら磐音らの帰りを待つ

白山が門内から、
わんわん
と吠《ほ》えた。それに気付いた尚武館の門番の季助《きすけ》が門を開けた。
隣近所からの菜のお裾分けには遅い刻限だ。そのとき、小田平助と季助は、納《な》
屋《や》の囲炉裏端で酒を酌《く》み交《か》わしていた。
「季助さん、通りますよ」
と幾代がずかずかと御寮に入ってきて、
「どっこいしょ」
とお腹の大きなお有が続いた。
田沼派の密偵たちも女二人につい油断して、その様子を暗闇《くらやみ》からただ眺めてい
た。
「なんだ、あの女二人連れは」
「北割下水の品川と言うたが、この御寮と関わりがあるか」
「品川柳次郎は確かに坂崎磐音の知り合いの貧乏御家人じゃが、嫁を貰《もろ》うて気持
ちに余裕が出たかのう」
などと言い合った。

「まあ、そのうち出てこよう。その折り、問い詰めん」

だが、この二人は、その夜、今津屋の御寮から姿を見せることはなかった。その代わり、小田平助が田沼派の密偵の動きの裏をかいて、御寮の外に抜け出ると北割下水の品川宅を訪れていた。

小田平助を迎えた柳次郎が松平辰平を引き合わせ、辰平は御用に齟齬《そご》が生じたことを正直に告げた。

「なんち言いなはるな。若先生に返書を約した相手が言葉に反して、急に旅に出たとな。ふーむ、辰平さんが届けた若先生の書状と相手の急な旅立ちは関わりがあるとやろか」

と平助が腕組みして考えた。

「それがし、御用の中身までとくと聞かされておりませんので、推測にすぎませぬ。佐野家の用人が言い残した京には、田沼一派の刺客、雹田平なる唐人系図屋が若先生方の京入りを見張っております。一方、それがしがお目にかかった佐野様は、旅に出るなどという気配はまったくございませんでした。むろん直参《じきさん》旗本が御用のほかは勝手気ままに江戸を離れてよいわけもなし、よほどの事情が急に出来《しゅったい》して、江戸を発って京に向かわれたと思われます」

「それもくさ、辰平さんが書状を届けた翌朝には屋敷を出ておるちな。こりゃ、たしかに若先生の書状に関わりがあるばい。そう考えてん、おかしゅうなかたい。それが京行きの真相たいね」

と腕組みを解いた小田平助が言い切った。そのうえで、

「しばらく考えさせてくれんね」

とまた沈思した。長い沈黙のあと、意を決したように、

「こいからくさ、わしらも東海道を急ぎ旅ばしましょうかな」

と辰平に言うと立ち上がった。

「えっ、小田様も京に行かれますので」

「佐野様は急いでござろうもん、こっちも急がにゃなるまいたい」

「はあっ、小田様、旅の仕度はいかになされますか」

「辰平さん、風来坊の小田平助たい、着の身着のままが身上やもん。槍折れは幸いなことに携えてきた。こん玄関先にわしば待っちょるたい」

路銀は、と柳次郎が気にした。

「若先生がくさ、江戸を離れる折りたい、わしと季助どんにえらい大金ば残されたもん。ばってん、こん金には一文も手をつけてなか。それにくさ、今津屋さん

が気にしてくさ、月々に留守番賃ば届けてくださるもの。わしと季助どんは分限者たい」

「路銀を所持しておられるのですね」

と柳次郎が念を押した。

「最前酒屋に支払《しはろ》うた釣銭が二朱少々残っとったとたい。そいだけありゃ、京までいけれえもん」

小田平助の返答を聞いた柳次郎が、口をあんぐりと開けて呆れた。

「二朱は職人の日当一日分にも足りませぬ。その銭で十五、六泊の泊まりを重ねる東海道中に出立《しゅったつ》されると申されますか。ただ今なにがしか用立てます」

と立ち上がりかけた柳次郎を平助と辰平が同時に止めた。

「六、七泊の急ぎ旅たい。二朱あればめしも食えるやろうたい。銭に詰まりゃ、槍折れの大道芸で稼ぐ手もあるもん」

「それでも金子はかかります」

「品川様、それがし、若先生より十分な路銀を預かってきております。小田様とそれがしの路銀くらいなんとでもなります」

と辰平が答えたものだ。

「銭など、あればあるほど身に邪魔たいね。ばってん辰平さんの路銀までわしが云々できめえ」

と小田平助がにやりと笑い、

「品川さんや、季助さんにくさ、わしは急に旅に出たと伝えてくれんね」

「明日、日が昇って母上とお有を迎えに行った折りに伝えます。田沼一派の面々も白昼私どもに悪さはしますまい」

と柳次郎が平助の頼みを請け合った。

懐に二朱の銭で京まで旅しようとした小田だが、さすがに旅慣れたものだった。すでに渡し船の刻限が終わった六郷《ろくごう》の渡しも、渡し場から下流の河原にある川漁師の番小屋を訪ねて、

「辰平さん、夜中の川渡りたい。ちいと酒代をはずんでくれんね」

と一分を路銀から仕度させて、寝ぼけ眼で起きてきた漁師に対岸に渡るように命じたものだ。

程《ほど》ヶ谷《や》（保土ヶ谷）宿で夜が明けた。するとそれまで黙々と旅をしてきた平助が、

「辰平さんや、次の戸塚《とつか》宿で朝飯ば食べようかね」

と言った。

「小田様は健脚にございますな」

「なにっ、わしが健脚ちな。そう急いじゃおらんたい。飯ば食うちからが本式たい。一日二十里を歩かんとな、佐野なんとか様に追いつくめえ」

「小田様、品川家で申された東海道を六、七泊で踏破するという話、本気にございますか」

「むろん本気たいね。辰平さんは歩ききらんね」

「いえ、死に物狂いで小田様についていきます。なれど、われら佐野様に追いついたならばもはや京に向かうことはございますまい」

「辰平さんや、こん話、そげん容易な話じゃなかごたる。わしらは佐野主従を見つけたらたい、じっくりと相手の動きを監視しながら、京まで旅することになるめいか。どうもそげん按配たいね」

と平助が平然と答えたものだ。そして初めて、

「若先生もおこん様も元気やろな」

と話柄を変えて、ようやく磐音らの近況を尋ねた。

「息災に過ごしておられます」

「おこん様に赤ちゃんがくさ、生まれたち聞いたが、真《まこと》な」

「はい、空也様と名付けられた男子にございまして、安永九年正月元日生まれゆえ、春がくれば三歳を迎えられます」

「江戸を離れてのままならん暮らしじゃろうが、若先生とおこん様には子ができて張りが生まれたやろたいね」

「小田様は若先生と古いお付き合いにございますか」

と辰平が問い返した。

「わしな、偶々《たまたま》尚武館を訪ねて、一手指南を乞うたとが始まりたい。ちょうど餅《もち》搗《つ》きの最中でくさ、若先生に誘われてたい、餅搗きに加わったと思いない。それでなんとのう野良犬がくさ、軒下《のきした》を借りるように尚武館の飯ば頂戴するようになったと」

「一手指南はどうなりました」

「いかんいかん、あんたも若先生の腕前を承知やろうが。風来坊が敵《かな》う相手じゃなか。さんざんな目に遭わされてくさ、己を知ったとたい」

「すると小田様は、家基様の御最期も佐々木玲圓大先生とおえい様の自決も承知にございますか」

「知っちょります」

と答えた小田平助の短い返答に未だ哀しみがあった。

「御鷹狩りのあの日にくさ、世の中が変わりましたばい。わしゃ、家基様は知らんたい。ばってん、玲圓先生とおえい様には人並みに扱《あつこ》うてもろうてくさ、わしゃ、生涯いちばん幸せな日々ば過ごさせてもらいましたと。そいがくさ、一夜にしてがらがらと音を立てて崩れてくさ、江戸がなんとも寂しゅうなりましたもん。わしゃ、磐音若先生の命《めい》じゃなきゃ、旅暮らしに戻っておりましょうばい。こうして、苦労の多い道中で小田平助の名ば若先生が覚えておられると聞いてくさ、涙が出るごと嬉しかと」

と正直な気持ちを吐露する小田に辰平は、磐音が江戸で危難が生じたときには小田平助を頼れと命じたことを理解した。

「辰平さん、飯屋の暖簾《のれん》が見えましたばい。ひと休みしていきまっしょうかな」

と槍折れを担いだ小田平助がずかずかと街道端の飯屋に入り、

「姉さん、朝飯ば二人前、頼むばい。そいとくさ」

と言いながら、辰平の顔をすまなさそうに見て、

「朝から一杯だけ酒ば頂戴してよかろう」

と断った。

「どうぞ、それがしに遠慮なさることはございません。われら、尚武館の門弟同士にございますれば、そのようなお断りは要りませぬ」

と辰平が答えると、

「姉さん、すまぬが丼《どんぶり》で一杯、酒ばくださらんね。それとくさ、筆と硯《すずり》ば貸してくれんね」

と飯屋の女衆に願った。すると店の奥から老爺《ろうや》が姿を見せて、

「穂先が減った筆じゃけど、大事な商売道具、借り賃を払《はろ》うてくれるか」

と平助と辰平を見た。

「硯代ね、十文じゃどうね」

と平助が素早く応じた。

「お侍さん、いくらなんでも子供の使い賃じゃねえよ。東海道の戸塚宿じゃぞ」

「飯代、酒代込み、二百五十文でどうな」

「三百五十文」

「いいんや、三百文まで出そうたい」

「おめえ様、駆け引きを承知じゃな、東海道で飯屋稼業を四十年余やってきたが、おめえ様ほどひどい人はおらなんだ」

と老爺が奥に引っ込んだ。

「驚きました、あの値でほんとうによいのでございますか」

「戸塚は江戸でも京でもなか、東海道の一宿場たい。なんでんかんでん、相手の言い値で払うことはなか」

と言い切った小田平助のもとに、年季が入った硯箱が運ばれてきた。

「辰平さん、畳紙《たとうがみ》を持っちょるな」

「畳紙は持参していませんが、巻紙を道中嚢《どうちゅうのう》に入れたと思います」

「それで矢立《やたて》は持参しておらんと」

「矢立など商人《あきんど》か年寄りの持ち物です。武者修行のそれがしには要りませぬ」

「ならば巻紙をなんで持っとると」

「はい、そのへんが中途半端な旅仕度でございました」

と苦笑いする辰平に、

「まずわしが若先生に文を書くたい。そんあと、辰平さん、おまえ様が京に向かうことになった経緯《いきさつ》と事情を書かんね。二つ一緒にして、若先生に早飛脚でくさ、こん戸塚宿の飛脚屋から送ろうたい」

と提案した。

辰平は、墨をすり始めた小田平助を囲炉裏端に残して、飯屋の裏庭に回り、厠《かわや》を借りて用を足した。

味噌汁の匂《にお》いが漂う飯屋の裏手には小川が流れていて、水場があるのが見えた。いささか疲れた顔を小川の水で洗い、眠気を吹き飛ばした。平助の話では東海道を六、七泊で歩きとおす厳しい旅になりそうだった。心を引き締めるために冷たい水で何度も顔を洗った。

囲炉裏端に戻ると、小田平助が丼に入った濁り酒を前にして、文を頻《しき》りに認《したた》めていた。

「金釘《かなくぎ》流の早書きたいね、若先生、読み下してくれるとやろか」

と呟いた平助が書状の終わりを唾《つば》で濡らして、巻紙を切った。

「辰平さん、そなたの文が頼りたいね」

と平助が硯箱と巻紙を辰平のほうへ滑らせた。辰平は筆記用具を受け取ると、

「小田様、どうかお好きなだけ召し上がってくだされ」

と平助に願った。

「飲んでよかと。そいなら、頂戴しますばい」

となんとも愛嬌がある顔を崩して丼を両手で捧げ持つと、喉を鳴らしてゆっくりと飲んだ。そして、

「佐野善左衛門ちゅうお人、どげんなお武家様やろね」

と辰平に訊いた。

「新番組の番士にて知行五百石の直参旗本にございます。幕府の職制では新番組は武官、それにしては剣術が得意なお方とは思えませんでした。こめかみに青筋がすぐに浮き出るような癇性なお人柄の佐野様と若先生にどのような縁があるのか、それがしにはまったく見当もつきません」

「そう親しい間柄じゃなかろごとある。雹田平なる田沼一派の刺客を通じてくさ、お互いに利害が生じたとやなかろうか。ともかくたい、若先生がなにを書状に記されたか知らんがたい、佐野様がちぢくれもうてくさ、用人ば連れて京に上がるちゅうこと自体が尋常じゃなかたい。雹田平になんぞ掛け合う気やろか」

「雹田平は、田沼意次の愛妾神田橋のお部屋様が、若先生を斃すために送り込んだ最強の刺客と聞いております。あの癇性な佐野様が系図屋の雹田平に会《お》うたとき、なにか悪いことが起こるような予感がいたしました。ゆえに先生のお指図を

思い出し、小田様を頼りましたので」

飯屋の女衆が膳を運んできた。

麦飯に焼いた秋鯖の切り身、大根と粗《あら》の煮つけ、豆腐の味噌汁からは湯気が立ち昇っていた。

「小田様、書状を書く前に箸《はし》をつけてようございますか。朝餉を食しながら若先生への書状の文面をまとめます」

「食べない、食べない。自分の好きなようにしない」

と応じる小田平助は丼の濁り酒を愛おしそうにちびちびと舐《な》めた。

「ともかくたい、二、三日うちには佐野善左衛門様ばこん東海道でくさ、見つけにゃならんたい」

「相手は三日先行しております。箱根の関所はすでに越えた頃かと思いますが、江尻《えじり》宿あたりまでになんとか突き止めとうございます」

「そりゃ、難しゅうなかろう。難題はその先たいね」

と言って小田平助が何事か考え込んだ。

辰平は、磐音に宛てた書状の届け先をどこにするか、思案した。

姥捨の郷に磐音一行が滞在していることをだれにも知られずに確実に磐音の手

元に送る方策を考えた末に、宛て先は高野山奥之院副教導室町光然老師気付の清水平四郎にして、飛脚屋に頼むことを考えた。

(よし、あとは文面じゃ)

無意識のうちに箸をとった辰平は、豆腐の味噌汁を啜《すす》った。


実りの秋を迎えた姥捨の郷に最初に戻ってきたのは、京に派遣されていた霧子だ。

御客家で磐音に会った霧子が、弥助からの分厚い書状を差し出すと、

「弥助どのが京に残られたのにはわけがありそうな」

と磐音が問うた。

「雹田平とその一派は隠れ家の破れ寺、杢蔵寺を追い出されて、茶屋本家に近い、元薪炭商の家に拠点を移しました」

「ほう、さらに茶屋本家の近くに見張り所を設けたか。雹田平がいるかぎり、われら姥捨の郷から動けぬな」

「新しい雹の隠れ家にございますが、茶屋本家の持ち物にございまして、雹田平の動静が事細かに観察できる覗き窓やら、話し声が聞こえる仕組みやらの仕掛け

がいろいろと設けられたものにございます。雹は、茶屋本家の裏手に拠点を構えて、若先生が京入りされるのに王手をかけたつもりでしょうが、雹の動きは逐一《ちくいち》こちらに知れているのでございます」

「さすがは徳川家の細作《さいさく》の家系、なされることが半端ではないな。それにしても雹田平は系図屋にして、卜《ぼく》を見る唐人。弥助どのやそなたが観察しておることに気付かないか」

「そこが茶屋本家中島様方の恐ろしいところにございます。若先生がもし京に出向かれたら、その意が分かります」

と霧子が微笑んだ。

四

尾張から藩の御用船に便乗させてもらい、伊勢《いせ》の宮川《みやがわ》の河口付近で下船した重富利次郎は、伊勢街道を経て高野山奥之院に参った。

御用を無事に済ませたお礼と、尾張柳生で短い期間ながら修行できたことへの感謝をこめての参拝だった。

そのあと、霧子に教えられた空の道三ノ口を通って、懐かしい姥捨の郷に戻ってきた。それは黄金色に稲穂が色付き、刈り入れを明日に控えた日の夕刻前であった。

利次郎にとって初めての一人旅であった。御用は別にして、尾張柳生の影ノ流藩道場でのひと月余の稽古を許され、他流儀との手合わせを行ったことは、利次郎にとってなんとも得難い経験であった。そのせいか、顔には自信めいたものが表れていた。

利次郎と再会した瞬間、霧子は利次郎に大人の男を感じた。これまで感じられなかったことだ。

御客家で旅装を解いた利次郎を、磐音は、

「ご苦労でしたな」

と労い、尾張藩の両家年寄竹腰山城守忠親からの書状をまず受け取った。

一刻を争う書状ではない。今晩ゆっくりと読もうと磐音は、家基、佐々木玲圓、おえい、小林琴平《こばやしきんぺい》、河出慎之輔《かわでしんのすけ》、慎之輔の妻舞《まい》の六柱の位牌《いはい》が飾られた仏壇のかたわらに置いた。位牌は磐音が手作りし、自ら俗名を記して雑賀寺の和尚思円に読経してもらったものだ。

磐音が再び座に戻ると利次郎が旅の報告を始めた。

「竹腰山城守様、直々にお目通りが許され、それがしの出立前に書状をくだされました。そして口頭で、清水平四郎どの、もとい、坂崎磐音に戻られたのであったな、われら、清水平四郎どのの名に馴染みがあるでな、ついそう呼んでしまう。そなたもすでに気付かれたであろうが、坂崎磐音どのの人柄と剣技を慕う尾張藩士は多い。坂崎どのには嫡男《ちゃくなん》が誕生されたそうな、次に尾張に参られたときに祝いの宴を催したい、名古屋へのお帰りを待っておるとくれぐれも伝えてくだされよ、とわざわざ仰せになりました」

今尾《いまお》城主にして御三家尾張藩両家年寄から面会を許された感激を面に浮かべて、利次郎が報告したものだ。

「利次郎どの、貴重な経験であったな」

「これも偏《ひとえ》に若先生が名古屋に蒔《ま》かれた種が実った証《あかし》かと、不肖重富利次郎、つくづくわが師の偉大なるお人柄と剣技に感服仕《つかまつ》りました」

と大真面目な顔で応じた。

すると鹿爪《しかつめ》らしい態度の利次郎に、おこんと霧子が顔を見合わせ、思わず、くすくすと笑い合った。

「おこん様、それがし、なんぞ異なことを申しましたか」

と利次郎の顔がおこんに向けられた。なんとなく利次郎の視線は霧子を避けたようで、見ないふりをしていた。

「これは失礼をいたしました。いえ、失礼を承知で申し上げますが、利次郎さんが名古屋の一人旅を経て、ずいぶん大人になられたと感心したものですから、つい笑みを洩らしました」

「さようでございましたか。重富利次郎、もはや尚武館で飛び跳ねておったでぶ軍鶏時代は、はるか遠くの時のかなたに過ぎ去りました。まあ、だれしもが経験する成熟、風格、落ち着きを得た大人になったということにございましょうな」

その答えに啞然《あぜん》とした霧子が利次郎の横顔を見詰めた。

「江戸の親御様が知られたら、きっとお喜びになりましょう」

「おこん様、もはやそれがしは親に頼らず独立独歩、わが二本の足でしっかりと大地を踏みしめて歩いております」

それを聞いて、おこんがついに大声を上げて笑い出した。

「おこん、利次郎どのが成長を口にされたことが、それほどおかしいか。不謹慎じゃぞ」

どことなく磐音も笑いを嚙み殺しておこんに注意した。

「数々失礼の段、お許しくださいませ。私は利次郎さんや辰平さんの母親代わり、いえ、姉代わりを任じておりましたが、もはやそれも卒業にございますね」

「辰平は、未だ江戸より戻りませぬか」

「その話は河原の湯で聞かせよう。旅の疲れを湯で流されぬか」

と磐音に誘われた利次郎が、

「畏まりました。それがしもわが門弟らの成長いかにと再会を楽しみに戻って参りました。暫時、お待ちくださりませ。それがし、湯の仕度をして参ります」

御客家の自分の部屋に向かおうとしたところで廊下から振り返り、

「おこん様、それがし、尾州茶屋の大番頭三郎清定様に案内されて、皆様がお暮らしになった聞安寺《ぶんあんじ》境内のお長屋を見物してまいりました。あのお長屋で皆様がお暮らしになったかと思うと、それがし、流浪の身の若先生方の不遇に思わず涙したことでございました」

と言い残して居間から去っていった。

その場の三人は期せずして顔を見合わせたが、しばらくだれもなにも言わなかった。

隣座敷で遊んでいた空也を呼び寄せたおこんが湯の仕度をと考えながら、

「霧子さん、なんぞ考えておられますか」

と霧子に尋ねた。

「若先生、おこん様、利次郎さんのとってつけたような鹿爪らしい言葉の数々、どこで覚えてこられたのでしょうか。なんだか利次郎さんのようではございません。名古屋でなにか悪いものでも食べてこられたのではないでしょうか」

と呆れ顔で言ったものだ。

「霧子、利次郎どのはこたびの使いに、いささか緊張しておられたのであろう。それを無事に果たし終えたせいか、たしかに利次郎どのらしゅうない言動ではある。だがいずれ元の利次郎どのに戻るような気がいたす」

「私にはなんぼかそのほうがようございます」

「霧子さん、殿方にはあのように、他人からみればいささかおかしく映る背伸びの時節があるものですよ。大目にみてあげてくださいね」

頷いた霧子が、

「若先生にもございましたか、おこん様」

と尋ね返した。

「私が初めてお会いした坂崎磐音様は、すでにいろいろな苦難を経験なされて大人にございましたよ。今、霧子さんに言われて気付かされましたが、私は磐音様の若き日をなに一つ知りません、磐音様の幼き頃をともに歩いたのは、奈緒《なお》様にございます」

おこんの口から自然に奈緒の名が出た。いろいろな経験と、磐音と夫婦になってそれなりの歳月をともに歩んだうえ、空也を産んで母親になった自信でもあり、証でもあろうか。

「おこん、それがしは豊後関前に生まれ育ち、そなたははるか遠い江戸深川六間堀に生を享《う》けたのじゃ。お互いそれぞれが異なった道を歩いてきたのは致し方あるまい」

「そのことを恨みに思う気持ちなどさらさらございません。五十年ともに暮らした夫婦にも、お互いの過去や心の内を知らぬことはたくさんございましょうから。私はいささか欲張りなのでしょう」

と答えたおこんがさらに言った。

「奈緒様はどうしておられましょうか」

「山形城下でわれらのようにしっかりと根を張った暮らしをされておろう」

「いつの日か、夫婦二組でお会いして昔話を語り合いたいような気がいたします」

おこんが本音を洩らした。

「われらの前には茨《いばら》の道が待ち受けておる。今はそれをなんとしても乗り越えねば、われらが幼くも夢を追った頃を語り合うことなどできまいな」

「はい」

しみじみと会話する磐音とおこんを霧子がまじまじと見て、

「失礼を顧《かえり》みず申し上げます。この世の中にかようなご夫婦があるものでしょうか。なんとも立派でお幸せなご夫婦にございます」

「磐音様、霧子さんに褒《ほ》められましたよ」

「霧子が受け取るほどに立派な夫婦ではないが、それに近付くように精々つとめようか」

と磐音が応じたところに普段着に着替えた利次郎が、

「お待たせ申しました。若先生、空也様、湯に同道させていただきます」

と相変わらずの堅苦しい言葉で言いながらも、空也に木でできた玩具の刀を握らせた。

「名古屋の祭礼で見かけた玩具の刀にございます。ようできておりましょう」

「なんと利次郎さんが空也に土産を買い求められましたか」

「われら一つ家の身内にございますれば、弟に土産の一つも買い求めるは大人のたしなみ、余裕にございます」

「驚きいった次第かな」

と磐音が洩らす鼻先で、空也は利次郎から貰った玩具の刀が気に入ったか、

「ととさま、かたなじゃかたなじゃ。とじろさまがくださったぞ」

と回らぬ舌で言うと、腰に差してくれと磐音にせがんだ。

「どれどれ、坂崎空也のお腰に、生涯初めての木太刀《きだち》をつけさせてもらおうかのう」

と磐音が言いながら差した。

長さ一尺三、四寸の木刀には柄《つか》に糸が巻いてあり、透かし細工の鍔《つば》も嵌《はま》り、鞘もちゃんとあった。

「空也、明日から夕稽古に出て、利次郎どのから剣術の手ほどきを受けよ」

「けんじゅつのけいこをする」

と答えた空也が木剣を抜いた。すると木製の刃は銀色に塗られ、なかなか凝《こ》っ

た造りの刀であることが知れた。

「空也はさむらいじゃ、ととさま」

「おお、坂崎家の立派な跡継ぎに利次郎どのがしてくれたわ。よし、刀を外して、母様に預けておけ。湯に参るでな」

「いやじゃ、かたなをさしてゆにいくぞ」

「他の子が見たら、欲しがろうぞ。家にて母様に預けておくほうがよいと思うがのう」

「そうか、雄太《ゆうた》ちゃんがほしがる」

と言って腰から大事そうに木剣を抜いておこんに渡した。

「利次郎さん、御用に稽古にと多忙な日々に、ようもこのようなものを見つけてくださいました。お礼を申します」

「利次郎どの、気を遣わせたな」

改めておこんと磐音が口々に礼を述べた。

「なにほどのことがございましょう。徒然《つれづれ》なるままの散策の折りに目に入ったものにございます。空也様がこれほど喜ばれるとは、それがし、望外の喜びにございます」

と応じた利次郎がちらりと霧子を見て、

「おお、そこにおられたか」

と取って付けたように言葉をかけた。

「最前からここにおりまして、摩訶《まか》不思議な利次郎さんの言葉遣いに感心しておりました。私など眼中にも入らず、お気付きではございませんでしたか」

「いやいや、なんとのう霧子が座敷の隅に控えておるなと思うておったが、なにしろ気苦労な御用の旅であった。大事な使いの復命をなすのが使者の務めにござる、失礼をばいたした」

「利次郎さん、私にまでそのような言葉遣いは無用に願います」

「親しき仲にも礼儀を忘れてはなるまい」

呟いた利次郎がもじもじして懐に手を入れたり、また出したりした。その様子を見たおこんが、

「利次郎さん、大事な妹にもなんぞ購われたのではございませんか」

ときっかけを作るように話しかけた。

「おこん様、偶々名古屋城下を散策していた折りに、小間物屋の店先に見つけたものにございます、お笑いくださるな」

利次郎が言いながら紙包みを懐から出し、おこんに見せた。

「なんでございましょうな。それは妹に直にお渡しになるのがよろしいかと、母、いえ、姉は思いますよ」

「受け取ってくれましょうかな」

「利次郎さん、なんだかもったいぶった話にございますね。私にも土産があるのでございますか」

「霧子、いやいや、大したものではない。ささやかな名古屋土産でな」

「本当に私に土産ですか」

と霧子が念を押した。

「まあ、つまらぬものじゃ。霧子、気遣いなど要らぬぞ」

霧子の手に押し付けるように渡した利次郎が、

「若先生、空也様、湯に参りましょうぞ」

と縁側からさっさと庭に降りると庭下駄を履き、二人の履物を揃えた。

男ら三人が河原の湯に出かけたあと、御客家ではおこんと霧子がそれぞれ玩具の刀と紙包みを手に茫然としていた。

「おこん様、利次郎さんは名古屋で病にでもかかったのでございましょうか」

「さあて、私にもあの変わりようは不思議に思われます。とはいえ、亭主どのが申されたように、そう長く続くとは思いません」

「熱病のようなものでしょうか」

「たしかに熱病かもしれませんね。どうやら空也のこの木剣は、付けたしと申せば利次郎さんのお気持ちを損なうようですが、そのようなものかと思います」

「と、言われますと」

「霧子さん、もはやお気付きでしょう」

おこんの言葉に霧子の視線が手の紙包みにいった。

「その品を求めるのに、どれほど利次郎さんが小間物屋の前をうろうろと行き来なされたか、お気持ちを察しておあげなさい」

おこんの言葉を静かに聞いていた霧子が、手の中の紙包みを開いた。するとなんと、銀色の飾りがついたぴらぴら簪《かんざし》が姿を見せた。

「まあ、きれい」

とおこんが嘆息した。

「呆れた」

霧子は呟くと、手のぴらぴら簪を見詰めていた。

「霧子さん、男衆は真面目に考えれば考えるほど、いささか突飛なものを求めて、好きな娘に差し上げようとなさるものです。品ではございませんよ、利次郎さんのお気持ちを受け取っておあげなされ」

「分かっております、おこん様。それにしてもこの私にぴらぴら簪とは、どういうお気持ちにございましょう。姥捨の郷に住み暮らす私に、一体全体いつどこに差していけというのでございましょう」

「お気持ちです。利次郎さんの心を受け取ってください」

しばらく黙っていた霧子が、

「そうするしか道はございません。大事に仕舞っておきます」

と返答したものだ。だが、おこんは、意外に早い機会に霧子の髪にぴらぴら簪が飾られる日がくるのではないかと思った。


河原の湯では、鷹次ら雑賀衆の子供が利次郎と久しぶりに会って歓声を上げ、

「明日から利次郎先生が稽古に戻ってこられるぞ」

と一頻《ひとしき》り大騒ぎし、空也の両手を引っ張って、湯の中を泳がせながら遊び始めた。

「利次郎どの、尾張柳生の藩道場、いかがであったな」

「若先生が添え状を書いてくださったお蔭で、竹腰様の用人様が石河季三次先生を訪ねるように手配してくださり、すんなりと稽古を許されました。門弟衆のどなたもが若先生のことを気に留められ、名古屋にお帰りになる日を待っておると申されました」

「嬉しい話かな」

「それだけ若先生が影ノ流藩道場で偉大な剣術家であったということでございましょう。それがし、若先生の弟子にして、尚武館佐々木道場の門弟として、恥ずかしくない稽古をと必死に努めました」

「それはご苦労であったな。石河先生はそなたの稽古を見て、なんぞ注意なされたか」

「稽古を始めて二日目に、石河先生がそれがしを呼ばれて、この道場はいかにも坂崎磐音様が客分として指導されていた道場じゃが、弟子のそなたがそう気張ることはない。いつもどおりに肩の力を抜いて稽古をなされ、と注意をいただき、この未熟なる利次郎に稽古をつけてくださいました」

「力が過剰に入っているのを見兼ねて、声をかけられたのであろう。そのあとはふだんどおりの稽古ができましたか」

「はい」

と応じた利次郎はしばらく沈黙していたが、

「尾張柳生で稽古をして、己の力不足も改めて分かりましたが、同時にいささかの自信にもなりました」

「それはよかった」

「それがし重富利次郎、佐々木玲圓先生の、そして、坂崎磐音様の弟子であったことを誇りに思います、ほんとうにようございました」

と一気に答えた利次郎の眼が潤み、慌てて湯を掬《すく》ってごしごしと洗うと、

「鷹次、明日から厳しい稽古が待っておるぞ」

と突然立ち上がり、叫んだ。その雄叫びが、姥捨の郷の夕暮れに嬉しそうに響いて消えた。

五

姥捨の郷に稲刈りの日がやってきた。田植えと異なり、出稼ぎに出た男衆《おとこし》が手

伝いに戻ってくるということはない。

その代わり、郷にいて足腰がしっかりとしたすべての女衆が秋女《あきおんな》になって、刈り入れに参加するのが習わしだ。

夜明け前、田守《たもり》の秀吉《ひできち》父っつぁんが無事に稲刈りの日を迎えた喜びを表すように、棚田の広場に立ってほら貝を吹き鳴らす。すると郷の家々から菅笠に野良着、手甲《てっこう》の女衆がぞろぞろと姿を見せる。

姥捨の郷の女衆にとっては全員が参加する晴れがましい、数少ない行事だった。女衆に誘われるように、男衆が研ぎのかかった鎌と束に結ぶ藁《わら》を腰に差し込み、昨夜の内から拵えておいた握り飯の入ったお重や番重《ばんじゅう》を抱えて広場にやってきた。

磐音一家も稲刈り姿で加わることになり、京にある弥助、江戸に出かけた辰平を除く四人が参加した。いささか頼りない田植えを経験したおこんも、野良着、菅笠が板につき、一人前の秋女ぶりだ。

村の長老三婆様も秋女姿で刈り入れの形《なり》をして、そのかたわらには、古びた黒紋付の羽織袴《はおりはかま》の年神様、聖右衛門がいささか緊張の面持ちで控えていた。

微光がほのかに棚田を浮かばせた。

なんとも見事な実りの秋だ。

八葉神社の神主と田守の秀吉が並んで、棚田に向き合い、その後ろに長老衆、刈り手ら全員が並び、豊作に感謝するとともに、稲刈りが無事に終わることを祈ってお祓いが行われた。

榊《さかき》に付けられた御幣が棚田の上を舞い、山の端から日が昇ると、一条の光が水の落とされた棚田に奔《はし》った。

ぱあっ、と田圃の稲穂が金色に輝き、なんとも荘厳な瞬間だった。

柏手《かしわで》を打って田の神様に感謝した田守の秀吉父っつぁんが長老衆、郷人《さとびと》に向き合うと、

「東の端から西へと一気に光が走りまして、豊作間違いなしにございます」

と改めて報告した。

「田守の御役ご苦労でした」

と梅衣のお清が秀吉を労った。

田守とは元々稲田を守護する神様のことだ。だが、姥捨の郷ではそれが転じて、田植えの日から刈り入れまで田の番をする人をさした。

この田守、還暦を過ぎた男が交替で務める役で、稲の生長に合わせてあれこれ起こる農作業を司《つかさど》り、時に手伝いを使って畦《あぜ》の整備、水の調整、雑草とり、鳴子《なるこ》

や鳥脅しの設置などを行った。

三婆様のお清の労いの言葉には、無事務めを果たした秀吉への感謝がこめられていた。

「恙無《つつがな》く田守を務め上げられたのも皆々様のお蔭にございます」

腰を折って返礼した秀吉父っつぁんが、田守として最後の務めを始めた。

棚田の畦に立てられた案山子《かかし》の一つを抜くと、男衆がその他の案山子や鳥脅しや鳴子を外していった。

ほら貝の音が響きわたり、男衆も女衆も鎌を手に各自決められた棚田に入った。

甲高い声の娘の刈り入れ歌が姥捨の郷の棚田に響き、太鼓、鉦、笛の調べが歌に続いて、刈り入れの動きを決めた。

「よいとな、今年も豊年満作よ、稲穂がたれる
たれる稲穂に鎌入れしてよ、よいよいよいとなー」

おこんは初めて稲の束を左手で摑み、そっと鎌の刃をあてた。

隣から磐音がおずおずとしたその様子を見ていた。

「おこん、ゆっくりでよい。田守どのや里人が丹精して育てた稲じゃぞ。感謝しながらも、鎌は一気に引くのじゃ」

「はい」

と答えたおこんがグイッと鎌を引くと、ぐさりとした感触が掌に走り、最初の一束がおこんの左手に残った。

「なんとも重い稲穂にございます」

「江戸では年貢米が運び込まれてきて、たれしもが白い米を食することを当たり前のように思うておられる。じゃが、百姓衆が春先から丹念な手入れを繰り返さなければ、かような稲穂は実らぬのだ」

「今年は夏の暑さもほどよく、野分《のわき》も例年より北にそれたそうな。ために一粒一粒がずしりと重うございます」

おこんに頷き返した磐音も鎌を振るった。磐音は二度目の稲刈りだ、手慣れたもので、鎌の刃がすぱっすぱっと稲の束を刈り取った。

利次郎も霧子と並んで、せっせと稲を刈っていた。

利次郎が名古屋から霧子のために買い求めてきたぴらぴら簪の真意がいま一つ分からない霧子は、なんとなく朝の挨拶を交わしただけで言葉をかけていない。

その霧子の様子を利次郎が気にしたか、稲刈りをしながらちらりちらりと見た。

「よーいとな、女衆、男衆の手と手がふれてよ、稲穂もふるえて、恋が生まれるよ、よいよいよいとなー」

と稲刈り歌が棚田を流れて、磐音の組も田圃の端まで刈り入れを終えた。

雑賀衆の秋女らはすでに田圃を一往復していた。

「ふうっ」

と利次郎が立ち上がって、ちらりと霧子の様子を見た。だが、霧子は無言だ。

「若先生、稲刈りとは腰が痛いものですね」

と致し方なく磐音に話しかけた。

「利次郎どの、剣術にはかような姿勢はないからな。じゃが、どのような動きも体の筋力を鍛えることに変わりはない。そう思えば稲刈りも剣術修行の一環ですぞ」

「手を抜いてはならぬということですね」

「いかにもさよう」

おこんが最後に追いついてきて、腰を伸ばすために立ち上がった。代わりに霧子が腰を屈《かが》め、再び稲を刈りながら戻り始めた。慌てた利次郎が腰を落として霧子を追った。

「ふうっ、江戸に行った辰平が羨《うらや》ましいぞ」

と思わず呟いた利次郎を霧子が振り返った。

「いや、霧子、これは本音ではないぞ、間違えるな。ただ言うてみただけだ」

「そのほうがいつもの利次郎さんらしいわ」

「なんだ、それがしがいい加減なお喋りをしていると詰《なじ》るのか」

「利次郎さんはなにかと口にはするけど、陰で努力をしていることはだれもが承知よ」

「だれもとは、だれだ」

「若先生、おこん様、それに」

「それに、だれじゃ」

「私よ」

「なに、霧子もそれがしの心根を見抜いておったか」

「心根というほど大げさではないけど」

と言葉を切った霧子が、

「簪、ありがとう」

と言うとくるりと稲穂に向き合い、鎌を動かし始めた。

霧子のお礼の言葉を聞いた利次郎が茫然として立ち竦んでいた。そこへ磬音とおこんが追いついてきた。

「利次郎さん、霧子さんが先に行ったわよ」

「はっ、はい」

と慌てて返事をした利次郎が猛然と霧子のあとを追うように鎌を振るっていった。

昼食《ちゅうじき》、棚田の広場に大釜で内八葉外八葉の恵みの茸鍋《きのこなべ》が調理され、各自持参の握り飯と茸汁で食した。

利次郎は朝方の無口とは打って変わり、

「おこん様、辰平は気の毒にございますな。かような実りの時を経験できぬのですから」

とか、

「おこん様、空也様が畦道を走っておりますぞ。躓《つまず》いて怪我でもしたら大事《おおごと》じゃ」

とか、忙《せわ》しないくらいに口を動かしては茸汁をお代わりし、四つも握り飯を食して大満足の体《てい》だった。

「若先生、おこん様、稲刈りとは腹が空くものですな」

「利次郎さん、稲刈りがお好きなようね」

「朝の間は、正直どうしたものかと考えておりましたが、人間働くようにできておるとみえて、だんだんと楽しゅうなってきました」

「利次郎さんはほんに正直なお方です。そう思いませんか、霧子さん」

「正直だけが取り柄のお方です」

「霧子、それは貶《けな》しておるのか、褒めておるのか」

「むろん褒めております」

「そうか、そうかのう。素直には受け取れんな」

と利次郎が応じた。

そのとき、磐音は一人の雲水が棚田の下から昼餉の場へと急ぎ歩いてくるのを見ていた。

雑賀寺の思円和尚のところにも手伝いの僧侶はいたが、衣が違った。

磐音は墨染めの衣が高野山奥之院の修行僧であることを見てとっていた。

「珍しいことがございますな、奥之院からお使いのようじゃ」

年神様の聖右衛門の呟きが風に乗って聞こえ、磐音は立ち上がって迎えた。なんとなく雲水は磐音に会うための使いのように思えたからだ。

饅頭笠《まんじゆうがさ》の雲水が、広場に集って昼餉を食する雑賀衆の間を縫って磐音に近づいてきて、合掌した。

「坂崎磐音様にございますか」

「いかにも坂崎にございます」

「室町光然老師の使いにございます」

と理由を述べた雲水が懐から書状を差し出した。

「ご苦労にございました」

と磐音も合掌して礼を述べ、分厚い書状を受け取った。宛て名書きを見て、磐音は松平辰平の字とすぐに理解がついた。

江戸で異変が生じたか。

「書状を読ませてもらい、光然老師に返書を差し上げたいが、お待ちいただけましょうか」

「そのように命じられて参りました」

「ならば暫時お待ちくだされ」

磐音は書状の封を披《ひら》きながらおこんに、

「雲水どのに昼餉を差し上げてくれぬか。奥之院からの道はなかなか難儀ゆえな、腹も空かれたであろう」

と命じた。雲水は黙したまま、磐音の言葉に合掌して感謝した。

おこんが握り飯を用意し、霧子が茸汁を貰いに行った。

磐音のもとに聖右衛門がやってきた。

「光然老師からの書状かな」

「いえ、松平辰平どのが考えを巡らせ、それがしに宛てた書状を光然老師気付で託したもののようです」

「辰平さん、なかなか考えられましたな。坂崎様、光然老師に返書を認《したた》めるなれば、御客家にお引き上げなされ。稲刈りの手は十分ございますでな」

と言ってくれた。

書状の厚さからいってもあれこれと込み入った話が詰まっているように感じられた。

「雲水どの、いささか時間がかかるやもしれませぬ」

と断る磐音に雲水が、

「坂崎様の代わりに拙僧が稲刈りの手伝いをさせてもらいます。わが実家は百姓ゆえ稲刈りには慣れておりますし、高野山の田圃の稲刈りも毎年行います」

と働き手を志願した。昼餉の馳走に感謝しての申し出だろう。

「それは有難い」

磐音はおこんらにあとを頼むと願って、御客家に一人戻った。

何事か異変が生じていなければよいがと披いた書状の一つは、辰平の手で記されたものだった。

「前略　東海道戸塚宿より取り急ぎ認め申し上げ候。それがし、ただ今、小田平助様と二人、東海道を京に向かって道中致し居り候」

なんと辰平は小田平助とともに東海道を京に上っているという。異変が生じたのは確かだった。

「江戸入りした後、真っ先に佐野善左衛門様を屋敷に訪ねて、若先生の書状を直にお渡し申し上げ候。その折り、佐野様が若先生の書状を熟読なされ、ただいまの若先生方の居られる所を問い質されし候処、その問いには許しを得ておりませぬゆえとお断り申し上げ候。されど、それがしの失態は以下のものに御座候。佐野様がわが家の系図が唐人系図屋の手元にあることは確かかと問われ、そのことは存じませんが京の下長者町杢蔵寺を棲み家にし、若先生の京入りを待ち受けておる様子と迂闊にも答え候。その折り、佐野様は何事も申されず、若先生の返書を認めるに二、三日を要するゆえ三日後に屋敷を再訪されたしと言明なされし故、それがし、次の日に三味芳の六代目鶴吉どのに面会し、その場で書状を渡して返書を認めてもらい、この書状に同封致し居り候。今一つ、今津屋の裏口より訪いを告げ、老分番頭の由蔵どのに面会せしところ、いささか意外な展開になり候えども、こちら急は要せず。再会の折り、直にお話し申し上げる所存に御座候。

さて、約定《やくじょう》の三日後、佐野邸を訪ねしところ、なんと佐野善左衛門様と多治七蔵用人の二人、それがしが若先生の書状を届けし翌未明、俄かに旅に出られたとのご家臣の返答に仰天致し候。それがしが重ねて旅先を尋ねるに、留守の間の費えを託された勝手掛に京行きを洩らしており、ためにそれがしの知るところとなり申し候。新番組の番士が突然江戸を離れるなど尋常に非ず、それがしの浅慮ゆえに引き起こされし事態に御座候。若先生に大事な使いを託されながら、失言を引き起こし候段、また大失態を冒《おか》せし段、再会の折りにいかようなお叱りをも受ける覚悟に御座候。

さて万が一の事態が生じたため、若先生より授けられし言葉を思い出し、品川柳次郎様一家の知恵と協力により小田様と品川家で対面し、事情を説明申し上げしところ、小田様も同道なされて急ぎ東海道を京に上ることに相成り候」

辰平の書状を読んだ磐音は、直面した事態に辰平が狼狽し、慌てた様子を思い浮かべた。そして、辰平に今少し懇切に御用の内容を告げておけば、かような事態は招かなかったものをと、己の浅慮を反省した。

「小田様は、佐野様に追いついたとしても、江戸に追い返すことならじ、そのまま佐野様主従の動向を見つつ、若先生の新たなる指示を仰ぎたい考えにて、かように戸塚宿の飯屋にて書状を認め、高野山奥之院室町光然老師気付にて飛脚屋に託し候に付き、この書状がなんとしても磐音様の手に届くことを切望致し居り候」

とあった。

「辰平どのに要らぬ気苦労をかけさせたな」

と磐音は思わず呟き、辰平の書状を折り畳んだ。

二通目は小田平助の書状で、こちらは短かった。

「尚武館仮屋敷番人小田平助より一筆参らせ候。平助が京へ上洛の趣き、松平辰平どのの書状にてご理解なされし事と承知仕り候。若先生には要らざる節介と承知し居り候えど、若い辰平どののしくじりに非ず、佐野某様のいささか性急な行動にありしと愚考致し居り候。佐野某様を遅くとも大井川手前にてわれらの監視下に置く所存に御座候。この先の行動は知らず、若先生の命を待つ所存に御座候」

とあり、追伸があった。

「小田平助のこたびの決断、むろん辰平どのの一助にならんとの思いに候えど、平助の正直の気持ちを申せば、若先生、おこん様、それにお二方のお子に会いたい一心に御座候。どうか面会をお許し願いたく、小田平助伏してお願い奉《たてまつ》り候」

とあった。

「さてさて、わがもとに弥助どのをはじめ、霧子、辰平どの、利次郎どの、さらには小田平助どのまで集うことになった。流浪の武芸者には身に余る幸せじゃが、これもまた天命かな」

と独白しながら、三味芳の六代目の書状を披いた。

「お懐かしい坂崎磐音様、おこん様に、かいつまんで申し上げます。ご承知のようにわっしは三味線職人、字も文もたちませんや。ふだんどおりの言葉遣い、失礼の段お許しくだせえ。

神田橋のおすな様の三味線の腕、なんとも し難く、わが作りし三味線から出る音かと愕然《がくぜん》としておる日々にございます。さて、おすな様、京に逗留する唐人系図屋雹田平を信頼すること絶大にございます。なんでもこたびは長崎の唐人街より腕こきの唐人武術家を数多く金で集め、一気に若先生方の隠れ里を襲う算段とか。その仕度に余念がない毎日にて、京、長崎に三日にあげず飛脚便を出して指示しておる様子にございます。神田橋の田沼屋敷で耳にした言葉の端々をつなげての推量にございますれば、間違いもあろうかと存じます。

ただ一つだけはっきりしていることは、なんでも春先に船にて紀州沖におすな様自ら出張《でば》るそうにございまして、船旅は初めてゆえ、鶴吉、そなたも同道せよと何度も誘われました。ほぼ間違いないことかと思われます。むろんわっしは船旅などまっぴらご免蒙る所存にございます。

磐音様、おこん様、空也様、ご一統様にお目にかかる日が近いことを、江戸の皆様が首を長くしてお待ちのことを書き添えまして、至らぬ文を閉じさせていただきます」

職人らしい律儀な文章だった。

磐音は三通の書状を読んで、すべて物事が急展開していることを、改めて悟った。そして、長い沈思の後、室町光然老師に宛てて、願いの筋と感謝の文を認め始めた。

第四章　七人の侍

一

　雹田平は待ちに待った瞬間を感じていた。

　ついに標的が動いたのだ。

　坂崎磐音一行と思える複数の影が裏高野の内八葉外八葉の隠れ里を出て、京に向かって旅を続けているのだ。

　雹は筮竹《ぜいちく》を見、人骨で造られた七つのさいころを転がし、これまでの坂崎磐音の行動を克明に記した系図に祈禱《きとう》をして未来を占った。どれもが、

「陰陽《おんみょう》重なるべし」

と告げていた。つまり敵味方が出合うという卦《け》だった。

あとは待つことだ。磐音一行が京に入り、下長者の茶屋本家に入るのを待てばよい。となると、江戸のおすな様に佐々木一族の後継の抹殺が早まったことを早飛脚で知らせようか。とくと考えたあと、おすな様に知らせるのは磐音一行が京入りして姿を認めたときでよい、と判断した。

下長者の借家は、雹田平一党にとって最適な空間だった。

表は道に面し、裏手には堀が流れて、幅四尺余の小舟ならば堀川へと往来ができた。また元薪炭商の家は二十数人の居候を置くことが可能な間数を持っていた。卜《ぼく》を見る雹田平にとって、厚い石壁と鉄扉の内蔵は貴重だった。

王城の地、京には数多《あまた》の霊力や法力が飛び交っていたが、これらを石壁が遮断するかのように、卜に集中することができた。

京の七口の一つ、粟田口《あわたぐち》から京入りした磐音一行の影が不意に分散し、磐音の影だけが下長者を目指して進んできた。

(身内をどこぞに隠したか)

まずは坂崎磐音の命を奪い、磐音の思念を辿って身内を追えばよい。

雹田平は、振り売りなどに扮《ふん》した配下の者を下長者の茶屋本家の表口裏口のあちらこちらに配して、坂崎磐音の到着を確かめさせることにした。

影は迷うことなく、雹田平が二年にわたり、じっと耐えて待ってきた下長者の家並みに溶け込んだ。

(なぜ隠れ里を出たか)

雹田平は坂崎磐音らが身を寄せた裏高野の内八葉外八葉の姥捨の郷が、雑賀衆の潜む地ということをすでに承知していた。そして、隠れ里が弘法大師空海の法力に守られ、姥捨の郷の雑賀衆が高野山奥之院と深い繋《つな》がりと利害で結ばれていることも分かっていた。

紀伊藩和歌山城下で針糸売りのおつなの消息が絶え、自らも何度も紀伊領内に入り、その後も密偵を入れて調べさせた結果だ。

尾州茶屋中島分家の所蔵船で名古屋を発った磐音一行は、雹田平の追跡を躱すために予定した芸州《げいしゅう》広島には向かわず、尾張領内で下船して京に別の船と徒歩で向かった。ここまでは尾州茶屋中島分家との打ち合わせ済みの行動であったろう。

だがその後、世話になった尾州茶屋の親切を無にして、磐音一行だけの意志と考えで行動を始め、なんと高野山の内八葉外八葉の姥捨の郷に籠ったのだ。

(磐音と姥捨の雑賀衆にどのような関わりがあったのか)

雹は一年有余以上の時をかけて磐音の過去に遡《さかのぼ》り、日光社参の折り、家基の影警護に従った佐々木玲圓、坂崎磐音師弟が、田沼家に雇われた雑賀泰造《たいぞう》日根《ひね》八《はち》一味と戦ったことを知った。

佐々木玲圓、坂崎磐音主従に、雑賀下忍《しのび》の雑賀泰造一味は一掃された。

その折り、女忍びの霧子が弥助との一対一の格闘で捕らわれ、江戸に連れてこられ、佐々木道場の門弟になったことに気付かされた。

この霧子が道案内に立ち、裏高野の霊域、内八葉外八葉の姥捨の郷に仮の隠れ家を見つけたのだ。

弘法大師空海が今も生きて修行を続ける高野山は、さすがの雹田平の力をもってしても容易く踏み込める地ではない。

坂崎磐音を潰すには大掛かりな武力に頼るか、磐音をなんとか霊域から誘い出すか、二つの途《みち》しかない。

雹は、飛脚便を使い、神田橋のお部屋様おすなと綿密に打ち合わせた。

当初、老中田沼意次の威を借りて、姥捨の郷に和歌山藩から圧力をかけて、追い出すことを江戸では考えた。

尾張名古屋の懐に入った坂崎磐音とその一行を押し出したのと同じ策だ。

だが、田沼意次といちばん縁が深いはずの御三家紀伊徳川家の内部には、家来筋の意次が和歌山藩と藩主をないがしろにする態度に反感を抱く重臣たちも多くいて、一枚岩ではなかった。それに田沼意次が家治の養子を決める御養君《おんやしないぎみ》御用掛を命じられたのをよいことに、

「明晰鋭敏《めいせきえいびん》の才」

と評判の岩千代を江戸に送り込もうと画策し、家治の養子候補に強く推薦する者たちも現れた。

選ばれた養子は次期将軍となるが、田沼意次の意のままに動く人物でなければならなかった。

さらに、紀伊和歌山藩から推挙された岩千代を受け入れることは、田沼家の出である和歌山藩の力が岩千代の背後に働くということを意味した。

ところが、田沼意次にとってなんとか避けたいこの一事を和歌山藩は不意に断念した。

慎重居士の田沼意次は、おすなを通じて、雹田平に和歌山藩変心の理由を調べるよう命じてきた。

雹が密偵を紀伊領内に入れて、密かに調べさせてみると、高野山霊域には、丹《たん》の鉱脈があり、高野山と姥捨の郷を長年支えてきたことが分かった。この丹が顕

在化したのは、幕府の、

「丹会所」

を設立して上知《じょうち》させる企てに関連してのことだ。

田沼意次が丹に手を伸ばせば、和歌山藩門閥《もんばつ》派《は》を怒らせ、反田沼で和歌山藩が結集することも考えられた。一方で坂崎磐音とその一行は、田沼一族の出の和歌山藩領内の裏高野姥捨の郷に隠れ潜んで、雹田平の追及を逃れていた。

このことを知ったおすなは、

「おすな自ら高野山詣《もう》でをし、姥捨の郷に潜む坂崎磐音と身内の抹殺を指揮する所存」

と雹田平に伝えてきた。

姥捨の郷は鉄砲衆として武名を轟かせた雑賀衆の郷であった。雑賀衆が磐音らに味方することは大いに考えられた。となると生半可《なまはんか》な人数で姥捨の郷に乗り込むことはできない。おすなが頼みにするように、

「田沼意次」

の名で高野山奥之院と和歌山藩を封じ込めたうえで、長崎の唐人らを雇って、戦とまごう陣立てをつけている矢先だった。

そこへ坂崎磐音と一行が京にやってきたのだ。絶好の機会であった。これを見逃す手はない。

雹田平の籠る内蔵の鉄扉の外に人の気配がした。

「雹様、茶屋本家を訪ねたのは坂崎磐音に間違いございません。大番頭に尾州茶屋の中島三郎清定からの添え状を差し出しまして名乗りましたゆえ、まず当人かと存じます」

この添え状、磐音らが名古屋を発つ時、中島三郎清定が磐音に持たせたものだった。

「分かった。網に入った標的の出入りを厳しく監視せよ」

と雹田平は命ずると、

(さてどうしたものか)

と思案に入った。

坂崎磐音と目される影は茶屋本家に入った翌日に他出した以外は、動く気配を見せなかった。そして、再びその影が動き出したのは、茶屋本家に江戸から武家主従が訪ねてきたあとのことだ。

茶屋本家に名乗りもしない武家主従と坂崎磐音の影は一刻（二時間）ほど話し合っていたが、不意に動き出した。

（はてどこに行く気か）

坂崎磐音の気配が雹の脳裏からふいに消えた。

（なぜだ）

そのとき、磐音は高野山の修行僧に扮して室町光然老師がくれた経文入りの白衣を着ていた。ために雹の法力が薄れていた。

雹田平が笠竹を取り上げようとしたとき、雹田平の隠れ家の表に訪《おとな》いを告げる者がいると、配下の者が知らせてきた。

「何者か」

「幕府新番組番士佐野善左衛門政言と用人と名乗っております」

「なに、佐野が」

と驚きの表情を見せた雹田平はしばし沈思し、決断した。

「この内蔵に通せ」

「はっ」

「事と次第では佐野主従を生きてこの内蔵から外に出さぬ。始末した二つの骸《むくろ》を裏の船着場から京の外に運び出す」

と命じた雹田平は、佐野善左衛門の用事がなにか推察がついていた。

佐野家の系図を借り受けた田沼家では、佐野家の系図をもとにして、田沼家の系図偽造を雹田平に命じたのだ。

成り上がった人物がよく使う手だ。優秀な系図屋を探していたおすなが雹田平を知り、仕事を頼んだ。

雹はおすなの注文に、自らの出世と金銭欲を満たすからくりが隠されていると直感した。

雹は田沼家の先祖を尤《もっと》もらしくするために、直参旗本諸家の系図を調べ、田沼家によく似た家系の佐野家に辿り着いた。新番組番士佐野家の系図は旗本家中に、

「最も古い三河の家系にして名家」

として知られ、門外不出の系図といわれていた。それを老中田沼意次の威光と力でひと月の貸与を得たのだ。だが、佐野家系図は半年を経ても一年を過ぎても佐野善左衛門の手元には戻ってこなかった。佐野は何度も田沼屋敷を訪ねて、その意を伝えたが、常に門前払いで、偶々《たまたま》門前で見かけた倅《せがれ》の意知に返却を願うと、

「与《あずか》り知らぬ話」

と突っぱねられた。

一方、雹田平は、佐野家系図をもとにして田沼家系図を二年有余の歳月をかけて古代紙の上に作り上げた。完成を見たのは京であった。そこで京の表具師に頼んで古い錦裂《にしきぎれ》を使い表装をしてもらった。その田沼家系図に時間と技をかけて古色をつけ、最後の仕上げを施《ほどこ》して、江戸に送ったのは三月《みつき》前のことだった。

そのような背景があって、

「老中田沼意次が家治様に系図を披露する」

との噂が幕閣の間に流れ、その噂は高野山奥之院副教導室町光然老師から磐音に伝えられた。すでに雹田平が内蔵に籠り、田沼家系図を贋造《がんぞう》する様子を弥助から聞いていた磐音は、これらを記した書状を松平辰平に託し、佐野家を訪問させたのだった。

雹の手元に残ったのは佐野家の系図だ。だが、この系図、佐野家に返すわけにはいかないものだった。田沼家系図の源を辿ると佐野家の系図に行き着くからだ。

「さあて、どう扱ったものか」

と雹田平が腕組みしたとき、内蔵の扉前に立った佐野主従にぴりぴりとした霊力を感じた。

（どうしたことか）

鉄扉が開かれて佐野善左衛門政言が入ってきた。

雹はひと目見て、強い癇性の持ち主と見抜いた。ならば始末するに容易いかもしれぬと雹は考えたが、目深に編笠《あみがさ》をかぶり、経文がびっしりと書かれた白衣を着た従者を見たとき、嫌な予感がした。

（こやつ、何者か。まさか）

と思いを巡らす雹田平の前にどさりと座った佐野善左衛門が、

「系図屋雹田平とはそのほうか」

といきなり挨拶もなく詰問した。

内蔵の鉄扉が閉じられた。

雹はしばらく無言で佐野の顔を見ていたが、

「いかにも雹田平にござる」

「そのほう、わが姓名を聞いてすでに用件を察しておろうな」

「はてなんでございましょう」

「老中田沼意次様の側室おすななる女から、そのほう田沼家の系図を作ることを請け負うておる」

「系図屋にござれば、注文はどちらからでも承《うけたまわ》ります」

「田沼家の系図は成ったそうな」

「佐野様にお答えする謂れはございませんがな」

「ある。あるゆえ、東海道を上り、わざわざ京に参った。そのほう、田沼家系図を作成するにあたり、わが佐野家系図を引き写し、田沼家の系図を誇大に贋作《がんさく》したであろう。じゃが、そのようなことは小賢《こざか》しい輩《やから》がようやる手、驚くこともない。また田沼様がわが家系を参考にして、晴れがましい先祖の系図を作られたことも黙認いたす。じゃが、江戸で流布する偽の田沼家系図を上様に披露することは、直参旗本として見逃し難し」

「と申されても一介の系図屋の与り知らぬところ。江戸の老中様に折衝《せっしょう》あれ」

と雹が突っぱねた。

「おう、京から江戸に戻り次第、この一命を賭して田沼屋敷に乗り込む所存」

「佐野様、何用で京まで参られましたな」

「知れたこと。わが佐野家の系図がそのほうの手元にあることを、信頼できる筋より聞き及び、承知いたしておる。即刻、この場で佐野家系図を返却してもらおうか」

「それがし、田沼家の新系図と一緒に江戸の老中屋敷に送付しておりますでな、もはや手元にはございません」

「いや、そのほうの手にあることは明白じゃ。これ以上、四の五の言うならば新番組番士佐野善左衛門政言、刀にものを言わせてもわが系図を取り戻す」

と言った佐野が刀を引き寄せた。

「およしなされ。新番組と申したところで刀は腰の飾り。慌てて抜いて手などを怪我するのがおち」

と雹田平がせせら笑った。

「雹田平、見くびるでない」

と叫んだ佐野の右手が躍って柄《つか》にかかり、刀が抜きかけられた。雹田平が座したまま、束ねた筮竹を手にすると、

ぴしゃり

と佐野の利き腕を押さえた。すると佐野の動きが止まった。

「佐野善左衛門とやら、田沼家より系図を拝見と申し出があった折り、自家の系図を諦めるのが今の世の幕臣が考えることよ。何百金か、あるいは禄高《ろくだか》を上げてもらうか、いずれかの道を選ぶべきであったな。愚か者が」

と雹田平が吐き捨てた。

「おのれ、放せ」

佐野善左衛門が必死で刀を抜こうと力を入れたが、びくとも動かない。

雹田平の視線がふと従者にいった。

目深に被った編笠の紐を解いた従者が、刀を押さえる笠竹の上に編笠をふわりとのせた。

雹が従者を見て、

「坂崎磐音」

と思わず呟いていた。

「いかにも坂崎磐音にござる。そなた、破《や》れ寺の杢蔵寺にて、さらにはこの元薪炭商の空き家を借り受け、それがしの京入りを待ち焦がれておったそうな」

「何用あって佐野の従者に化けおった」

と叫びながら、雹田平の体が座したまま鉄扉の前に飛んで、間合いをとった。

そして、内蔵の外に待機した配下の人間に合図をした。すると閉じられていた鉄扉が半分ほど開かれた。

「坂崎磐音、佐野善左衛門もろともあの世に送ってやろうか。この蔵から二本の足で出ていくこと叶《かな》わぬ」

と叫んだ。すると南蛮鉄砲を携帯した雹の仲間が、鉄扉をさらに大きく開けようとした。

「おやめなされと配下の方々に申し付けられよ、雹田平どの」

雹が磐音を見た。

「針糸売りのおつなとどこぞの家臣どのがどうなったか、知りとうはござらぬか」

「おのれ、やはりおつならを始末したは坂崎磐音、そなたか」

「われら、隠れ里に住まいし、他人様《ひとさま》の世話になる身でござってな。秘すべき諸々がそなたに伝わってもならじ。非情なれど命を貰いうけた」

「おつなの仇、この場で討ってくれん」

雹田平が叫び、ついに鉄扉が開かれた。と、同時に内蔵の床下、三方の石壁、天井から、

とんとんとん

と音が響いてきた。

「なんの音か」

雹が訝しげに辺りを見回した。内蔵に音が充満してぶつかり合った。

「雹田平、この空き家の持ち主がどなたか承知か」

「なにっ」

「この空き家の持ち主はそれがしの知り合いにござってな、この内蔵にはあれこれと工夫がしてござる。内蔵の向こう側の床、天井、壁のすべてにそなたの霊力を狂わす仏教各派の経文がびっしりと記されておってな、経文の隙間《すきま》からそなたの言動は見張られておったのじゃ」

雹田平が唐人の言葉で罵《ののし》り声を上げた。

「そなたらがわれら二人に鉄砲玉を撃ちかけるというなれば、経文が記された壁が倒れかかり、一気に雑賀衆の面々が動こうぞ」

とんとんとん、という響きが、どんどんどんという重い音に変わった。

「雹田平、われら、未だ姥捨の郷を動く気はなし。江戸に戻る折りはお知らせ申す。よって、この京からお引き揚げなされ」

と磐音が言い放った。

「おのれ」

と唐人の呪詛《じゆそ》の言葉がしばらく続いた。

「坂崎どの、佐野家の系図は何処《いずこ》にござろうか」

と意外な展開に善左衛門が磐音に問うた。

「雹田平、京を去る置き土産に、わざわざ江戸から上洛なされた佐野様の労苦を思い、真実を語ってはどうだ」

内蔵の床下やら天井から一頻り足踏みでもするような音が響いて、不意に止まった。すると雹の五感に殺気が押し寄せてきた。

「ううん」

と呻いていた雹田平が、

「こたびは坂崎磐音の小細工にこの雹が嵌められた。近々、必ずや返礼に出向こうぞ」

「承知した」

雹田平は立ち上がると、開かれた鉄扉の前に身を移し、

「田沼家系図と佐野家系図、ともに田沼意知様のもとにあり」

と言い残すと鉄扉の向こうに姿を消した。

二

東海道の逢坂《おうさか》の関近くに一軒の料理茶屋嵐月《らんげつ》があった。京を去る旅人が見送りの人と別離の酒を酌み交わす料理屋だった。

紅葉の季節が終わった庭に面した座敷に二人の武家が対面していた。

坂崎磐音と佐野善左衛門政言だ。

「佐野様、益するところのない旅、心中お察し申します」

「老中ともあろうお方が他家の系図を借用し、年余にわたり返却せぬばかりか、自らの系図を作り上げて上様に披露申し上げるとはどのような魂胆か」

と佐野は嘆いた。

「はてさて、それがしには推測のつきようもございませぬ」

「もはや堪忍袋《かんにんぶくろ》の緒《お》が切れ申した。江戸に戻り、京での出来事、雹なる系図屋の証言を田沼家に談じ込む」

「佐野様、それはいかがなものにございましょう」

「坂崎どの、それがしに、先祖代々の系図を諦めよと申されるか」

「いえ、そうではございませぬ。佐野様がこれまでも再三再四にわたり返却を願われたにも拘《かかわ》らず、言を左右にして返却に応じられぬ田沼家にございましょう。さらなる交渉に応じられるとも思えませぬ」

「ならばどうせよと申されるか」

佐野の額からこめかみに青筋が走った。癇性な佐野の胸中は憤怒《ふんぬ》が渦巻いて、今にも爆発しそうだった。

辰平が磐音の書状を届けた翌未明に江戸を発ち、東海道を急ぎ旅してきて京入りした佐野だった。ところが、なんと京への入口、逢坂の関で坂崎磐音が待ち受けていたのだ。そして、驚く佐野を磐音は嵐月に誘い、

「系図屋雹田平に面会を求められるならば会い方がある」

と説得したのである。

松平辰平は旅慣れた小田平助に助けられて、東海道の駿府《すんぷ》城下府中宿で先行した佐野主従の姿を探しあてた。意外にも佐野主従は健脚だった。

翌日から佐野主従の一丁ばかりあとを小田平助と松平辰平が尾行する道中が始まった。

辰平は佐野らの健脚ぶりをせかせかした歩きに認めた。

佐野は心が逸《はや》るのか、几帳面にも七つ（午前四時）発ちで宿を出立し、日の暮れどきの七つ半（午後五時）まで歩き通す強行軍で、用人の多治七蔵など足を引きずっての必死の形相《ぎょうそう》の旅であったのだ。

京へ急ぐ道中と確信した辰平は尾行を平助に任せて、自らは途中から佐野主従に先行して京の茶屋本家に急行し、弥助に連絡をつけてもらおうとした。すると思いがけなくも、磐音が弥助とともに茶屋本家で待ちうけていたのだ。

辰平の報告を聞いた磐音は、

「ご苦労であったな。小田平助どのがそなたに同道されたのはわれらにとって心強いかぎりじゃ」

「若先生、それがし、使いの本分を忘れ、つい佐野様に雹田平の京滞在を洩らしたことが佐野様を京に走らせた因《もと》にございます。お詫びのしようもございません」

と辰平は頭を下げた。

「それがしもそなたに書状の中身を掻《か》い摘《つま》んで話しておくべきであったと反省しておる。だがな、この佐野様の思いがけない行動でそれがしも肚《はら》を括《くく》った。いつまでも田沼意次様の刺客から身を隠しておるわけにもいくまい。空也もそろそろあれこれと記憶が刻まれる年頃に成長しよう。その空也に、父親の逃げる姿が最初の記憶と留めさせたくはない。一矢報いる秋《とき》が参った」

と磐音が決然と宣告した。

「江戸に戻られますか」

「そのためにはやるべきことがある」

磐音の言葉に辰平が大きく頷いたものだ。

一方、佐野主従は十五、六泊がふつうの東海道道中を十二泊で歩き通し、辰平の京入りに遅れること一日半で逢坂の関に差しかかり、磐音に出会ったのだった。

磐音は佐野に、系図屋雹田平に会う折りは自らが同道することを説得した。

それが、磐音が佐野に同道して雹の隠れ家、元薪炭商の家を訪ねた経緯だった。

だが、面会した雹は、用済みになった佐野家の系図は、江戸の田沼家に送り返したと繰り返すのみだった。

嘘《うそ》か真《まこと》か、なんとも詮無い掛け合いに終わった。

「佐野様、谷戸の淵のお京様の計らいでそなた様に初めてお目にかかったとき、われらの共通の敵に対して、お互いが協力し合うことを約定いたしましたな」

磐音は、佐野のことを料理茶屋谷戸の淵の大女将《おおおかみ》お京から聞き知り、武人の勘で佐野善左衛門が老中田沼意次の弱みだと直感して、お京の口利きで家基の弔いの日に面会していた。

「いかにもさようであった。されど佐々木どの、いや、ただ今は坂崎磐音に姓を戻されたのであったな、そなたは突然、江戸を逃れて永の旅に出られた」

と佐野が磐音の突然の行動を詰問した。

「黙って江戸を離れたことはお詫び申します。されど田沼派に気付かれずに江戸を抜けるには、あれしか策はなかったのでございます、お許しあれ」

「以来、田沼一派の刺客に追われる道中と聞き及んだが、今もか」

「はい」

「そこまでご苦労なされておるとは知らなかった」

と語調を和らげた佐野が、

「約定は今も生きておると申されるか」

と問うたものだ。

「いかにもさよう。その証に、二度にわたりわが使いを江戸のそなた様のもとに送り、近況をお知らせいたしました」

「そなたの書状には、田沼家の系図が完成した様子ゆえ、なんぞ変化があろうとあったな。そこでそれがしの目で確かめんと、用人を供に江戸を発ち、京に参ったのだ」

「系図屋雹田平がことは、佐野様に書状にて告げ知らせました。ですが、まさか雹が京下長者の茶屋本家に目を向けていることを使いの者から聞き出されて、大胆にも京に走られるとは、考えもせぬことでした。これまた詮無い話の繰り返しにございますがな」

「坂崎どの、それがしの胸中もお察しくだされ」

「佐野様、ここはとくとお考えくだされ。佐野様が江戸に戻られ、老中田沼家にこたびの出来事を談じ込まれるならば、先方は雹からの連絡《つなぎ》で準備万端整えて手薬煉《ぐすね》ひいて待ちうけておりましょう」

「手薬煉ひいて待ちうけるとな」

「新番組番士佐野様が幕府に許しも得ず、江戸を離れしことを、旗本監察の御目《おめ》付《つけ》に必ずや通告なされましょうな。そうなりますと、系図どころか、佐野家そのものが断絶の憂き目に遭うやもしれませぬ。いや、海千山千の田沼家用人ならば、必ずやこたびの京入りを咎《とが》められ、佐野家廃絶を企てられます。ただ今の田沼様にはその力がございます」

　磐音の言葉に佐野の顔が真っ青になり、

「いささか軽率な行動であったか、どうしたものか」

　とおろおろした。

　佐野善左衛門は短慮にして、肝《きも》の小さい人物だった。

「系図のことで田沼家に交渉されるのはしばしお待ちくだされ。さすれば田沼家では佐野様の京行きを咎められますまい。田沼家にしても、霍田平などという怪しげな唐人系図屋を雇うておることは隠しておきたいことでしょうからな」

「では、そういたすとして、佐野家系図はどうなる」

「佐野様、ここはじっくりと構えて、田沼様の弱みを衝《つ》くしか手はございますまい。われらが約定を思い出してくだされ。わが養父佐々木玲圓、養母おえいは家基様の夭折《ようせつ》に殉じました。佐野様、その理由をお察しか」

「巷《ちまた》に流れた、家基様を田沼の手の者が暗殺した噂、真実《まこと》か」

「お鷹狩りの日、養父もそれがしも家基様のお傍《そば》に密行しておりました。寒さに家基様がしぶり腹になられたのは確か。帰路品川宿のことでござった。そこで東《とう》海寺《かいじ》に立ち寄り、厠《かわや》をお使いになった。そこで、池原雲伯《いけはらうんぱく》医師がしぶり腹に効くという煎じ薬を家基様に調合投薬なされた直後に、家基様の容態が急変されたのでございます」

「池原雲伯は、田沼家に出入りする医師じゃぞ」

「西の丸御側衆《おそばしゆう》の迂闊にござった。池原医師が家基様に与えし薬は斑猫《はんみよう》であったそうな」

「なんたることか」

「養父佐々木玲圓は家基様をお守りきれなかったことを内心深く悔いていたのです。養子たるそれがし、今も安永八年（一七七九）二月の哀しみを忘れることはございません。佐野様、老中田沼意次様を追い落とすためにわれらは手を結んだのでございます。ここはとくと落ち着いて行動されんことを願います」

磐音の言葉にしばし沈思していた佐野が頷き、

「坂崎どの、そなたらの流浪の旅、いつまで続くのか」

と尋ねた。

「雹田平ら刺客を逃れての逃避行、すでに二年を超えまする。一方、田沼様の絶頂はどうやら嫡子意知様に受け継がれる気配にございますな。われら、江戸がいかに危険であっても、戻るべき時期が来たと思います」

「それは心強い」

「佐野様、一つふたつ、江戸に戻るためには為さねばならぬことがございます。それを果たし終えた暁には必ずや江戸に帰着します。長くはお待たせいたしませぬ。佐野様、しばし、ご忍耐をお願い申します」

磐音の誠心誠意の言葉に佐野善左衛門が頷いた。

四半刻後、佐野善左衛門と用人主従は益のなかった京滞在を切り上げて、江戸に向かって旅立っていった。

磐音の座敷に、姥捨の郷の男衆頭《おとこしがしら》の雑賀草蔵《そうぞう》と一統、それに弥助、小田平助、松平辰平が連れだって姿を見せた。

「草蔵どの、こたびは雑賀衆にいかい世話になりました」

磐音がまず、京の行動を助けてくれた雑賀衆の頭に礼を述べて頭を下げた。

こたびの磐音の行動は、一に佐野善左衛門の軽率な行動を助けるためであったが、同時に磐音とその一統がもはや、

「逃避行を続ける意志」

がないことを、雹田平らに直《じか》に伝える旅ともなった。佐野の突然の京入りを聞

いたとき、磐音の江戸に戻る決心は決断へと変わり、佐野に同道して雹に会い、揺さぶりをかけたのだ。

これで雹もまた磐音らとの決戦へと行動に移すしかなくなった。

草蔵のかたわらに控える雑賀の親子は、姥捨の郷からおこんと空也に扮して磐音に同行してきた女衆とややこだ。

雹田平の霊力を考えて、坂崎磐音一行の旅の体裁を整えたのだ。そのことを提案したのは三婆様の梅衣のお清で、

「おこん様や空也様がなにも危険な旅をすることはございますまい。雑賀衆で身代わりを立てます」

とすべて陣容を整えてくれたのだった。

さらに、雹田平らの目を盗み、磐音が佐野主従を逢坂の関で待ち受ける手助けをしたのも草蔵だった。

茶屋本家入りした翌日、磐音はいったん紫野《むらさきの》にある臨済宗大徳寺《だいとくじ》派の総本山竜宝山《りゅうほうざん》大徳寺の禅堂に籠って、座禅修行に入っていた。

この行動は雹田平配下の見張りが尾行して突き止めていた。だが、雹一味は禅堂に近づくことはできず、遠くから見守るしか磐音の様子を確かめる術《すべ》はなかっ

た。

一昼夜の座禅修行を行った磐音は経文がびっしりと書かれた白衣を身に纏《まと》い、夜明け前の闇《やみ》を利用して密かに大徳寺禅堂を抜け出て、逢坂の関に向かった。

その間、草蔵が磐音の座禅修行の身代わりとなり、磐音が逢坂の関から戻るまで雹配下の注意を引きつけた。

「なんのことがございましょう。丹会所の一件では坂崎磐音様にお力添えをいただき、姥捨の郷を守ることができたのです。こたびのことなど、手伝いでもなんでもございませんよ。坂崎様にとっても、雹田平を頭にした一味との決戦の布石にすぎますまい」

「いかにもさようです。雹田平一味との決着をつけぬかぎり、われらの江戸への帰還はありえませぬからな」

「その助勢、雑賀衆にお任せくだされ。なんの、唐人風情《ふぜい》にひけをとるものですか」

と雑賀衆の実戦部隊を率いる雑賀草蔵が言い切った。

「若先生、その時はいつと考えればようございましょう」

辰平が期待に紅潮した顔で尋ねたものだ。

「それは相手次第。江戸が動くのは寒さ厳しい冬ではあるまい。まず春先かのう」

「待ち遠しゅうございます」

と辰平が言い、小田平助が、

「若先生、こん平助にくさ、ひと目だけでよかたい、空也様に会わせてくだされ」

と願った。

「平助どの、辰平どのとともに上洛してこられた決断、感謝いたします。雹田平との戦いのとき、小田どのがおられるのは、われらにとって心強いかぎりです。われら、ともに姥捨の郷に参りましょう。小田平助どのの隠れ里入りの許しを草蔵様方に得ておりますでな」

「えっ、こん平助、若先生と一緒に旅ができるとな」

「もはや先が見えた旅路にございます。雹田平一味との決着をつけ、江戸に戻ります」

と親しい仲間に磐音は宣告した。

煩わしくも磐音らの行動を監視し続けてきた雹田平との戦いは避けて通れない

ものだった。まして雹田平が長崎で調達した唐人傭兵が南蛮鉄砲などを携帯して、磐音らを襲うとなると、地の利を得るために決戦の場は考えねばならなかった。

磐音らの戦いに雑賀衆が助勢し、高野山奥之院副教導室町光然老師も黙認することが決まっていた。

先手は雹一派に取らせればよい。だが、戦いの地と時は磐音が決めるべく、何か月も前から熟慮してきた。

磐音の胸中にもう一つの考えがあった。戦いの地に誘い出すのは雹田平と一派ばかりではない。ために姥捨の郷に戻り、最後の仕度を始めねばならなかった。

「合点承知たい」

と小田平助が急に張り切った。

「草蔵どの、慌ただしい京滞在で茶屋本家にも迷惑をかけたことにございましょう。われら、次に姥捨の郷を出るとき、必ずや京に立ち寄り茶屋本家にお礼に参上するとお伝え願えませぬか」

と磐音は言った。

「承知しました。いえね、私どものような丹商いが、豪商の茶屋本家とお付き合いいただけるなど、これまで考えられぬことでした。坂崎様のおかげで茶屋本家と知り合い、大番頭さんからはうちに丹を卸してくだされと言われました。それもこれも、坂崎様がとり結んでくださった縁にございます」

逢坂の関の料理茶屋を発った磐音一行と京に残る草蔵は、高野山に向かう街道口で、再会を約して二手に分かれた。

この日、姥捨の郷に白いものが舞い、散り残っていた柿の虫食い葉にふわりと止まった。そのことに気付いたのは霧子だった。

霧子はそのとき、利次郎が薪を割るかたわらで手伝いをしていた。

冬が厳しい姥捨の郷では何度か雪に見舞われ、厳冬期には積雪をみるため、どの家もひと冬分の薪の用意をしなければならなかった。

最初の冬、御客家の磐音らは雑賀衆に客分として遇され、薪も食べ物も分けてもらった。だが、暮らしに慣れるにつれて、磐音は雑賀衆と同じように田圃に出て、山仕事を務め、姥捨の郷の一員として過ごすことにした。

「空也様、雪ですよ」

「きりこ姉さま、ゆきとはなんだ」

御客家から軒下に出てきた空也が虚空を舞う雪を見て、茫然とした。そして、小さな掌《てのひら》で舞い散る雪を摑もうとしたが、なかなか摑めなかった。

「ほれ、触ってごらんなされ」

と霧子が掌に載せた雪を空也に見せた。指先で触った空也は慌てて手を引っ込め、

「つめたいぞ、姉さま」

と言った。

「これから内八葉外八葉はこの雪に染め変えられて、ひと冬を過ごすことになります」

「さむいか」

「冬は寒いものです」

「そうか、さむいか」

軒下から出た空也が、だんだんと激しさを増す雪をよちよち歩きで追いかけ始めた。

「積もるかな」

と薪を割る手を休めた利次郎が霧子に尋ねた。西の空の雲を見ていた霧子が、

「うっすらと積もるかもしれませんね」

と答えるのへ、

「霧子、若先生は辰平と小田平助様とやらに出会われたかのう」

と、磐音が出立して以来、利次郎がこれまでも繰り返した問いをまた口にした。

「何度お尋ねになっても京のことは分かりませんよ」

雪に慣れたか、走り回って雪を摑もうとしていた空也が突然立ち止まると、

「とどろさま、姉さま、父上はいつもどられる」

と訊いた。

「父上がおられぬ姥捨の郷はやはり寂しいですか、空也様」

「きりこ姉さま、さみしいぞ」

と空也が正直な気持ちを吐露した。

「霧子も利次郎さんも寂しゅうございます」

「いつもどられる」

霧子が北の空に向かって何事か念じていたが、

「空也様、喜びなされ。霧子の占いではこの二、三日内に、父上も辰平さんも弥助様も戻って参られますよ」

「まことか」

「まことですとも」

「母上にしらせてこよう」

と空也が御客家に走り込み、利次郎が霧子に、

「空也様にそのような安請け合いをしてよいのか、霧子」

「安請け合いではありません。心の中で念じ続けていれば、必ずや若先生方がお戻りになります」

と霧子が言い切った。

三

真言《しんごん》宗の開祖になった弘法大師空海は、天明の時代にも衆生《しゆじよう》のために尽くして廻国教化していると信じられていた。その証の一つが、

「入定《にゆうじよう》信仰」

だ。

承和《じようわ》二年（八三五）三月二十一日早暁《そうぎよう》、大日如来《だいにちによらい》の印《いん》を結び、弥勒菩薩《みろくぼさつ》の名号《みようごう》を十日にわたって唱えていた空海は、入定した。それは死ではなく生きて廻国教

化の旅を続けているのだ。

空海の聖地、内八葉外八葉の山並みに囲まれた高野山に静かに雪が降り続いていた。

霧子は初雪がうっすらと積もると予測したが、雪は静かに二日三日と断続的に降り続き、姥捨の郷を白銀一色に染め変えた。積雪は御客家の庭で四、五寸はあった。

ために姥捨の郷はいつにもましてひっそり閑《かん》としていた。それでも屋根付き壁なしの道場の朝稽古には雑賀衆が集い、利次郎や霧子も加わって武術鍛錬に勤《いそ》しみ、その後、河原の湯に飛び込んで、ここでは賑やかな笑い声や話し声が雪の郷に流れていった。そんな賑わいは夕稽古にも繰り返されたが、こちらの中心は鷹次ら少年組幼年組だ。

鷹次はすでに外奉公に出る時期を過ぎていたが、なぜか、年神様、三婆様の長老衆から許しが出なかった。ために少年組幼年組の兄貴分として、利次郎と霧子の手伝いをなしていた。

この日、空也が利次郎の名古屋土産の木刀を差して道場に来ていた。

「空也様、どうです、利次郎と稽古をいたしませぬか」

「とじろさん、おしえてくれるか」

「いいですとも、剣術の基本は素振《すぶ》りにございます。お腰の刀を抜いて両手に持ち、かように構えてください」

と利次郎がまず自ら竹刀《しない》を構えて正眼《せいがん》に置いた。

「このようにか」

と空也が利次郎の構えを真似た。

「肩に力が入っておりますぞ。剣術は無駄な力はいけませぬ。空也様はゆくゆくは直心影流《じきしんかげ》尚武館道場の十一代目に就かれるお方です。大らかな剣風を身につけてくだされ」

「おおらかなけんぷうとはなにか」

「うーん、難しいことを言うてしまいましたな。ひらたくいえば、それがしにないものです」

「とじろさん、わからぬぞ」

「よし、空也様、論より動きです。さあ、利次郎に打ちかかってこられませ」

「まいります」

と空也が踏み込みながら木刀を振り下ろし、

「おお、なかなか鋭い打ち込みにございますな」

と応じた利次郎が空也の稽古の相手を始めた。


降っていた雪が夜の間に止《や》んだ翌朝、いつもの朝稽古に空也と鷹次も加わり、霧子から小太刀の使い方を指導されていた。

利次郎は姥捨の郷に残った数少ない男衆の中で腕の立つ、猪狩り名人の時三郎《ときさぶろう》、鍛冶《かじ》の剛之助《ごうのすけ》、丹の採掘夫の真吉《しんきち》らを相手に木刀稽古を行い、時に時三郎らが得意とする棒との試合を行った。

そんな朝稽古が終わりに近づいた刻限、丹入川の雪の土手を、
さっさっさ
と滑るように走る人影が見えた。

「おおっ、三十里《さんざ》走りの蔦助《つたすけ》じゃぞ」

と鍛冶の剛之助が気付いて、

「なんぞ異変か」

と道場の雑賀衆の間に緊張が走った。

「よし、おれが尋ねてこよう」

と時三郎が雪原をものともせず駆け出していった。

蔦助と時三郎は丹入川に架かる土橋で出会い、動きを止めることなく短い話し合いが行われたと思うと、時三郎が道場へと戻ってきた。蔦助は村の長老衆のもとへと向かったのだ。

「なんぞよからぬことか」

剛之助が、下半身雪まみれで戻ってきた時三郎に質した。

「蔦助は、年神様や三婆様に復命せぬうちは、仲間とは申せ、喋れるかとにべもない返答じゃったぞ。じゃが、どうやら一大事が迫っているふうではなかったな」

と推測を交えて言った。

その時三郎が利次郎に耳打ちした。

「しかと、蔦助どのは言われたか」

「雪の紀見《きみ》峠下の橋本宿《はしもと》で雪待ちしておる一行がいるのを確かめたそうですが、先を急ぐので声はかけなかったそうな。今日にも戻ってこられると蔦助が言いましたぞ」

「それは嬉しい知らせかな。霧子、そなたのご託宣《たくせん》は雪もお戻りの日も当たらなかったな」

とかたわらの霧子に利次郎が言った。

「雪がまさかこのように降り続くとは思いませんでした。そのために若先生方の帰着が遅れたのです。雪さえ積もらなければお戻りの日にちはあたっておりました」

「まあ、よい。京土産の話が聞きたいものじゃ。霧子、おこん様にお知らせいたせ」

という利次郎の言葉に、霧子が空也を連れて道場から御客家に向かって駆け出した。

「霧子はさすがに姥捨育ち、下忍雑賀衆で技を仕込まれたとみえて、身軽じゃな」

と真吉が褒めた。

「技はよいが気が強い」

と思わず呟く利次郎に、

「利次郎さんは、そんな霧子に惚《ほ》れましたか」

「し、真吉さん、どうしてそんなことを」

「利次郎さんの言動を見ておれば、すぐに気付く」

「そうか、そんなことまで雑賀衆は見抜かれるか」

「雑賀衆でなくともすぐに分かりますよ」

と時三郎が笑い、

「霧子はいい方々に恵まれ、生き延びた。下忍の泰造日根八一味の中でただ一人の生き残りじゃからな。利次郎さん、大事にしてくだされよ」

と剛之助が利次郎に言い、利次郎が素直にも頷いた。


この日、八つ半（午後三時）の刻限、利次郎、霧子の二人は、小さな菅笠を被せられ、綿入れを着せられた空也を連れて、丹入川の川の道一ノ口の段々滝まで向かった。空也の腰には木製の刀が差されていた。

流れの淀みでは氷が張っている場所もあった。

「空也様、寒くはございませんか」

と霧子が空也を気遣った。

藁で作られた雪靴を履かされた空也は、利次郎と霧子に手を取られていたとはいえ、姥捨の郷からなんとか自分の足で段々滝まで歩いてきたのだ。

「きりこ姉さま、空也はさむらいの子じゃ、さむくはないぞ」

「そうですとも。空也様は坂崎磐音様とおこん様のお子です。これぐらいの寒さなどに負けてはなりませぬ」

空也が頷き、

「とどろさま、たきを見にきたのか」

と尋ねた。

「雪道を歩くことも足腰を鍛えるよい機会です。空也様は見事に歩いてこられました。なんぞ褒美《ほうび》を考えねばなりませんな」

「ほうびもらえるのか」

「なにが望みですか」

しばらく考えた空也が、

「空也はさむらいの子じゃ、ほんものの刀がよいな」

「空也様には本物の刀はまだ無理にございます。本物の刀が要るときは、必ずやお父上が時を選び、空也様に相応《ふさわ》しい小さ刀を授けられましょう。そのためにはお母上のおこん様が用意される食べ物をもりもりと食べて大きくなり、稽古を積んで体を鍛えられることです」

「父上は京にいかれていないぞ」

「おられませぬか」

「とじろさまも知っておろうが」

「いえ、空也様、しっかりと周りを見回してご覧なされ」

利次郎に言われた空也が雪が降り積もった内八葉外八葉の雪景色を眺め、丹入川の下流に視線を落とした。すると、雪の土手道を一列になって進む行列の姿が小さくあった。

「あれはたれかな」

「はて、どなたにございましょうな」

と霧子が笑った。

行列が段々滝下に近付いてきて、滝上の三人を認め、手を振った。

「父上じゃな、とじろさま、父上がもどられたのじゃな」

「いかにもさようです」

「ちちうえ！」

という空也の叫び声が丹入川に響きわたり、行列の中から辰平が先頭に飛び出してきて、大きく手を振りながら、

「空也様、お父上のお迎えにございますか」

「ほうびじゃ、おむかえではないぞ」

と空也が言い返した。

行列の後ろにいた小田平助も磐音のかたわらまで進んできて、

「若先生、あそこにおられるとが空也様たいね」

「小田どの、いかにも空也にござる」

「わしは早《はよ》うこの腕に抱きたか。抱いたらくさ、泣き出さんやろか」

と平助が先のことまで心配した。

磐音一行は山城国《やましろのくに》八幡《やわた》から高野山へと向かう高野街道を、男山《おとこやま》、四條畷《しじようなわて》、八尾《やお》、富田林《とんだばやし》、河内《かわち》長野《ながの》の各宿場を経て、雪の紀見峠を難渋しながらも越え、昨日の夕刻、橋本宿に到着した。八幡から高野街道の交通の要衝橋本まで二十四里九丁(九十七キロ)、途中から雪が降り始めたために四日を要した。

姥捨の郷を出る折り、おこんと空也の代役を雑賀衆のおかねと柴太郎《しばたろう》に願ったため、帰路も当然同道していた。雑賀衆とはいえ、幼子を連れての旅だ、ゆったりとしたものになった。

　しかしながら橋本から姥捨の郷の川の道一ノ口まではほぼ四里、七つ（午前四時）発ちした磐音一行は積雪に足を取られながらも、なんとか八つ半に段々滝下まで辿り着いたところだった。

　段々滝へと上がる急勾配の崖道《がけみち》に、利次郎が肩に担いできた縄を投げ下ろしたので、それを伝って一人またひとりと段々滝上に磐音一行が到着し、顔を揃えた。

「父上、おかえりなさい」

　と空也が回らぬ舌で迎えた。

「ただ今戻った。出迎えご苦労であったな」

　と磐音が挨拶し、

「どれどれ、父に抱かせてくれぬか」

　と木製の刀を差した空也を抱き上げた。

「おお、わずか留守をしておった間に、空也の体がまた一段と重うなっておるわ」

　と磐音が高々と虚空に差し上げた。するとそのかたわらから、

「空也様、わしは小田平助、おまえ様の父御《ててご》の知り合いたい。わしにくさ、ちいと抱かせてくれんね」

と平助が願い、

「空也、そなたは初めてじゃが、父や母がいかい世話になった小田平助どののじゃぞ。ただ今、江戸の留守を守っておられる。小田どのは槍折れの達人、大きゅうなったら、小田どのを師匠にして槍折れを習え」

と磐音が言いながら、空也を平助の腕に渡した。

「空也にございます」

「わしゃ、小田平助たい。昵懇《じっこん》にお付き合いくだされ」

「おださま、やりおれのたつじんか」

「槍折れを知っておられますな」

「いや、しらんぞ。おしえてくだされ」

「槍折れは下人の術たいね、空也様は直心影流尚武館佐々木道場の跡継ぎ、十一代目たいね。槍折れなんぞ、覚えんでよかよか」

と笑いかけると、弥助が、

「小田様、わっしにも空也様を抱かせてくだされよ」

と願い、

「いささか残念ばってん、弥助さんの願いたい。聞かずばなるまいもん」

と空也が弥助の手に渡った。

「小田様、私、尚武館佐々木道場門弟重富利次郎と申します。そこの松平辰平とは朋輩《ほうばい》にして、以後、何卒宜しくお付き合いをお願い申します」

と利次郎が平助に挨拶し、辰平に目を向けた。

「おい、辰平。江戸とは申せ、えらく時を要したではないか。屋敷に戻り、母者《ははじゃ》の乳なんぞ飲ませてもろうてきたのではないか」

「利次郎、馬鹿を申せ。お互いの歳を考えよ。屋敷など立ち寄ってもおらぬ。それより知らせがある」

「なんだ、申せ」

辰平が磐音に、

「尚武館のこと、申してよいですか」

と許しを乞うた。頷く磐音に、

「利次郎、霧子、驚くな。尚武館は消えた、なくなった」

「辰平、若先生が小梅村に移られたとき、尚武館佐々木道場は消えたではないか。なにをいまさら」

「そうではない。建物までも取り壊されたそうじゃ」

「なにっ、われらの血と汗が滲《にじ》んだ道場が壊されたと申すか。一体たれの仕業か」

「利次郎さん、そのような横暴ができるのはお一人です」

「霧子、老中田沼意次様か」

辰平が頷き、利次郎が、

「そうか、尚武館道場にわれらはもはや立てぬのか」

そのとき、磐音の脳裏に花嫁姿のおこんが満開の桜を背景に立つ、晴れがましくも神々しい姿が映じていた。

だが、その桜も切られ、見ることは叶わぬか。

桜が消えて白桐が浮かんだ。

秋、最後の桐一葉《きりひとは》が落ちる景色に変わり、磐音は無性に寂しさが募った。

「利次郎どの、なくなったものは致し方ござらぬ。これから新たな尚武館道場をわれらの手で造り上げるのじゃ」

「江戸に、でございますよね」

利次郎の問いに頷く磐音を見て霧子は、坂崎磐音様は江戸に帰る決意を固められた、と確信した。

「空也、小田どのを姥捨の郷に案内《あない》してくれ」

磐音の命に空也が先に立ち、丹入川の土手を上流へと進み出した。


この夜の御客家の囲炉裏端では、再会を果たした磐音一統八人が、おこんが仕度していた猪鍋を菜に酒を酌み交わして、積もる話が尽きなかった。それは思い返せば、安永八年の尚武館の餅搗き以来の賑やかさだった。

話題はどうしても江戸の話になる。となると江戸に使いをした辰平が話の中心になった。

「おこん様、まず江戸に変化があったとしたら、品川柳次郎さんがお有さんと所帯を持たれたことです。今から一年半余前のことにございます」

「お二人の仲人を磐音様と私が務めることになっておりましたが、仲人はどなたにございましたか」

「桂川先生と桜子様ご夫婦であったそうです」

「それはなんとも得難い仲人にございます」

「おこん、いつまでも二人を待たせてもならじと、われらが仲人を辞退する旨の書状を笹塚孫一様気付で出したのが品川さんに届いてな、そのことを笹塚様や由蔵どのに相談なされたところ、由蔵どのの計《はか》らいで桂川先生と桜子様に快くお引き受けいただいたという経緯じゃそうな」

「祝言《しゅうげん》は一年半も前のことでしたか」

「おこん様、お有様のお腹にはややこが宿っておるとか。お有様はおこん様の出産を気にかけておられましたので、差し障《さわ》りのないところで皆々様にお話ししてきました」

「皆々様とはどなたですか、お父っつぁんにも空也のことは伝わっておりましょうか」

「おこん様、ご心配なく。それがしに先立って若先生が桂川先生に書状を出され、その中に空也様誕生のことが記されていたそうで、それを聞いた品川様から金兵衛さんに伝わり、すでに承知にございました」

「お父っつぁんも元気なのですね」

「いささか顔の皺《しわ》が増えたようですが、息災にございました」

「皺くらい何本増えてもどうということはございません。いえ、安心しました」

「ご一統様、今津屋さんのお計らいでそれがし、今津屋の手代に扮して老分番頭の由蔵さんのお供になり、品川邸を訪ねました」

「なぜ、手代に扮したのだ」

「利次郎、田沼派の見張りの眼を気にしてのことに決まっておろうが」

「なあるほど」

「お有様の岩田帯のお祝いが催される日でございましてな、仲人の桂川先生、桜子様をはじめ、お有様のご実家の椎葉家、笹塚孫一様、木下一郎太様方南町の方々、さらには金兵衛さん、地蔵の竹蔵親分に武左衛門さんと懐かしいお顔がお揃いで、しばしお互いの近況を語り合いました。この話、一晩したところで終わりますまい。折々ゆっくりと申し上げます」

と辰平がいったん話を締め括った。

「辰平さん、有難う。お父っつぁんが元気と聞いて、ほっとしました。正直、もはや生きているうちには会えないと覚悟したこともございます」

とおこんが安堵の表情を見せた。

「思い切って辰平どのを江戸に使いに立ててよかったな」

と磐音が本心を洩らした。

「ほんに皆様が元気であることが分かりましたものね」

「おこん、そうではない」

「どういうことにございますか」

「姥捨の郷に厄介になって二年が過ぎた。もはや田沼様から逃れる旅を締め括りたいと思う」

座がどおっ、と沸いた。

なんとなくだれもが江戸に戻る日が近いと感じていた。だが、一家の長《おさ》の磐音が明言したことはこれまでなかった。それが、いちばん信頼すべき仲間の前で明らかにされたのだ。

「皆に申し伝える。われらが江戸に戻るためには田沼意次様の刺客、雹田平一派との戦いは避けて通れぬ。これまで以上の厳しい戦いになろう。ためにそれがし、京、尾張、紀伊、高野山奥之院と、考え得る布石は打ってきた。なにより心強いのは雑賀衆が助勢を申し出られたことじゃ。だが、なんといってもわれらが先陣に立って働かねばならぬ。この戦い、なんとしても勝つ」

磐音が珍しくもはっきりと公言したことに利次郎と辰平が敏感に応じて、

「おうっ!」

と叫んだ。

四

紀伊領内に和歌山藩の手が入らない聖域があった。

真言密教の大本山、弘法大師空海入定の高野山一帯で、その聖域は内八葉外八葉の重畳《ちょうじょう》たる山並みに囲まれて、ひっそりとした冬を過ごしていた。

密教の曼荼羅《まんだら》世界をこの地に再現しようとした高野山の山裾にひっそりと雑賀衆が暮らす姥捨の郷があり、この地に今や八人の客がいた。

田沼意次が政争の道具に編制した隠密下忍集団雑賀衆総頭、雑賀泰造日根八の女忍びであった霧子に案内され、空の道一ノ口の険阻《けんそ》な山道を抜けてこの地に坂崎磐音一行が到来したのは二年前のことであった。霧子は流浪の泰造一味とともに姥捨の郷に一時住まいしたことがあり、幼き頃の記憶を辿って見事に隠れ里を探しあてたのだ。

その折りは、磐音、おこん、弥助、そして霧子の四人だった。

本来、余所者《よそもの》を受け付けぬはずの姥捨の郷だが、霧子の隠された出自と、郷の雑賀衆の仇である雑賀泰造を磐音が討ち取ったことを知り、おこんが出産間近の身ということもあって、姥捨の郷に客分として逗留することが許された。そして、この地で生を享けた空也が、客分の磐音らと姥捨の郷の雑賀衆の距離を縮めてくれた。また、幕府の丹会所設立が姥捨の郷と高野山を危機に陥れたが、その折り、磐音が高野山と姥捨の郷に協力して動いたこともあって、磐音らは、今や客分というより雑賀衆の一員に準ずる扱いを受けて暮らしていた。

この磐音らのもとに二人の若武者が加わった。

武者修行中の松平辰平と重富利次郎だ。

二人は、旅先の磐音から届いた書状の文面から推理し、この隠れ里を見つけようと紀伊領内に潜入した。だが、雑賀衆の隠れ里がそう易々《やすやす》と見つかるはずもない。内八葉外八葉の山中や集落をひと月余にわたり、探し歩いたあげく、和歌山藩の役人に追われるところとなった。それを運よく霧子が見つけて役人衆を退却させ、二人を姥捨の郷に連れてきたのだ。

これで姥捨の郷の客分の磐音一家は七人になった。

そして今、江戸に帰るための最後の戦いを前に、槍折れの名人小田平助が加わり、戦いの陣容が整った。

雪と寒さに閉ざされた姥捨の郷ではいつもの朝稽古、夕稽古の合間に磐音らは決戦への仕度に怠りなかった。

姥捨の郷の川の道二口、海の道二口、空の道三口の出入口が描き込まれた隠れ里内外の絵地図を前に連夜、雹田平らとの仮想戦の検討が行われた。この絵地図、磐音が手描きしたものだった。

この集いには、時に姥捨の郷の雑賀衆が加わり、あれこれと知恵が出され、その知恵を基にして進入路と想定される峠や河原にさまざまな仕掛けが造られた。それは雪の間の作業で、丹入川の流れを堰《せ》き止めたり、隘路《あいろ》の真上に材木や岩を積んで雹田平の一党の戦力を殺《そ》ぐ企てだった。

とはいえ、ふだんは夕餉のあと、囲炉裏端で磐音一家の語らいがあった。この内々の作戦会議は空也が眠りに就いたあと、おこんが加わり、お茶を供して干し柿などを賞味しながら行われた。

「江戸の暮らしもよかばってん、姥捨の郷もなかなかのもんたいね。わしゃ、生涯こん地で過ごしてもよか」

と思わず平助が洩らし、

「小田様、いくら里人に親しゅうしてもろうても、わっしらは所詮は余所者、流れる血が違いますでな。いつかはこの郷を去らねばならぬ運命《さだめ》ですよ」

「弥助さん、こん小田平助もよう分かっとるたい。ばってん流れ歩く暮らしが身に付いたわしにはこん郷は極楽たいね」

と弥助に応じた平助が、

「あっ、別に順番ばつけるつもりはなか。わしにとって、一日が暮れるのがくさ、惜しいところがございましたばい」

「ほう、それはどちらですね」

「利次郎さんのよう知っとるところたい。尚武館佐々木道場にくさ、こん流れ者が居候してくさ、大先生や若先生は別格にしてもたい、門弟衆と稽古に打ち込めた、あん日々ですたい。神保小路の道場ですたい」

平助のしみじみとした言葉に六人はしばし答えられなかった。

「小田平助どの、もはやあの神保小路の日々は戻ってはきますまい。小田どのが見られたとおり、今津屋さん方のご厚意で増築なった尚武館は取り壊された。だが、われらはこれからも武人として生きねばならぬ。そのために江戸に戻り、新たなる尚武館を建築し申す。それが養父佐々木玲圓と養母おえいの死に報いる道にござればな」

「必ずや尚武館坂崎道場の再興をやり遂げますぜ。そのために弥助の命、捧げます」

「弥助どの、建物は器にすぎぬ。とはいえ、あの床板にも羽目板にも皆の汗が沁《し》み込んで尚武館を作りあげてきた。その歴史をわが代ですべて失ったのはなんとも無念にござる。養父に申し訳も立たぬ」

と磐音が答えたとき、

「あっ、わしゃ、えらいことば忘れとったばい」

と平助が叫んだ。

「どうなされた」

「若先生、今から二年も前、安永八年（一七七九）の秋のことたいね。今津屋の由蔵さんとくさ、天神鬚《てんじんひげ》の鵜飼百助《うかいももすけ》様が小梅村の御寮に参られてくさ、仲秋《ちゅうしゅう》の月見をしたいと突然言いなさったもん。研ぎ上がった刀ば三方《さんぼう》に奉じられてくさ、一献酌み交わしたたい。わしがこん刀はなんじゃろかと尋ねるとくさ、由蔵さんがたい、尚武館の護《まも》り刀ですと答えなさったもん。なんでん、尚武館増築の折り、地中から出てきた二振りのうちの太刀じゃったそうな」

「おおっ、あの刀が研ぎ上がりましたか」

「百助様の鑑定ではまず平安末期の山城国永《やましろくにナが》、五条《ごじょう》国永と言われる刀鍛冶の名人の作に間違いなかげな。今津屋さんでは研ぎ料に二百両を支払われたたい。わしゃ、ぶっ魂消《たまげ》たたい。刀も刀なら研ぎ料も半端じゃなか。そいを由蔵さんに訊いたらくさ、尚武館道場再興の瑞兆《ずいちょう》の知らせ、二百両は安いものですと鷹揚《おうよう》なもんでくさ、わしゃ、また腰を抜かしたもん」

「江戸に国永が待っておりますか」

「わしもあとで考えたたい。あん刀は再興される尚武館道場に相応《ふさわ》しか一剣たい。そいとくさ、小梅村にお預かりしておる尚武館の扁額《へんがく》があるかぎり、直心影流尚武館佐々木道場の精神と技はくさ、坂崎道場に引き継がれよるたい」

磐音が平助の言葉ににっこりと微笑み、

「小田平助どのはわが尚武館にとって救いの神にございますな。流浪の身のわれらに明るい知らせをもたらしてくだされた。礼を申します」

と頭を下げる磐音に、

「そ、そりゃ困るたい。なんも若先生に礼ば言われることはしちょらんもん。わしゃ、大事なことを忘れちょったたい」

と平助が慌てる様《さま》に、

「槍折れの達人も、こん面《つら》でくさ、なかなか可愛《かわい》かとこがあるもんやね」

と平助の訛《なま》りを真似て利次郎が笑った。

「利次郎、明日の朝稽古はたっぷりと小田様に相手をしていただけ。あの棒振り稽古を半刻も続けると、そのような軽口は叩けまいぞ」

「ちょっと、待て。おれだけが小田様の相手か。半刻じゃと、剣術と違《ちご》うてあちらこちらの筋肉が痛みに悲鳴を上げようぞ」

「利次郎どの、足腰を鍛えるにはあの棒振りは効果があります。しっかりとご指導を受けなされ。必ずや雹田平一派との決戦に役に立ち申す」

と磐音に命じられて、利次郎が、

「小田様、お手柔らかに」

としぶしぶ頭を下げ、話題を変えるように、

「若先生、雹一味はこの姥捨の郷に攻め込んできますか」

と磐音に訊いたものだ。

「郷の外に出ぬ以上、必ずや姥捨の郷への潜入を試みよう。また、そのように仕向けてござる。じゃが、その時期は冬の寒さが明ける直前とみました。その時期は必ずや江戸から知らせが入ります」

と言い切った。

「よし、それがし、小田様に真剣に槍折れを習うことにしよう」

「利次郎、これまで真剣に習わなかったのか」

「辰平、能ある鷹が爪を隠しておっただけじゃ」

「なにが能ある鷹か」

囲炉裏端の夜はいつも利次郎と辰平の掛け合いで終わりを告げた。

そんな集いが終わったある夜、おこんがふと呟いた。

「皆様の話を毎晩聞いておりますが、私だけがなんのお役にも立ちませんね」

ふうっ、と絵地図から視線を上げた磐音がおこんに、

「そうではないぞ、おこん」

と応じた。

「どのような戦《いくさ》にも女衆の陰の働きがなければ勝てぬ。雹田平らとの戦いがどのようなものになるか、今は分からぬ。相手の出方次第では、こうしよう、あの場所に誘い込もうと毎夜考えてきた策がすべて無に帰し、最も避けたい姥捨の郷での籠城戦になり、さらには雹一派を隠れ里に侵入させるような事態も考えられる。雹田平もこたびが最後の戦いと重々承知しておることは、弥助どのからの報《しら》せや雑賀衆の見張りの網にかかった雹一味の先乗り組の行動を見ておれば推測がつく。

その折り、おこん、そなたの出番が回ってこよう。戦士の男衆を支えて、炊き出し、怪我の手当てなど、なすべきことはいろいろとある。そなたの働きがなければ、われら、揃って江戸には戻れぬ」

「さようにございましょうか」

「むろんじゃ」

会話を黙って聞いていた利次郎が、

「われら、坂崎磐音様を総大将にして、おこん様、槍折れの小田平助様、剽悍《ひょうかん》無比な弥助どの、女忍びの霧子、まあ、今一つ得意技がない松平辰平、そして、最後に控えし豪勇無双の重富利次郎を加えて七人の侍にございますな。空也様はまだ幼いゆえ、この数には入れませぬ」

と自らの言葉に納得したように大きく首肯した。

「おうおう、ほざきおるわ、利次郎が。それがしは、今一つ得意技がないとな。そのくせそなたが豪勇無双とは、どういう意味か」

「なに、辰平、不満か。言葉なぞただじゃからな。そなたの名の前になんぞ付けてやってもよいぞ。今一つ得意技がないというのが気に入らなければ、武者修行半ばの青武者松平辰平などどうじゃ、いかにも若武者らしくてよかろう」

「利次郎、なにもそのような空疎《くうそ》な飾りは要らぬ。それがしは尚武館佐々木道場の一員としてこたびの戦いに臨む、それだけで十分じゃ」

とあっさり断られ、

「それがしだけ、豪勇無双はおかしいか」

「なんのおかしなことがあろうか、利次郎さん。戦国の世の武者も煌《きら》びやかな甲冑《かっちゅう》を着込んでくさ、背に旗指物《はたさしもの》を背負うて、虚仮威《こけおど》しをしておったばい。これも相手を怯《ひる》ませる手の一つたいね。利次郎さんが、われ、豪勇無双の利次郎なりと連呼するうちにくさ、相手も勘違いせんともかぎらんもん。せいぜいやってみんね」

と小田平助に真面目な顔で煽動《せんどう》されて、

「小田様にそう言われると、なにやらそれがし一人が調子に乗っておるようじゃ。残念ですが諦めました」

と考えを引き下げた。

「われら、七人の侍か」

と磐音が利次郎の思い付きを口にした。

「私も戦士の一人にございますね」

「念を押さずとも、おこんも七人めの女侍じゃ」

磐音の言葉におこんがようやく安堵したように笑みを浮かべた。


冬の厳しさの中にふっと春の兆しを感じさせる日、磐音は高野山奥之院に副教導室町光然に呼ばれて上がった。

道案内に鷹次がつき、磐音は高野山に詣でたことがない小田平助を供に指名した。

早朝七つ（午前四時）の刻限、雪仕度の三人は磐音と鷹次が竹杖《たけづえ》、小田平助は槍折れを杖代わりに雪道を高野山へと上がった。

鷹次は雑賀衆の男衆頭雑賀草蔵の京の店に奉公に出ることを、年神様、三婆様にようやく命じられて高野山にお別れ詣でとなった。雪の山道を歩くこと二刻半（五時間）、奥之院に到着した磐音は、

「小田どの、高野山には、大師御廟《ごびょう》をはじめ、墓原、金堂など詣でるべき場所が数々ございます。それがしの用事はひょっとしたら、夕刻までかかるやもしれませぬ。その折りは奥之院宿坊に泊まることになりますので、鷹次の案内でゆっくりと過ごしてくだされ」

と言い残すと奥之院の庫裏《くり》に向かった。

高野山を代表する番頭にして外交官の光然老師のもとには先客がいた。御三家和歌山藩の付家老《つけがろう》を務める新宮《しんぐう》藩水野《みずの》家の前の城代《じょうだい》榊原兵衛左ヱ門《さかきばらひょうえざえもん》であった。

「久しぶりかな、坂崎磐音どの」

と未だ新宮藩と本藩和歌山藩に影響力を持つ榊原兵衛左ヱ門が、磐音を本名で呼んだ。

「お元気そうでなによりにございます、榊原様」

磐音はそれまで、榊原の前では清水平四郎の偽名で通してきた経緯があった。だが、そのことはおくびにも出さなかった。

「昨年の夏、岩千代様が高野山にお参りになり、そなたから直心影流の手解《てほど》きを受けられたそうな。和歌山藩内では、岩千代様の御近習衆《ごきんじゅ》が、あの人物、高野山の奥之院に置いておくのは勿体ない、と言い出しておるそうな。どうじゃな、和歌山藩の剣術指南に就かれては」

と榊原が冗談とも本気ともつかぬ口調で言った。

「榊原様、畏《おそ》れ多いことにございます」

「なんの畏れ多いことなどあろうか。家基様の剣術指南役を務められたそなたではないか」

「榊原様、清水平四郎としてお付き合い願えればよかったのですが」

「老師からそなたの正体を聞かされて驚きもし、得心もいたした」

「榊原様、お詫び申し上げます」

と磐音は平伏した。

「お待ちなされ。そなたに詫びられることなど、この榊原、なに一つ覚えがござらぬ」

「偽名を名乗ったにも拘らず、親身なるお付き合いをしてくだされた榊原様を騙《かた》った所業、十分に許し難いものにございましょう」

「そなた方は老中田沼意次様の刺客を逃れて旅に出られたそうな。当然、偽名にて暮らしていかれるのは追われる者の知恵にござる。それにそれがし、そなたに深い恩義を感じておりましてな、坂崎どの」

「恩義などございましょうか。丹の一件では、榊原様のお口添えで姥捨の郷の丹の採掘が守られました。恩義に感ずるのはそれがしのほうにございます」

「その代わり、和歌山藩に年貢二百両が入ってくるようになった。御三家とは申せ、毎年二百両の増収は大きい」

と榊原が笑った。

「じゃが、恩義に感じておるというのはこのことに非ず。和歌山藩が間違いを犯さなかったのは、偏《ひとえ》に清水平四郎どの、いや、坂崎磐音どののお言葉のお蔭であった。あの折り、岩千代君を江戸に出して、家治様の養子へと推挙する愚挙を行うところであった。去る閏《うるう》五月十八日、家治様の養子が一橋家の徳川治済様のお子、豊千代様に決まった。このこと田沼意次様の腹中に最初からあったこと。岩千代様を推挙して田沼意次様に会わせたところで、よいさらし者にされたにすぎなかった。和歌山藩は、英明な岩千代様を和歌山にお留めしてようござった」

榊原の言葉に磐音は頷きもせず聞いていた。

「そなた、家基様の悲劇を間近で見てこられたゆえ、岩千代様を田沼意次様に推挙することを止めよとそれがしに忠言されたのじゃな」

磐音はそれでも答えない。

「答えにくいかな。われら、肝胆相照《かんたんあいて》らす仲と思うたがな」

「榊原様、僭越《せんえつ》至極な言辞を弄したと反省しております」

「坂崎磐音どの、江戸に戻られる覚悟をなされたそうな、老師から聞き申した。それがし、よき決断かと存ずる」

「そのためには紀伊ご領内をいささかお騒がせすることになります」

「そなたのことじゃ、慎重の上にも慎重な策を立てられて、田沼の刺客一派との戦いに臨まれよう」

光然老師は二人の会話に口を挟まない。

「できるかぎりご領内を騒がすことなく、事を決する所存にございます」

「なんぞあれば、それがしが手の届く範囲で助勢いたす」

この言葉こそ、光然老師が磐音を奥之院に呼び、榊原と再会させた理由だった。

「これ以上の強いお味方はございません」

「和歌山藩の門閥派にとって田沼意次様の所業、腹の立つことばかりでな」

と榊原がようやく顔を和《なご》ませた。

「老師、お礼を申します」

と口添えをしてくれた光然老師に磐音は頭を下げた。

「坂崎さんや、本日、そなたを奥之院に呼んだはこの儀のみに非ず」

「なにか他の御用にございますか」

「奥之院にご大層な書状が江戸から届いた」

「ほう、どなた様からにございましょうな」

「肩書は老中兼側用人田沼意次側室田沼御素名《おすな》となっておる」

「ほう、おすなはご大層にも田沼御素名なる姓名に替えましたか、して要件は」

「正月十五日前後、黄道吉日の晴れの日を選び、江戸幕府老中田沼意次の代参として高野山奥之院に参拝するゆえ接待を願うという、押しつけがましい内容の書状でな。この女狐《めぎつね》、書状の書き方も知らぬ者とみえる」

磐音は、おすなが尤もらしき田沼御素名に名を変えようと、楊弓場《ようきゅうば》上がりの女ということを承知していた。だが、この場で口にすることはなかった。

「高野山奥之院に乗り物で参拝するで手配を願うとも傲慢《ごうまん》にも書いてきおった。さてどうしたご接待を申し上げればよいか、思いもつかぬ」

「老師、接待の仕方は、坂崎磐音どのがとくと承知にございますよ」

「おお、それそれ。本日は坂崎さんとじっくり、田沼の妾御素名とやらの接待の仕方を話し合おうとな、お呼びいたしましたのじゃ」

磐音は軽く一礼すると、障子に差し込む光に春の兆しが確実に秘められていることを感じていた。

第五章　決戦の春

一

磐音とおこん、弥助と霧子の四人にとって、三たび迎える雑賀衆姥捨の郷の正月だった。

天明元年の師走《しわす》、姥捨の郷は京、大坂をはじめとして近畿一円に働きに出ていた雑賀衆の男たちが三、四人の組になり、妻子への土産《みやげ》などを背に負って帰郷してきた。

暮れも押し詰まったある日、戦闘集団の雑賀衆を率いる男衆頭の雑賀草蔵も京の丹の卸問屋の店を臨時休業して、八人の奉公人らとともに京を出立した。むろん、全員が雑賀衆だ。

その前日、下長者の茶屋本家に出向いた草蔵は、大番頭に暮れの挨拶をなしていた。

例年ならば、奉公人の半数が交替で正月休みをとり、半数は京の店を守るために残る。ために草蔵に従うのは例年三人から四人だが、今年ばかりは全員が主の草蔵の供で高野街道を賑やかに俗謡などを歌いながら南下していった。

慣れた街道だ。それに身内に会える喜びに溢《あふ》れていた。

橋本宿の渡し船で対岸にわたると、雲水姿の行きかう修行道からふいに一行は姿を消し、次に日の光のもとに草蔵たちが姿を見せたときには、川の道二ノ口へと向かう丹入川の河原を遡っていた。

正月が明日に迫っていた。

雹田平一味の密偵たちは雑賀衆の里帰りに目を光らせて、数を数えていた。そして、この密偵らの行動を、雲水に扮した雑賀衆が見張っていた。

草蔵一行にも雹の一味が尾行についた。だが、草蔵は知らぬふりだ。難なく姥捨の郷境で尾行者をまいた雑賀草蔵一行を川の道二ノ口の滝上で迎えたのは坂崎磐音だ。

「お帰りなされ、草蔵どの、ご一統様」

「今年も無事に戻って参りましたよ。それにしても坂崎様は、もはやわれらよりしっくりと姥捨の郷に溶け込んでおられる」

「それもこれも年神様、三婆様をはじめ、雑賀衆のご厚意があればこそ」

「坂崎様はわれらと同じ仲間にございますればな」

と互いが言い合い、笑い合った。

「坂崎様、霜田平が再び京に戻り、未だ動く気配もなく破《や》れ寺の杢蔵寺に潜んでおりますよ」

「ほう、あの者、よほど京が気に入ったと見えますな」

「新しく田沼意次の用人に抜擢《ばってき》された髭田《ひげた》六左衛門《ろくざえもん》の京入りを待って、高野山に下向してくる様子です。この髭田、近頃おすなに目をかけられ、神田橋内でめきめきと力を得てきた人物にございますそうな。また女狐のほうは船にて紀伊和歌山城下、紀ノ川河口に到着するのが、正月十日頃かと思われます」

茶屋本家の細作《さいさく》と霜田平の周辺に張り巡らした雑賀衆の密偵によって集められた霜らの動向を草蔵が磐音に早速告げた。

「こちらの戦仕度《いくさじたく》も、おさおさ怠りございません」

磐音の言葉に頷いた草蔵は、磐音を伴い、丹入川の土手道をゆっくりと郷に向かって歩いていった。

もはや姥捨の領内だ。霍一味を警戒することはなかった。

「霍田平が長崎で雇った唐人傭兵らを乗せた唐人船は、紀伊藩領と淡路島の間に浮かぶ友ケ島《ともしま》の南島沖ノ島《おきしま》にすでに到着し、霍田平からの命《めい》を待っております。すでに雑賀衆と弥助どのの監視下にございます」

「坂崎様、なんとも賑やかな正月になりそうですな」

「雑賀衆のご一統にはお身内とのんびり過ごされる正月休みであったはず、かような騒ぎに巻き込んで恐縮に存じます」

「なんのなんの、そのような斟酌は無用にしてください。われら雑賀衆が戦人《いくさびと》ということを改めて知るよい機会にございますよ」

と草蔵が泰然と笑い、土手道をさらに上ると、前方に棚田が、姥捨の郷を囲む森が見えてきた。

「男衆頭草蔵どのの帰郷で、近畿一円に出ておられる雑賀衆の八割方がすでに姥捨の郷に戻っておられます。その数のうち、三割ほどしか霍田平の見張りには気付かれてはおらぬゆえ、戦いになった折り、相手方は泡を食うことになりそうです」

すでに両派の騙《だま》し合いが始まっていた。

「雑賀衆がかように陣容を整えるのは、秀吉旗下の十万の大軍に攻められた天《てん》正《しょう》十三年（一五八五）三月二十一日の総崩れ以来のこと。二百年の鬱憤《うっぷん》を存分に晴らしてみせますぞ」

と草蔵が張り切って言った。

姥捨の郷から乾いた音が、

カンカーン

と響いてきた。

二人が視線を野天道場に向けると、六尺ほどの赤樫《あかがし》の棒を手にした女衆や年寄りや子供らが、小田平助から槍折れの手《て》解《ほど》きを受けていた。

「おうおう、女衆や年寄り衆まで張り切っておる。あの影は聖右衛門様ではございませぬか」

と草蔵が年神様の雑賀聖右衛門が棒を振り回す姿に目を留めた。

「草蔵どの、そなたの配下の戦人は霤田平一味に悟られぬように海の二口、川の二口、空の三口周辺の隠れ陣屋に潜んでおりますゆえ、郷にはかように女衆、年寄り、子供ばかりです。万が一、戦いを前に霤一味の密偵が郷に潜入しても、この光景を見ることになります」

「今日は大晦日《おおみそか》にございますよ。各詰所にわずかな見張りを残して、姥捨の郷に戻って参りますでな。賑やかな年越しとなります」

と二人が話し合った。これまで雹田平との決戦について草蔵と磐音は何度も話し合い、使いを立てて書状を交換してきたため、以心伝心《いしんでんしん》で話が通じた。

草蔵一行の姿を認めた女衆の一人が、

「おお、種吉《たねきち》、戻ってきたか。元気な様子じゃな。京で女など拵《こさ》えておらなかったか」

と呼びかけた。

「おさん、京女はな、われら在所者を肥《こえ》の臭《にお》いがするというて、鼻もひっかけてくれぬわ」

「なに、おまえさん、京女に手を出してみたか」

「馬鹿ぬかせ。お頭の草蔵様の目が光っておるお店《たな》で、さようなことができるものか。話だけじゃ、安心せえ」

種吉もおさんも、再会した喜びを大声で吐露することで表現していた。

「いや、おまえさんは昔から口先人じゃったからな、草蔵お頭の目を盗んで、京の女にちょっかいくらい出しておろう」

「おさん、亭主の歳を考えよ」

丹入川の土手道と野天道場の間の会話は際限なく、皆も笑いながら話を楽しんでいた。

「おさん、おまえの亭主は京女などとねんごろになっておらぬで安心せえ。亭主が言うとおり、京の女は懐に銭をぎょうさん入れた男しか相手にせぬわ。われら、商いの銭しか持たぬ男を相手にするものか」

「お頭がわざわざ亭主の味方をするところが怪しいぞ」

「おさん、この先は今宵の閨《ねや》で亭主ととくと語り合え」

草蔵一行と磬音が野天道場に辿り着くと、一行を身内たちが囲んだ。

「お父《とう》、土産はあるか」

「おお、家の者全員にあれこれと購《あがの》うてきたでな、あるぞ。しっかりと母者の手伝いをしておったか」

「しておったとも」

倅のひょろりの丑松《うしまつ》が、嬉しそうに一年ぶりに会う父親に答えた。そのかたわらから母親が、

「おまえさん、わしへの土産はなんだい」

「京で流行《はや》りの紅を買《こ》うてきたぞ」

「野良仕事で日に焼けた顔に紅が似合うかねえ」

「おまえの面《つら》は土台がいいで、紅がよう似合うぞ」

あちらでもこちらでも、久しぶりの再会に大胆な会話が交わされていた。

草蔵は聖右衛門に、

「年神様、今年も一年が終わります。京の丹商いも例年どおりと申し上げとうございますが、和歌山藩への年貢、粉河寺、根来寺への寄進分を稼ごうと、売り上げを二割増しにしたところです。それでもまだまだ足りませぬ」

「ご苦労であったな」

聖右衛門は草蔵と磐音を姥捨の郷の公館ともいえる大屋敷に連れていった。そこには三婆様の梅衣のお清らが待ち受けていた。壁には武具、竹槍《たけやり》、弓矢などが整然と大量に用意されていた。

「草蔵、道中何事もありませんでしたかな」

「お清様、京からの道中、雹田平の見張りが金魚のフンのように付いて参りましたがな、あやつら、雹にその時がくるまで手を出してはならぬと厳命されておるようで、大人しいものにございました。むろん姥捨の境で尾行を振り落としましたし、相手もしつこくは付きまといませんでした」

「空の口、海の口からも男衆が戻っておりますがな、草蔵と坂崎様が話し合われたように男衆は分散しておりますでな、姥捨の郷は例年どおりの正月風景ですよ」

と梅衣のお清が、磐音が草蔵に報告したことを重ねて言った。頷いた草蔵が、

「ご一統様、京を発つ前に茶屋本家を訪ね、挨拶して参りました。坂崎様のおかげで来春から茶屋本家と丹の取引が始まります。和歌山藩の年貢分くらいは茶屋本家が買い上げてくださるようで、正直ほっとしております」

「こちらの採掘も新しい坑道を増やしたでな、京の期待に応じられますぞ」

聖右衛門が答え、草蔵が背に負うてきた風呂敷包みを解くと、

「茶屋本家からの預かり物にございます、坂崎様」

と布袋を磐音の前に差し出した。重そうな袋だった。

「金子のようにございますな」

「江戸の今津屋から茶屋本家に為替《かわせ》が送られてきたとかで、二百両を預かってきました」

磐音は今津屋からの気遣いの袋に視線を落としたまま、吉右衛門らの厚意に感謝する言葉がしばし見つからずにいた。

（それがしはこのような厚意に価する人間であろうか）

磐音は、袋から五十両包を四つ取り出した。金改役《きんあらためやく》の後藤庄三郎《ごとうしょうざぶろう》が包封したもので、

「後藤包《ごとうづつみ》」

と呼ばれ、一々改める要もない包金と公儀が認めていた。

銀遣いの京にあって、茶屋本家では江戸の今津屋から為替で送られてきた二百両をわざわざ後藤包四つにして磐音に届けてくれたのだ。

「今津屋どのからなんぞ添え状がございましょうか」

「大番頭の八右衛門《はちえもん》様はなにも申されませんでした」

磐音はしばし今津屋から送られてきた二百両の袋を見ていたが、

「有難く使わせてもらいます」

と自らに言い聞かせるように言うと、四つの後藤包を、
すいっ
と草蔵の前に滑らせて、

皆々様のお話を聞いてかように考えました。幕府が始まってより二百年近く、政《まつりごと》が一人の老中の手に委《ゆだ》ねられて、捻《ね》じ曲げられた弊害を取り除く戦いの一歩と、覚悟を新たにしました」

磐音の返答に姥捨の郷の長老衆が大きく首肯した。

野天道場では小田平助の槍折れの指導が続いていた。その助手をかたちばかり務めるのは辰平と利次郎だ。最前の年寄り、子供、女衆から、姥捨の郷に残った数少ない壮年組へと代わっていた。

正月のために姥捨の郷に戻ってきた男衆も何人か混じっていたが、大半はふだん丹の採掘に従事している雑賀衆で、それぞれが得意技を持ち、力が漲《みなぎ》った面々ばかりだ。その中には小田平助と初めて会った者もいて、

(剽軽《ひょうきん》な面の年寄りではないか)

(えらく形《なり》が小さいが、頼りなくはないか)

と内心考えていた。

「槍折れは棒術の一種と考えてくさ、なんの差し障りもなか。こげな樫《かし》の棒は、鍬《くわ》の柄《え》やらなんやらどこでん転がっておりましょうが。この棒がくさ、どげん武

器になるか、ちょいと見本ば見せますもん」

と前置きした平助が、

「利次郎さん、相手してくれんね」

と利次郎に願った。

「小田様、槍折れに棒で立ち向かわねばいけませぬか。木刀ではだめですか」

「木刀がよかち言いなさるね。なんでんよかよか」

と平助が気軽に応じて、辰平が木刀を渡しながら、

「利次郎、小田平助様の技を見縊《みくび》ってはならぬ。反撃しようなどとは考えるなよ」

「小田様が来て、なにやらわれらの影が薄《うす》うなっておる。このへんでわれら直心影流尚武館佐々木道場の真の業前《わざまえ》を見せておかんとな、戦になったとき、われらの命《めい》などだれも聞かぬぞ、辰平」

「われらはあくまで一兵卒ということを忘れてはならぬ。命を下されるのは雑賀衆の草蔵様や若先生だ」

「そのようなことは分かっておる」

と言いながら槍折れを木刀に替えた利次郎が小田平助に一矢報いんと、

「お手柔らかに」

と言葉だけは取り繕《つくろ》い、堅く締まった地べたに素足で進んで、間合い半間に迫った。これで木刀の間合いとほくそ笑む利次郎の魂胆など知らぬげに、

「槍折れち、奇妙な術名はたい、戦場で槍の穂先を切り落とされた武者が柄を振り回したところから始まった芸たいね。まあ、一人前の武者の得物《えもの》じゃなか。下士、下人の武器たいね」

と説明しながら、ちらりと利次郎を見て、動きを牽制した。

（うーむ、この爺様、おれの心底を見ぬいておるのか）

と利次郎がいささか迷った。

「そげん得物たい。こん槍折れに切っ先も柄もなか、どちらを使《つこ》うてんかまわんたい。まあ、見てみんね」

平助が六尺の棒の中ほどを両手で摑み、体の前でぐるぐると回し始めた。なんとも軽やかで自在な動きだ。

おおっ
という驚きの声が起こった。

いつの間にか、回転している槍折れの向こうの平助の姿が掻き消えていた。

「重富利次郎さん、なにばぼーっと立っちょると。打ちかからんね」
「はっ」
「はっ、じゃなか。打ちかからんならたい、平助が攻めかかるばい」
「おおっ」
と思わず応えて木刀を握り直し、回転する槍折れに向かって渾身《こんしん》の一撃を送り込んだ。
体の前で回転していた槍折れが、
くいっ
と流れて伸び、踏み込んできた利次郎の脛《すね》を軽やかに払うと虚空に浮かせて、
どさり
と地べたに叩き付けていた。
うっ
と一瞬息が詰まった。
利次郎にとってなにが起こったか、理解もつかなかった。回転していた棒の先端が伸びてきて、足を払われたのだ。
「わあっ」

どよめきが起こった。むろん雑賀衆の中にも棒を使った技を得意とする者もいた。だが、槍折れと称する小田平助の技は意表をついて、なにより素早かった。

「しまった、つい油断した」

と利次郎が言い訳しながらも立とうとした。だが、軽く払われたはずの足が痺《しび》れてよろめいた。

「どげんしたと」

「足が痺れてどうにもならぬ」

「そりゃ、困ったたいね。かようにくさ、槍折れは木刀勝負と違うてくさ、どこば叩いて、相手の動きを止めてもよかとたい」

と平助が言い、

「利次郎さんは当分使いものにならんたい。だいか代わりに相手してみんね」

と雑賀衆を見回した。

「わしも棒術を使います」

大坂に奉公に出ている切込《きりこ》みの松造《まつぞう》が名乗りを上げた。

松造の持ち出した棒は、平助の槍折れより一尺六寸ほど長く、径も太かった。ためにー撃を受けただけで、相手は骨を砕かれるだろう。

松造の棒と平助の槍折れが間合い一間半余で睨み合い、

「えいっ」

「おうっ」

と叫び合ったあと、互いが仕掛けたが、一合しただけで松造の棒は道場の外まで弾《はじ》かれて、松造が痺れた両手を垂らして茫然とした。

がばっ

と小田平助の前に利次郎が這《は》い蹲《つくば》り、

「小田様、それがし、槍折れの稽古をしとうございます。弟子にしてくだされ」

と願い、雑賀衆の面々も利次郎を真似た。

その場にあった中で一人だけ松平辰平が立ったまま、

(小田平助の槍折れ、恐るべし。どうすれば対応できるか)

と考えていた。

二

姥捨の郷に一見、例年どおりの正月がやってきた。

近畿一円に散って働く雑賀衆は、自ら営む店や奉公先から数日の休みを貰い、懐かしい故郷に戻ってきた。まず姥捨の郷の鎮守たる八葉神社に詣で、さらに丹《に》生都比売《うつひめ》を祀る丹生神社に詣でた。そして最後に、雑賀寺に参って先祖の墓を掃除し、一族のもとでのんびりと飲み食いした。

正月三日の宵には雑賀衆の出稼ぎ組は家の者と別れ、姥捨七口からそれぞれの奉公先に戻っていった。そして、姥捨の郷はいつもの静かな隠れ里に戻った。

だが、家の者と別れを惜しんで京や大坂に向かったはずの男衆は、夜の闇に乗じて密かに姥捨の郷の七口の隠し陣屋に向かい、すでに配置に就いていた仲間らに合流して武器をとり、その時を待つ態勢に入った。

七口の隠し陣屋では武器、得物の手入れが行われ、矢が揃えられた。七口の内外には逆茂木《さかもぎ》が立てられ、尖《とが》った竹が無数立てられた落とし穴が掘られ、大木の枝や大岩の上に丸太や岩が積まれた。また隠し陣屋には水、食べ物、酒の備えのほかに、大きな鉄鍋と菜種油《なたねあぶら》が大量に用意された。

姥捨の本陣、七口の隠し陣屋の間は、内八葉外八葉に縦横に張り巡らされた伝令道を使っての連絡《つなぎ》が行き届き、また雑賀衆巡察隊が侵入者の警戒にあたった。

だが、隠し陣屋の雑賀衆、伝令道の巡察隊などが光の下に姿を見せることはなかった。

七日正月を終えた姥捨の郷は、緊張をはらんで静かに戦いの時を待っていた。

女衆はせっせと怪我人の手当てのために薬草で作った化膿《かのう》止めや傷薬を、さらには晒《さら》し布を大量に用意していた。

翌八日の昼過ぎ、磐音は三十里《さんざ》走りの蔦助の使いを受けるや、伝令道を使って、大和《やまと》街道橋本宿へと走り、そこに待っていた苫屋根《とまやね》を葺《ふ》いた川船に乗って紀ノ川河口へと下った。

紀伊水門《みなと》には今しも紀伊水道を乗り切って一艘《そう》の千石船が沖合に姿を見せたところだった。その船は荷船と違い、煌びやかな装いが施され、一見して貴人を乗せていることが分かった。

和歌山藩の御用船が千石船に漕《こ》ぎ寄せられ、四半刻ほど船に滞在した役人衆が姿を見せて、和歌山藩の御船《おふなだ》溜まりに戻っていった。

紀ノ川河口に舫《もや》われた苫船に、宵闇に紛れて人影が乗り込んだ。

「神田橋のお部屋様め、神経がずぶといのか欠けておるのか、船酔い一つせず江戸からの船旅を楽しんできたようにございます」

と報告したのは弥助だ。

「和歌山藩ではおすなに上陸を願ったのではありませんか」

「へえ、和歌山藩はそのように親切な申し出をしたようです。ところがあの女め、老中にして家治様側用人田沼意次の名を声高に出して、和歌山藩に面倒はかけぬ、わらわは高野山奥之院の参詣に来た一信徒、とあっさりと断ったそうな。和歌山藩でも、どこの馬の骨とも知れぬおすなの世話など進んでしとうはございますまい。老中田沼意次様の手前、声をかけ、あっさりと引き下がったという按配でございました」

弥助が、和歌山藩御船溜まりに潜り込んでいる雑賀衆からの言伝《ことづて》を磐音に伝えた。

「おすなめ、われらの裏をかくように数日早く紀伊水門に入りましたな。雹田平は姿を見せませぬか」

京の破れ寺杢蔵寺に密かに戻った雹田平が動いたのは三日前のことだ。忽然《こつぜん》と京の闇に紛れ、見張りの雑賀衆の追跡をまいて、雹田平は姿を消した。その知らせを受けた姥捨の郷では、

「神田橋のお部屋様おすな」

の和歌山入りが近いことを察して、紀伊水道に早船を出しておすなが乗船する

千石船の到来を見張っていたところだ。

「そいつがどこに行方を晦ましたか、まったく掻き消えやがったので」

「おすなが姿を見せた以上、必ずや姿を現します。まず沖ノ島の入り江に停泊する唐人船あたりに合流したのではありませんか」

「そんなところかもしれません」

おすなが乗る千石船には煌々《こうこう》と篝火が焚かれ、大胆にも夜空を赤く染めていた。

闇に沈む苫船に忍び寄る影があった。

ひゅっ

という指笛が吹かれ、弥助が応じた。すると男装し、黒衣の忍び装束の霧子が苫船に入ってきた。

「ご苦労であったな」

「光然老師からの書状にございます」

と霧子が懐から油紙に包んだ書状を差し出した。

女人禁制の高野山に男装して忍び込んだ霧子は、弥助から竹筒の飲み物を貰い、喉の渇きを潤した。

磬音は仰願寺《ごうがんじ》蠟燭《ろうそく》の細い灯りで光然老師の短い書状を読んだ。

「取り急ぎ認《したた》め候。和歌山藩を通じて再び江戸の女狐、千年余の女人禁制の法を破り、高野山奥之院大師御廟に乗り物にて参詣し、老中田沼意次様の代参をなすと傲慢《ごうまん》にも伝えてき申し候。その日は正月十一日に候」

十一日が参詣日なれば、明日にも上陸して和歌山城下に立ち寄らず高野山大門《だいもん》に向かい、奥之院への参詣を行うのか。

また苫船外の緊迫の気が揺れた。

「坂崎様、伝令にございます」

と三十里《さんざ》走りの蔦助が磐音に言った。それからしばらくして雑賀衆の若者が苫船に紛れ込んできた。

「紀伊水門に泊まる主船頭が上陸し、川船問屋で予《かね》て命じてあった川船五艘の手配ができておるかどうか、念を入れて問い合わせました」

「おすな一行、紀ノ川を船で上がるつもりですか」

「明日、高野口まで川船で上がり、その夜は慈尊院《じそんいん》に泊まるつもりにございます。その後、町石道《ちょういしみち》を高野山大門へと乗り物で道中するようです」

と雑賀衆の若者が磐音に報告した。

「ご苦労でした」

と労《ねぎら》った磐音は、

「それがしはいったん姥捨の郷に戻り、年神様や三婆様、草蔵どのに本日の動きを報告いたします」

「いつ雹田平がおすなと合流するか、そこいらが姥捨の郷に侵入してくる目安になりましょうな」

「弥助どの、ふと思い付いたことです。雹田平、あの賑々《にぎにぎ》しい千石船にすでに乗り込んでおるのではありませんか」

「あやつ、千石船の立ち寄り湊に先行しておすなを待ち受けておりましたか」

「雹が姿を消したのが三日前。あの唐人なれば、京から一日半で串本《くしもと》湊あたりに辿り着き、船を待ち受けていたとは考えられませんか」

「大いに考えられることです」

「雹田平がすでに千石船に乗っておるとなれば、長崎で雇った唐人武者らと必ず連絡《つなぎ》を取り合います。見逃さないでください」

「心して千石船の動きを見張ります。篝火《ひ》を煌々と灯しているあたり、却ってこちらの注意をわざと惹き付けているようで臭《くそ》うございますよ」

と弥助が笑い、

「若先生に同道しろ」

と霧子に命じた。

磐音は和歌山城下に滞在中の新宮藩の前の城代榊原兵衛左ヱ門に宛てて、神田橋おすなの近況を記し、おすなの一行に何人か和歌山藩の家臣を加えられないか願った。そしてその書状を雑賀衆の若者に託して届けさせた。

紀ノ川沿いに大和街道の夜旅を続けた磐音と霧子は、笠田《かせだ》で脇《わき》街道に入った。

磐音も霧子も姥捨の郷滞在二年を超えて、高野山周辺の街道に通暁《つうぎょう》していた。

この界隈の街道はどこもが参詣道だ。

星明かりを頼りに市峠《いちとうげ》を越えた二人は、夜明け前、花坂《はなさか》に差しかかった。

内八葉外八葉の山並みを乳白色の霧が包んでいた。

「朝稽古に遅れてしもうた」

さらに脇街道を下ると慈尊院からくる高野山町石道と矢立《やたて》で合流する。

二人の歩みが止まった。

霧の向こうにうごめく人影があった。

霧子が呑み込んで、霧に溶け込むように磐音のかたわらから姿を消した。

一人になった磐音は矢立の三俣《みつまた》へと下りていった。

磐音の動きに霧が動いた。

人影が五つ六つ、浮かんだ。どれも巨漢だ。矛《ほこ》や青龍刀からして雹田平の先遣隊の唐人のようだった。この界隈は川の道二ノ口の入口付近だ。

「唐人どの、かような地でなにをなさっておられる」

磐音のかけた言葉に唐人らが振り向いた。民家にでも押し入って飯を炊かせたか、握り飯を頬張《ほおば》り、徳利に入れた酒か水をがぶ飲みしていた。

「オマエハダレカ」

片言の和語で磐音を誰何《すいか》した。

「坂崎磐音、と申す」

「サカザキ」

と磐音の名乗りを繰り返した唐人の一人が握り飯を捨て、唐人語で仲間に叫ぶと各々が食べ物や徳利を捨てて、得物を握った。

「そなたらがいくら探したところで隠れ里は見つけられはせぬ」

「フッフッフ」

と笑った和語の唐人が、

「雹田平サマハセンリガン」

と答えた。

「卜《ぼく》して隠れ里を知っておると申すか」

「オオッ」

と叫んだ和語の唐人が矛を磐音の胸にぴたりとつけた。

磐音は包平《かねひら》を抜いて正眼に構えた。

磐音と唐人らの間に三、四間の空間が開いていた。その間を、和語を話す唐人の頭分が詰めた。あと数歩詰めれば矛の間合いだ。

磐音は動かない。

唐人の仲間五人が青龍刀や十文字槍を構えて、頭分の後詰《ごづめ》をして磐音を半円に囲んだ。

「参られよ」

磐音の命に、
ひゅるひゅるひゅるひゅる
と霧を切り裂いてなにかが飛ぶ音がしたが、唐人たちは磐音に集中してその危険な物音に注意を払わなかった。

唐人の矛が鋭く磐音の胸に迫り、引かれた。

その瞬間、霧の間から黒い物体が飛来して、青龍刀と十文字槍を翳《かざ》した唐人の後頭部を次々に強打して、磐音の立つ横に吹っ飛ばした。一人は悶絶《もんぜつ》し、もう一人は首の骨を折られた様子で顔に死の恐怖を浮かべていた。

「アイヤー」

と叫んだ頭分が踏み込みながら矛を振るい、磐音は伸びてきた矛先を弾くというより合わせた。すると包平が矛先と絡み、膠《にかわ》で接着されたように唐人が押せども引けども動かなかった。

唾を飛ばして頭分が唐人語で罵った。

磐音は相手が力任せに押してくるのをみて、

ひらり

と体を開いた。唐人の頭分が、

とっとっと

と磐音のかたわらを前のめりによろけていった。

包平が一閃して、頭分の腰を割り、地べたに転がした。すると霧がふわりふわりと散り舞った。

残った唐人らが喚き合い、逃げようとした肩口を再び霧子が操《あやつ》るくの字の堅木が強打して二人を転がした。

残るは一人だけだ。

「どうするな」

磐音の言葉に唐人が仲間を見捨てて逃げ出した。

霧子がくの字の飛び道具を小脇に抱えて姿を見せた。

「霧子、奇妙な飛び道具をすっかり習得したようだな」

「なんとも不思議な得物にございます。慣れると自在に弧を描きながら、狙ったところに到達するばかりか、的に打撃を与えて投げ手の手元に戻って参ります」

「雹田平らの鉄砲組をせいぜい驚かせてくれ」

と願った磐音と霧子は高野山町石道から外れて、姥捨の郷に向かう伝令道へと身を潜り込ませた。


正月九日朝、姥捨の郷では年神様、三婆様、男衆頭の雑賀草蔵、七口の隠し陣屋の小頭、それに巡察隊の組頭ら、雑賀衆の年寄衆が大屋敷に顔を揃えて、戦の策を評定《ひょうじょう》した。

その席に磐音も加わり、まず紀伊水門に停泊した千石船の様子や雹田平がすでに乗り組んでいるのではという推測やら、明日からのおすなの日程などについて報告した。

「となると本日九日が高野山町石道の慈尊院泊まり、十日が大門前に泊まりを重ね、十一日夜明け前より、奥之院に田沼意次様の代参を女狐がなすわけじゃな。永年の女人禁制の高野山の習わしを、老中田沼意次の名で破るなど、室町光然老師らもさぞお怒りであろう」

という聖右衛門の言葉で戦《いくさ》評定が始まった。

一座の真ん中に大きな絵地図が広げられた。

姥捨の郷に危機が迫ったとき、広げられる陣立て絵地図だ。

この絵地図には姥捨の郷の本陣たる大屋敷が中央に描き込まれ、広場を取り囲むように円形に繋がる八葉神社や御客家やお蚕《かいこ》屋敷や家々の間の路地が厚板の門で閉じられて、最後の籠城《ろうじょう》戦に備えることが描き込まれていた。

だが、こたびの場合は、姥捨の郷に雹田平一味を一兵たりとも入れては磐音らの敗北、一人として寄せ付けぬことを想定しての戦いとなる。したがって、空の道三口、川の道二口、海の道二口の七口にある隠し陣屋での戦いが勝敗を決める。

雑賀衆の戦士たる若年組、壮年組の二百七十三人に、丹の採掘などで姥捨の郷に残る雑賀衆壮年組が四十三人、女衆、子供衆を数に入れると四百余人の陣容が整い、すでに戦士らは七口の隠し陣屋に配置されていた。

「雹田平一派は総勢何人と数えればようございますな」

海の道一ノ口の小頭明甚《みょうじん》が総大将の雑賀草蔵に尋ねた。

「沖ノ島に停泊しておる唐人船には百五、六十人ほどの唐人傭兵が乗っておるそうな。この者たちの三十人が南蛮鉄砲で武装しておると報告がきておる。雹が配下に置いている手下の三十余人を足して、およそ百八十人か。われらは女衆を加えて四百余人、二人に一人じゃが、相手方はどの口から攻め込んでくるかが分からぬで、われらは七口に力を分散せざるをえないのが痛い」

と草蔵が答えた。

「草蔵様、雹田平一派は奥之院に詣でたあと、姥捨の郷に押し寄せるのでございましょうかな」

「まず、奥之院詣での前に姥捨の郷に攻め入ることはあるまい。いったん高野山の大門を出た後、町石道から押し入ってくると考えられる。というのも本日未明、矢立で雹一派の先遣隊六人を坂崎様と霧子さんが見つけ、このうち五人を仕留められたそうな。この者ども、矢立からの伝令道を探しておったのではないかと思われる」

「草蔵様、となると川の道三ノ口から押し入る見込みが強くなったのではないか」

この隠し陣屋を守る小頭の吹雪《ふぶき》の伝蔵《でんぞう》が言いだした。

「坂崎様とも話し合《お》うたが、そのことは大いに考えられる。またわざわざそちらに注意を引きつけておいて別の口を攻めるとも考えられる。そこで坂崎様、小田平助どの、松平辰平どの、重富利次郎どのを遊軍として、この姥捨の郷の本陣に駐屯してもらい、雹一派が攻め入る口に駆け付けてもらうことを考えておる」

「それは心強い」

と伝蔵が応じた。

「七口の隠し陣屋と本陣の連絡《つなぎ》は、三十里走りの蔦助、弥助どの、霧子さんらに願うことにした。本陣から一番遠い空の道一ノ口は山道に慣れた蔦助でも一刻半はかかる。まずあそこからの侵入はないと思うがのう。なにしろ険阻な尾根道、われら雑賀衆でも難儀する山道を雹一味が承知しておるとも思えぬ」

と答えた草蔵に一抹の不安が漂っているのを磐音は見ていた。

「女衆は炊き出し、怪我人の介護、治療でようございますな」

と梅衣のお清が一座に問うた。

「お願い申します」

と草蔵が男衆を代表して頷き、その後も一刻以上も戦評定は続いた。

評定が散会して七口の隠し陣屋の小頭たちが急ぎ、持ち場に戻っていった。

陣立て絵地図を前に最後までその場に残ったのは草蔵と磐音の二人だけだ。

「草蔵どの、なんぞ懸念がございますかな」

「やはり坂崎様はお察しでしたか。相手は系図占いをなすという唐人にございましたな。これだけならば雑賀衆、そう易々と姥捨の郷に攻め入る真似はさせませぬ」

と言った草蔵が懐から折り畳んだ紙を出して磐音の前に広げた。そこには、

「表具師雑賀甚八《じんぱち》、元呉服屋手代吉三郎《きちさぶろう》、猟師一丁《いっちょう》の参吉《さんきち》」

と三人の名があった。

「この者たち、雑賀衆にございましたが、姥捨の郷を捨てた者たちにございましてな、私が雹田平ならば、雑賀衆を抜けた者を見つけて道案内させせます」

「雹もその手を企てたと」

「こたびの騒ぎが起こったあと、雑賀衆を抜けた男たちを調べましたが、行方が

摑めぬのがこの三人にございます」

「草蔵どの、三人の中で金に転びそうな者はたれでござるか」

草蔵の指が一人を差した。

ふうっ
と大きな息を吐いた磐音は沈思に落ちた。

三

正月十一日未明、高野山の大門を陸尺《ろくしやく》六人が担ぐ乗り物が潜った。

老中田沼意次の愛妾神田橋のお部屋様として江戸で権勢を振るう、自称田沼御素名一行だ。

おすなの乗り物のかたわらにおすなの用人として、めきめき頭角を現してきたという壮年の偉丈夫《いじようふ》髭田六左衛門が従い、千石船に同乗してきた七人の侍がいた。これらは最近田沼家で雇用した剣客たちだ。さらに和人の装いをした雹田平と傭兵二十人がおすなの警護にあたっていた。

だが、高野山の石段に慣れた陸尺は、和歌山藩から遣わされた者をおすなが受けたのだ。

なにがあってもよいように、和歌山藩とも連携をとるべく磐音が榊原に頼んでとった策だった。

この日、高野山の参詣道には、修行僧の姿も参拝の人影も見えなかった。

弘法大師空海がこの地に真言密教の山岳道場を開いておよそ千年の時を迎えようとしていた。

その長い歳月、高野山は女人禁制を守り続けてきた。むろん高野山に密かに入った女人がいないわけではなかったろう。だが、それはあくまで女人としてではなく、高野山の信仰史の中でも公にされない陰の部分であった。

その禁忌《きんき》を田沼意次の愛妾、楊弓場の端《はし》た女《め》あがりのおすなが、田沼意次の代参を理由に破ろうとしていた。

高野山奥之院ではこの申し出を受けたとき、室町光然を中心に対策を練った。

この折り、磐音も招かれて集まりに参画した。その策に従い、粛々と対応することになった。

この朝、高野《こうや》十谷《じったに》から参拝客の奥之院詣でを禁じていた。ために篝火が煌々と焚かれる中、おすなの乗り物一行だけが参道を進んだ。

一行の左手に御社《みやしろ》、金堂、勧学院《かんがくいん》、そして鉤《かぎ》の手に曲がって、根本大塔《こんぽんだいとう》の前を通過し、さらに興山寺《こうざんじ》、青巌寺《せいがんじ》、一乗院《いちじょういん》を横目にだんだんと奥之院の石段へと近づいていった。

磐音は、大門から一丁ほど離れた高野山寺中の敷地に設けられた格別な連絡道《つなぎ》を辿りながら、おすなの乗り物とひょろりとした雹田平その人を見守り続けていた。

一行が清浄心院《しょうじょうしんいん》前に差しかかったとき、磐音は同道する弥助を呼んだ。

「若先生もお気付きになりましたかえ」

「雹田平の様子がおかしい。おすなに取り入り、田沼意次様の愛顧を得ようとしてきた系図屋にしては霊力を、武人としては迫力をいささかも漂わせていないようにに思えぬか」

「へえ、おっしゃるとおりで。ひょっとしたら、雹田平、分身の術を使い、真の雹田平は大門前に残った百数十人の中に紛れておるのではありませんか」

「分身の術ですか。われらが見ておるのは雹田平のかたちをした影にござるか」

「じゃねえかと思われますので。わっしはこれから大門前の様子を探ってまいります」

と言い残して、弥助がふわりと姿を消した。

おすなの一行は奥之院への参詣道を前に短い休憩をとった。

霍田平は一行を離れて参詣道の暗がりに行くと、なんと無作法にも袴の裾を手繰《たぐ》って小用を始めた。

磐音はその背後に忍び寄った。だが、霍は唐人の俗謡か、鼻歌を歌いながら用を足し続け、磐音の気配に気づいた様子はない。

「偽の霍田平どの」

磐音の声にぎょっとした影が小用を止めた。

「高野山の禁忌を冒し、穢《けが》した罪軽からず」

偽の霍が左足を支点にして敏速に回転した。

その手には両刃の短刀が持たれていたが、磐音の腰から抜かれた小さ刀が一閃して、喉元をぱあっと断ち斬っていた。

高野山と姥捨の郷の戦いは負けるか勝つかの熾烈《しれつ》な戦いだった。磐音はいつもの居眠り剣法、情の剣を封印していた。

どさり

と偽の霍田平がその場に斃れた。

「老中田沼意次様代参田沼御素名様、出立！」

髭田用人が命を発し、交替したばかりの六人の陸尺が乗り物を横にして石段を上がった。

一之橋まで続く石段に行列が乱れ、おすなの乗り物を無事に奥之院へと運ぶことに注意をとられて、偽の雹田平の姿がないことにだれも気付かない。

磐音は杉の老木が聳《そび》える急崖を上りながら、奥之院での集まりの後、室町光然老師との、二人だけの決めごとを思い出した。

「おすなの高野山奥之院参詣は、後々の歴史にも刻まれないものにございますよ、坂崎様」

「おすなの姿は高野山にあって、実体なき幻と申されるのですな」

「いかにもさよう。幻なれば幻らしく、奥之院弘法大師御廟の闇参りをこの光然が案内仕《つかまつ》る」

「承知しました」

乗り物はよろめきながらも、なんとか一之橋まで上がりきった。

ふうっ

とさすがに高野山の参道に慣れた陸尺たちも大きな息を吐いて、新たな六人と交替した。

鬱蒼《うっそう》とした杉木立の中の奥之院墓原に朝の訪れがあった。すると天を突く杉木立の間から白いものが舞い下りてきた。

春の雪だ。

一之橋から弘法大師御廟までの半里の参道を、田沼意次の代参のおすなの行列が悠然と行く。うっすらと積もり始めた雪の道に足跡が刻まれ、だんだんと激しさを増す雪がその足跡を消していく。それは神田橋のお部屋様おすなの行列が実体のない幻、虚影であることを訴える雪であった。

「御素名様、いよいよ弘法大師御廟ですぞ」

と髭田用人が乗り物に向かって言うと、おすなが、

「わらわは高野山奥之院に詣でた初めての女人として、後々までも語り継がれるであろうな」

「御素名様、高野山に関わり深い、あの北条政子《ほうじょうまさこ》も秀忠《ひでただ》様正室、崇源院《すうげんいん》様も生きてこの聖地を訪れた女人はいませぬでな。田沼御素名様は高野山の新しい歴史を作った女人として、後世に崇《あが》められましょうな」

と乗り物の中に応じた髭田用人が、

「御素名様、雪が本降りになりましたぞ」

「寒いはずじゃ。生きた手あぶりを乗り物に持ち込んでおいて助かった」

一行の行く手に奥之院が見えてきて、その中に室町光然老師が紫の袈裟《けさ》姿で待ちうけているのが見えてきた。

「若先生」

と声がして辰平が姿を見せた。

背に弓を負った雑賀衆が十数人従っていた。雑賀衆の遊軍で男衆頭雑賀草蔵からの命を受けた面々だった。

「辰平どの、おすなは奥之院御廟に髭田用人と二人で入る。和歌山藩から貸し出された陸尺はその折り、庫裏に誘われ、茶菓の接待をうける。御廟前に残るのは唐人と江戸からおすなに従ってきた警護の者ら三十人ほど」

「一人たりとも奥之院から出しませぬ」

辰平らはその姿を再び杉木立の中に消した。

「老中田沼意次様代参田沼御素名様、奥之院弘法大師御廟に到着！」

と叫ぶ髭田用人の声が誇らしげであった。

乗り物の引き戸が開けられ、なんとも煌びやかな装いのおすなが両手で黒猫を抱いて姿を見せ、陸尺の用意した履物に足袋足《たびあし》を入れた。生きた手あぶりとは黒猫のことだった。

「よう参られました。拙僧、奥之院副教導室町光然にございます。座主《ざす》は弘法大師が入定なされた御廟にてお待ちにございます」

「ご苦労じゃ、案内《あない》を願おう」

「御廟前にある霊元《れいげん》天皇をはじめ、多くの帝方の宝塔《ほうとう》が並ぶ仙陵《せんりょう》があれにございます」

「わらわはさようなものに興味はない。主田沼意次の命にて、弘法大師空海に会いに参った」

「ははあっ」

と畏まった光然老師が御廟のかたわらの内門を押し開いて、玉砂利の上に降り積もった雪の参拝道へと導いた。

「高野山奥之院に降る雪にございます。何百年もの齢《よわい》を重ねた杉が白一色に覆われ始めましたぞ」

と光然老師が主従二人に言い、

「江戸にも雪は降るでな、珍しゅうはない」

とおすなが応じて髭田用人が、

「ひっひっひ」

と下卑た笑い声を立てた。

「これよりしばらく闇回廊《やみかいろう》を伝いますで、拙僧の後ろに従《したご》うてくだされよ」

御廟横手の地中に下る石段へと二人を案内し、入口に用意されていた手燭《てじょく》を老師が掲げ、闇を照らした。

「かような闇回廊しか、御廟に辿り着く道はないのか」

「大師の入定されておられる場所は、極秘にして神聖なものにございます。ゆえに俗界の人間が入る場合、穢れを清めるためにこの闇回廊を抜けていただかねばなりません」

光然老師の手にした蠟燭の灯りは小さく、漆黒の闇二尺を照らすかどうかの光だった。

光然老師に導かれた二人は闇回廊をうねうねと下るように進むと、前方から異臭が漂ってきた。

「こ、これは」

「はい、不浄の臭《にお》いですな」

と老師の言葉遣いが急に変わった。

「坊主どの、厠《かわや》の臭いではないか」

と髭田用人が喚いた。

「そのとおりにござるよ、騒がれるな。いかにもここは奥之院、雲水どもが使う厠下にございましてな」

「わらわは弘法大師御廟の案内を願うておるのじゃぞ」

「分かっておりまする。人には人の分があり、高野山には高野山の長年の仕来りがございます。その禁忌を破ろうというお方、そのお人柄に似つかわしい厠下に案内いたしましたが、ご不満かな」

「おのれ、わらわをだれと思うてか」

「言われますな。江戸の楊弓場あがりの端た女、遊女まがいの手練《てれんて》手管《くだ》で成り上がりの田沼意次を騙した女狐、田沼御素名など笑止千万なり」

「お、おのれ」

と髭田用人が叫ぶと、

「御素名様、戻りま……」

髭田の言葉が途中で途切れた。

「ひ、髭田、六左衛門、いかがした」

とおすなが後ろを振り向いた。

どさり
と音がして、おすなの足元に髭田用人が崩れ落ちていった。

「い、いかがした」

「身罷《みまか》りました」

と闇の中から声がして、

「なんと申した」

「生きては帰しませぬ」

顔が浮かんだ。

「そのほうは」

「坂崎磐音」

「坂崎じゃと。佐々木玲圓の養子か」

「いかにもさようにございます」

「なんということが」

おすなが闇の中に逃げ道を探した。前には室町光然と名乗った僧侶がいて、後ろには坂崎磐音が立ち塞がっていた。

「わらわは田沼意次の側室なるぞ」

「この仏界では田沼の名も通用しませんでな」

と光然が言い、

「老師、この女の命、それがしに預けていただけぬか」

「坂崎さん、そなたの存念のままに」

磐音がおすなに迫り、

「寄るな、触るでない。わらわは、かような闇で死にとうは……」

と叫ぶ声が途切れた。

磐音の拳がおすなの鳩尾《みぞおち》を強打したからだ。

磐音がおすなの体を肩に担いで、奥之院御廟前に戻ったとき、辰平と雑賀衆の遊軍数人が杉林の中の墓原から姿を見せた。顔にわずかな興奮を漂わせていたが、戦いの直後というのに平然としていた。

「雹田平の傭《やと》い兵とおすなの従者、予ての手筈どおりに仕掛け場に誘い込み、最初、雑賀衆が弓を射かけますと、右往左往逃げまどい、次々に落とし穴に落ちて姿を消しました。他愛ない連中にございました。あとはこの雪が始末してくれましょう」

「辰平どの、この女を姥捨の郷に運んでくれぬか」

「おすなにございますね」

と辰平が尋ねると、かたわらから遊軍頭の掘《ほ》り抜《ぬ》きの岩五郎《いわごろう》が、

「それはわれらにお任せあれ」

と答えていた。

岩五郎は姥捨の郷に残る数少ない壮年の雑賀衆で、丹の鉱脈を見つける名人と言われていた。

「岩五郎どの、そなたには別の願いがござる。いささか空の道一ノ口が気になる」

磐音の言葉にしばし考えた岩五郎が、

「ならば、わっしが坂崎様の道案内に立ちます」

と応じ、

「尼助《にすけ》、空の道二ノ口を伝って、姥捨の郷に急ぎ戻れ。この女、男衆頭の草蔵様に渡すのだ。坂崎様からの預かりものとしてな」

と腹心の一人に命じた。磐音は辰平に、

「尼助どの方に従い、姥捨に急ぎ戻られよ。空の道二ノ口にも雹の一味が忍び込んでおるやもしれぬ。用心して行かれよ」

と行動を指示した。

「畏まりました」

尼助を長《おさ》にした雑賀衆と辰平が奥之院から姿を消した。

雪はさらに激しさを増していた。

「こちらへ」

と岩五郎が磐音に言うと、奥之院御廟背後の杉林に隠された獣道に案内していった。

一刻後、岩五郎の案内で磐音は真っ白に雪が降り積もった空の道一ノ口の険しい岩棚に立っていた。

切り立った岩峰の間に刃で切り込んだように峡路《かいじ》があった。

磐音にとって二年前、身重のおこんを手製の背負い子《しょこ》に乗せて通過した空の道一ノ口だった。

「坂崎様、今から四半刻前、ここを抜けた者がおりますぜ」

と雪の下に仕掛けた松枝の折れ具合を確かめていた岩五郎が言った。

「雑賀衆ではないな」

「雑賀衆ではございますまい。じゃが、この道を知るものは雑賀衆以外、いないはず」

岩五郎が訝しげな顔をした。

「雑賀衆を抜けた一丁の参吉が道案内に立ったとしたらどうですな」

「なんと、われらの仲間が裏切ったのでございますか」

岩五郎の顔に怒りとも哀しみともつかぬ感情が流れて、

「あやつが転びましたか」

「草蔵どのが危惧《きぐ》されていたことが、どうやら的中したようだ」

「大変だ。この口は姥捨七口の中でもいちばん険しい抜け道、この口を抜けられると姥捨の郷の背後が危のうございます」

「急ぎましょうぞ」

岩五郎が雪の岩棚から隣の岩棚に飛び、磐音も続いた。

その刻限、川の道二ノ口に大門前に待機していた雹田平一派のうちの五十数人がひたひたと迫っていた。

この口の隠し陣屋の小頭、吹雪の伝蔵は丹入川に流れ込む谷川の両岸に弓手を配して、雹田平一派の襲来を待ちうけていた。

「小頭」

と鷹次の声がして、

「草蔵様の伝令だ。川の道二ノ口から侵入を図っている者がいるそうな。五十余人というぞ。なんとしてもこの口を死守して一人も郷に入れるなとの命だ」

「なんと、五十余人とな」

「どうやら雑賀衆を抜けた吉三郎さんが道案内をしておるというぞ」

「なんと、京の呉服屋の手代だった吉三郎じゃと。あいつ、京の遊女に入れ上げて呉服屋を追いだされたと聞いていたが、唐人の手先に雇われたか」

と伝蔵が呻いた。

伝蔵は腕組みして考えた。川の道二ノ口を知る吉三郎が案内に立つとしたら、どこをどう抜けてこの場に迫ってくるか。

「鷹次、手伝え」

伝蔵が京の草蔵のもとに奉公に出ることが決まっている鷹次に言うと、隠れ陣屋に戻り、大斧を二挺《ちょう》鷹次に渡し、自らも三挺手にした。そして、渓谷上に配した弓手らを連れて、渓谷沿いに二丁ほど下った。そこにも雑賀衆が配置についていた。そして、その斥候《せっこう》の一人が、

「小頭、半里に迫っておるぞ」

と報告し、伝蔵が問い返した。

「川底道か、岩棚道か」

「岩棚道はなかなか捗《はかど》らんとみて、川底に下りて進んできおるわ」

「よし、唐人めが内八葉外八葉の地形を知らずして、姥捨の境を破ろうなんぞ、ふてえ料簡《りょうけん》じゃ。見ておれ」

伝蔵が渓谷に造られた堰《せき》と両岸の上に積まれた丸太や岩などの上に、連れてきた弓手たちを増強して一挙に斃す作戦に変えた。

「鷹次、おまえはほら貝の係じゃ」

「おれは戦がしたい」

「ほら貝をいつまでも吹いておられてたまるか。それでなくとも人の数が足りぬところよ。おまえのほら貝が雑賀衆に伝わったあとは戦いに加われ」

「よしきた」

緊張の時がゆっくりと流れて、鷹次の口はからからに渇いた。そして、ほら貝を持つ手が汗でべたべたになった頃、渓谷の川底に熊の毛皮の袖無《そでな》しを着た男に案内されて唐人の一軍五十余人が姿を見せた。

「小頭、まだか」

「まだまだじゃぞ」

伝蔵は逸る鷹次を抑えながら、唐人の一軍との間合いをじっと窺っていた。唐人傭兵の中には南蛮鉄砲を担いだ者もいた。その数、十数挺を数えた。向き合って南蛮鉄砲を射かけられたら、鉄砲衆として武名を轟かせた雑賀衆もさすがに勝ち目はない。

「どうやら全員がわれらの前に姿を見せたな」

と伝蔵が呟いたとき、道案内の吉三郎が川底から渓谷上の岩場を不安げに見上げた。

「鷹次、今じゃぞ、ほら貝を吹き鳴らせ」

鷹次が口をすぼめて吹き鳴らした。

「ぼーおぼーぼー」

唐人らが岩場を見上げて慌てて南蛮鉄砲を構えた。

「裏切り者の吉三郎、死ねえ！」

伝蔵の雄叫びを合図に、丸太や岩の仕掛けを留めていた太縄が大斧で断ち切られた。

岩場にせばめられた空が一気に壊れたように川底が暗くなった。

狭い河原に雪崩《なだ》れる音が響き、両岸の岩場から丸太や岩が崩れ落ちてきて、雹田平軍の後尾を塞ぐように退路を断った。

「あああっ！」

吉三郎が悲鳴を洩らし、

「岩場を這い上がれ」

と叫ぶと自らも渓谷の岩場を這い上がろうとした。

だが、突然の襲撃に混乱した唐人たちは言葉が分からないのか、上流に向かって逃げようとした。

雑賀衆の二撃目が待ち受けていた。

曲がりくねった川底の向こうに滝が隠されており、その上で堰き止められていた水が奔流《ほんりゅう》になって、走りくる唐人たちの上に降り注いできた。

岩場の雑賀衆が弓手に戻り、矢を番《つが》えると満月に引き絞って放った。

最初と二番目の矢は、岩場によじ登り逃げようとする雑賀衆の裏切り者吉三郎の背に突き立ち、奔流する流れに落とした。

阿鼻《あび》叫喚《きょうかん》の一瞬が過ぎると、唐人ら五十余人と道案内吉三郎の姿は、瞬く間に川底から消えていた。

「鷹次、勝ち戦を姥捨に知らせよ」

伝蔵の誇らしげな命に、合点だと答えた鷹次が岩場から姥捨の郷に走り戻っていった。

「弓手、槍隊、河原を下って、生き残った者を一人残らず始末せえ」

川の道二ノ口の小頭の険しい命が岩場に響きわたり、両岸の岩場伝いに雑賀衆が任務を遂行するために下っていった。

四

雹田平を頭分とした三十余人ほどは、雑賀衆を抜けた一丁の参吉を道案内に、姥捨七口の中でもいちばん険しい空の道一ノ口を抜けて姥捨の郷に迫っていた。

姥捨の郷の大屋敷の本陣では、年神様、三婆様、男衆頭の雑賀草蔵らが陣どり、七口の情報を収集して、雹一味がどこを狙っているか、真の潜入路を探っていた。それは七口のうちの複数と想定された。

高野山の大門前から姿を消した雹田平一味百数十人のうち、五十余人の唐人らが川の道二ノ口へと迫っていた。弥助からその報《しら》せを受けた草蔵は、ただちに鷹次を伝令に出した。すると半刻後にほら貝の音が鳴り、戦いの開始が本陣に伝えられた。そしてその直後、

「潜入者全員一掃」

の嬉しい知らせが鷹次によってもたらされ、大屋敷に歓声が沸いた。

それでも草蔵は、広場を囲んで円形に連なる八葉神社、大屋敷、御客家、家々の出入口を改めてしっかりと固めるよう、伝令を走らせた。

だが、それからしばらくして、空の道一ノ口が破られ、雹田平一味が姥捨の郷に迫っていることが、三十里走りの蔦助によって伝えられた。そして、その数、およそ三十余人の唐人ということが知らされ、

「草蔵、あの険しくも難儀の口が破られたか」

と年神様の聖右衛門が茫然と呟いた。

「聖右衛門様、雑賀衆を抜けた者が雹田平一味の道案内に立っていることは薄々推量をつけておりました。そのときから、破られるとしたら空の道一ノ口と思うておりましたでな、このことは織り込み済みにございます」

と平静を装いつつ、草蔵は答えたものだ。だが、内心は、

(恐れていたことが起こった)

と必死で対応を思案していた。

最後まで本陣に留まっていた坂崎磐音一統の小田平助が槍折れを手に立ち上がり、

「草蔵どの、わしが空の道一ノ口側の門を確かめてきましょうばい」

と言った。

「願おう。空の道の山道には雑賀衆の弓手を伏せさせてございます。その者たち

と呼応して侵入を防いでくだされ。なんとしても坂崎様と川の道二ノ口の雑賀衆が姥捨の郷に戻り、援軍に加わるまで耐えねばなりませんでな」

「分かりましたばい」

と答えた平助が、

「門を警護する面々数人を連れて、わしが門外に出ようたい」

「お願いします」

平助が陣屋から飛び出していった。

雪が降り積もった広場には人影一つない。

だが、広場を円形に囲む家々では年寄り、女衆、子供までもが竹槍、弓、猟師鉄砲を手に、姥捨の郷へと結ばれる七口を睨んでいるはずだった。そんな中にこんと空也も混じっている、と考えた平助は、

「田沼意次の手先にこの安寧な隠れ里を荒らされてたまろうか」

と怒りに身を震わせた。

平助が空の道一ノ口に通じる門に到着したとき、南蛮鉄砲を持った雹一味がこの口から攻め込んでくることが弓手隊の伝令によって伝えられ、騒然としていた。

「雑賀衆の面々、落ち着きない。あんたらは武名で謳《うた》われた鉄砲衆雑賀衆の末裔《まつえい》

たい。こげんことで騒いだら先祖に笑われるたい。まず一味を先導する道案内を始末しまっしょ。となるとくさ、地の利では断然わしらが有利ばい」

と指示すると、門の警護に加わっていた利次郎に、

「利次郎さん、わしに付いてきない」

と日頃の剽軽な表情や口調を消した平助が命じた。

利次郎は武者草鞋《むしゃわらじ》に足元を固め、大小を腰に、槍折れを手にしていた。

「小田先生、雑賀衆を三人ほど従えてくだされ」

と門を守る男衆、鍛冶の剛之助が言った。

その一人は猪狩り名人の時三郎で、猟師鉄砲を手にしていた。残りの二人は腰に雑賀衆の忍び刀を一本差して、手に竹槍を持っていた。

ぎいっ
と門が開く音がして、小田平助を頭分にした五人が空の道一ノ口の山道へと走り出した。すると黒衣の霧子がどこからともなく姿を見せて、五人の先頭に加わり、道案内するように走り出した。

霧子の帯の背にはくの字の飛び道具が挟まれてあった。

ちょうどその刻限、空の道二ノ口へと通じる門から辰平、尼助らが駆け込んできて、本陣の大屋敷におすなを担ぎ込んだ。尼助が連れてきた女を見た梅衣のお清が、

「その者が老中田沼様の妾《めかけ》じゃな」

と正体を言い当てたものだ。

「草蔵様、お清様。坂崎様から姥捨の郷に連れていけとの命にございましたでな」

「坂崎様はなんぞ思い付かれたか」

と草蔵が頷き、

「柱に括っておけ」

と命じた。すると梅衣のお清が、

「草蔵、その女、八葉神社の拝殿下の穴倉に閉じ込めておくがよかろう。雹は千里眼を使うとか、そやつの力を封じるために雑賀の神々のお力を借りましょうぞ」

と言ったものだ。

「お清様、それはよい考えにございます」

すぐに意図を察した草蔵が頷いて、尼助にお清の言葉に従うように命じた。

雹田平は空の道一ノ口の途中に聳える物見岩に立って、姥捨の郷を見下ろしていた。

内八葉外八葉を雪が白一色に染め変えようとしていた。姥捨の郷が降りしきる雪の間から浮かんで見えた。だが、すぐに風向きが変わったか、雪の向こうに姿を溶け込ませた。

郷は集落を中心に棚田が広がり、豊かな隠れ里であることを示していた。

(この郷から雑賀衆を追い出して、わが領土にするのも悪くはない)

そのためには戦いに勝たねばならなかった。

雪の岩場に座した雹は、卜を行うためにまず高野山奥之院を見上げた。だが、降りしきる雪と高野山の霊気に雹の脳裏には灰色の霞《かすみ》が流れるばかりで、なにも像は浮かばなかった。とそのとき、風に雪が流れたか、内八葉外八葉の山並みがおぼろに見えた。

坂崎磐音はこの二年余、高野山の霊気と内八葉外八葉の山並みと雑賀衆の知恵に守られて暮らしてきたか、なんとも厄介な場所に身を潜めたものよ、と雹田平は卜を見た。

川の道二ノ口の潜入組の影がない。雑賀衆の待ち伏せに遭《お》うて全滅したか。だがあやつらは捨て駒、想定していたことだ。海の道一ノ口を破る手筈の組も、地形を知らぬ上に雪のために進軍が遅れているようだった。

（致し方あるまい）

それにしても川の道二ノ口組がこうもあっさりと殲滅されるとは、考えもしなかった。だが、戦いには予想外のことが起こるのが常、最後に残った者が勝者なのだ。戦いの過程はどうでもよい。

「坂崎磐音とその跡継ぎを殺す」

これが雹田平に与えられた使命だった。

自らすすんで、おすなからの命を受けたとき、直心影流尚武館佐々木道場の後継を始末するなど容易いことと思っていた。だが、幾たびかの遭遇と戦いを通じて、佐々木磐音から坂崎磐音に戻った剣術家がなかなか手ごわい人物と今では承知していた。

京の破《や》れ寺杢蔵寺と元薪炭商の借家で我慢に我慢を重ねてきた二年余、坂崎磐音に対する憎しみそれ自体が、雹田平のただ今の闘争心の源に変わっていた。

（さてどうしたものか）

脳裏に刻み込んだ佐々木家の系図を思い浮かべた雹は、
ふわり
と物見岩に立ち上がった。

その瞬間、雹田平の体が二つに分かれていた。その一人の雹が、物見岩に待つ唐人最強の戦士ら三十人余のうち二十数人に、

「吾に従え」

と命ずると雪の山道を下り始めた。

物見岩に残ったもう一人の雹がその場に残った七人の唐人の前にふわりと飛び降りると、もう一人の雹が率いる組が辿った道とは異なる獣道に、白い長衣を没させ、七人の唐人が続いた。道案内の一丁の参吉はこちらに従った。

霧子の足が止まり、一行が停止した。霧子と雑賀衆の一人が雪道に耳をつけ、大木の幹に耳を寄せて、

「五丁先に迫る足音がします」

「その数、およそ二十余人」

と口々に情報を告げた。

「この先、二丁のところに、われらの仲間が潜んでおります。合流しますか」

と猪狩りの名人時三郎が小田平助に問うた。

「いんや、わしらは雹の後ろに回り込みたいがくさ、出る道はなかろうか」

時三郎は即座に山道を外れて杉の林に入っていった。

小田平助ら一行が雹田平組二十数人の背後に回り込んだとき、南蛮鉄砲の音が響いて、待ち伏せていた雑賀衆の弓手方との戦端が開かれた。

地の利では断然雑賀衆が有利だったが、南蛮鉄砲を携帯した唐人傭兵の火力は弓を圧倒して、高みの岩場から雑賀衆を狙い撃ちしていた。

あーっ！

と悲鳴を残して、松の大木の枝に身を潜めて弓を引き絞っていた雑賀衆が、胸を撃ち抜かれて次々に落下していくのが見えた。

霧子は背の飛び道具を抜くと、雹田平一味の鉄砲方が位置する岩場を見下ろせる崖の上に飛び移った。そして飛び道具を右手に構えると前後に動かして狙いを定め、

ひょい

と放った。

その瞬間、くるくると回転する飛び道具は岩場めがけて大きな円弧を描いて、南蛮鉄砲を構えた唐人傭兵の後頭部を強打して岩場から転がし、さらに二人目の肩を砕いて戦闘不能に陥らせた。

背後を雑賀衆に塞がれたと気付いた雹田平一味に小田平助、利次郎と、雑賀衆三人が襲いかかり、狭い山道での戦いが始まった。

先陣を切ったのは利次郎で、槍折れを振りかざして唐人傭兵を叩き伏せ、突き落とした。

小田平助は、小柄の身でひょいひょいと飛び跳ねつつ、六尺豊かな唐人を槍折れで突き上げ突き上げして、たちまち三、四人を倒した。

「頭目雹田平はおるとね。槍折れの小田平助が勝負しちゃるけん、名乗り出んね」

と平助が叫ぶと、痩身《そうしん》に白い長衣を着た系図屋が無言で現れた。

「あんたが雹ち、言いなはると。なんやら魂の抜けた面たいね」

平助は初めて見る雹田平に呼びかけたが、雹は無言のままで反応はなかった。

ただ無表情に腰に下げた青龍刀を構えた。

霧子の手に飛び道具が戻ってきた。摑んだ瞬間、殺気を感じてその場に転がった。

ひゅん

と湿った気を裂く音がして霧子の左太腿に痛みが走った。霧子は裁っ着け袴の破れから肉を削《そ》いだ銃創《じゅうそう》を見た。杉の大木の陰に這いずっていった霧子は、袴の上から手拭いで止血すると、飛び道具を手に立ち上がった。杉の背後から顔を出して、南蛮鉄砲の射ち手を見た。

銃弾を装塡《そうてん》するために、銃口を横に向けた唐人が片膝《かたひざ》をついていた。

「倍にして返してやるわ」

霧子は崖の上に両足を踏ん張り、狙いを定めて飛び道具を虚空に放り上げた。

ひゅるひゅるひゅー

と音を響かせて、回り込むように雪を切り裂く飛び道具が、岩場に片膝をつく唐人の射ち手の正面を襲った。

唐人がふうっと顔を上げた。その顔面をしたたか強打して、頰骨を打ち砕いた。

唐人が思わず立ち上がり、よろめいたかと思うと岩場から悲鳴を残して転落していった。

唐人の顔面を砕いた飛び道具は、そのまま横手に流れて、霧子の手元に戻っていった。


雹の白い長衣がふわりふわりと棚引いて、その切れ目から唐人の長い足が小田平助の股を蹴り上げた。と同時に、片手で扱う青龍刀が頭上から襲いきた。なんともしなやかな体であり、手足だった。

平助は相手の動きを見つつ、伸びてきた足の脛を槍折れで叩いた。

がつん
と音が響いて、雹田平の片足立ちの体が崩れた。ここぞとばかり平助の槍折れの先端が迅速に翻《ひるがえ》ってよろめく雹の喉仏《のどぼとけ》を突き上げた。

「ぎええっ」

と悲鳴を上げて、雹が悶絶した。

「小田平助、頭分雹田平を討ち取ったり」

と叫びながら平助は相手が本物の雹田平ではなく、分身の雹であることを承知していた。だが、無勢《ぶぜい》の味方を勇気づけるために平助は叫んだのだ。

唐人相手に二人を殴り倒した利次郎は、罅《ひび》が入った棒を捨て、慣れた一剣を手に、七尺余の巨漢唐人と向かい合った。

三人の雑賀衆も地の利を生かして、相手の動きを封じ、次々に斃していった。

無勢の雑賀衆が多勢《たぜい》の唐人傭兵を圧したのは、霧子が飛び道具で奇襲して南蛮鉄砲を制圧したことと、平助の槍折れが分身の雹を斃したことが大きかった。

利次郎は巨漢の相手が振り回す大鉾《おおほこ》の間合いの内に入り込もうと、必死で隙を突こうとしたが、相手もさるもの、間合い内に入らせなかった。

「利次郎さん、しっかりしなさい」

と霧子の叱咤《しった》の声がして、巨漢が突然現れた霧子に思わず注意を向けた。

その瞬間、利次郎は大鉾を弾くと剣の間合いに踏み込み、切っ先を喉元に伸ばした。

ぱあっ
と血飛沫《ちしぶき》が上がって、巨漢の体がぐらりと揺らぎ、それでも踏みとどまっていたが、
どどっ
と朽木《くちき》が倒れるように崩れていった。

「重富利次郎、唐人武術家三人目を討ち取ったり！」

と小田平助を真似て叫んだ。そして、霧子を振り返った利次郎が、

「助かったぞ」

と礼を言い、霧子の止血をした足に気付いて驚きの声を上げた。

「霧子、大丈夫か」

「かすり傷よ、相手はまだ十人ほど残っているわ」

と霧子が応じたところに、空の道一ノ口の山道に新たな人の気配がした。

霧子と利次郎は、背後の敵に立ち向かうために振り返った。すると磐音と岩五郎が必死の形相で駆け下ってきた。

「おおっ、若先生。小田様が雹田平を見事に討ち取られましたぞ」

と報告する利次郎に平助が、

「若先生、わしが斃した奴は雹の分身たいね。本物は別に行動しとるばい」

「よし、この者たちを片付けて、姥捨に急ぎ戻ろうぞ」

との磐音の声に、無勢だった味方が勢いを盛り返し、雑賀衆の弓手も加わって一気に動きを封じた。形勢逆転を悟った唐人らが算《さん》を乱して逃げ出したが、

「逃げる者を追う要はない。この内八葉外八葉から生きて出られるものか」

と言うと、姥捨の郷に急ぎ戻ることにした。

「霧子、怪我を負うたか」

「南蛮鉄砲に擦られましたが、大した傷ではございません」

「霧子、わが背におぶされ」

と利次郎が霧子に背を向けてしゃがんだ。

「利次郎さん、戦の最中です。これしきの傷でおぶわれたら、雑賀の郷に世話になる私の体面が保てません。利次郎さんに後《おく》れを取らずに動けます」

と答えた霧子が山道を駆け下りはじめ、磐音や平助、岩五郎ら雑賀衆も続いた。

このとき、雹田平と七人の唐人武芸者は、丹を掘った後の坑道の闇を手燭の灯りを頼りに進んでいた。灯りを翳して道案内するのは、一丁の参吉だ。この廃《すた》れた坑道のことを参吉から聞いたとき、雹は、

「よし、姥捨の郷の牙城《がじょう》はもはや崩れた」

と潜入に自信を得た。ために、長崎で雇った唐人が何人犠牲になろうと知ったことではないと肚を括っていた。

「参吉、まだか」

雹が地下に四通八達《しつうはったつ》して掘られた鉱脈の三俣の一つに差しかかったとき、訊いた。

「お頭、わしも昔に一、二度通っただけで、うろ覚えだ。だが、この道で間違いない」

と参吉が応じて、右手の廃道を進み始めた。

だんだんと上がり始めた感じがした頃、ふいに前方から風が吹いてきて、参吉が持つ手燭の灯りを揺らした。すると縦穴のある場所に出た。

「お頭、この上が姥捨の郷で集まりがあるとき使われる大屋敷だ。ここに年神様の聖右衛門や三婆様や男衆頭の草蔵など、長老衆が顔を揃えておりますよ」

「よし」

縦穴の壁に設けられた梯子段《はしごだん》の強度を確かめていた参吉が上り始めた。

三十段ほど上がると横穴があり、参吉はその横穴へ、雹田平と七人の唐人武芸者を導いていった。

雹の想念の中に、姥捨の郷の中心に近づく感じがひしひしと伝わってきた。

難攻不落の姥捨の郷の雑賀衆相手にわずか九人の潜入者だが、火を放って混乱を生じさせ、その騒ぎに乗じて坂崎磐音を斃す、雹田平の脳裏にはこの考えしかなかった。

再び梯子段を参吉が上り、板製の蓋《ふた》を押し上げた。

大勢の人声がしてきた。参吉に続いて暗く湿った納戸《なんど》のような場所に出た雹田平は、声の主が女、子供、それに年寄りだと気付かされた。

「参吉、大屋敷じゃな」

雹が潜み声で尋ねた。

「男衆は出払っているようですぜ」

「年寄り、女に子供か。参吉、おまえは火を付けて回れ」

「へえ、こたびの手当ては十分に頂戴しますぜ」

「老中田沼意次様とお部屋様の御素名様がついておられるのだ、安心せえ」

と雹が応じて、参吉に納戸の戸を開けるよう顎で命じた。

参吉が板戸を摑み、七人の唐人武術家がそれぞれの武器を構えた。

板戸が開かれた。

大屋敷の土間に竈《かまど》が並んで、女衆が湯を沸かしたり、飯を炊いたりしていた。

白い長衣の雹田平が納戸から静かに現れて、整った顔立ちの女がびっくりした表情で立ち竦んだ。

「そ、そなたは」

と呟いた女は、三年にもわたり雹田平が江戸から追ってきた相手の女房だった。

「雹田平参上」

「なんと」

おこんが茫然と立ち尽くした。その手には鉄瓶が提げられ、湯気が立っていた。

「聞安寺以来、この時を待ちこがれておったぞ、坂崎こん」

おこんの胸に細身の直剣の切っ先が伸びてきて、一寸手前で止まった。

五

「おのれは一丁の参吉」

雑賀衆の戦闘部隊の長にして男衆頭の雑賀草蔵が、空の道一ノ口から、廃止された丹の坑道を辿って姥捨の郷の本陣大屋敷に雹田平を導いてきた抜け雑賀の一丁の参吉を睨んだ。

「草蔵、おりゃ、内八葉外八葉の暮らしに飽きたでな」

「ぬかせ。おまえの老いた母は、おまえが郷を抜けたことをどれほど哀しんで死んでいったか、知るまいな」

「覚悟の前だ」

と一丁の参吉が嘯《うそぶ》いた。

「雹田平、どうする気です」

おこんが落ち着いた声音で、細身の剣の切っ先を胸に突きつける雹に尋ねた。

「そなたを人質に亭主の坂崎磐音の命を貰いうける」

その言葉を聞いた梅衣のお清がかたわらに控えた雑賀衆の若者に合図すると、予ての手筈どおりに大屋敷から姿を消した。それを見送った梅衣のお清が座から立ち上がり、雹田平一味に歩み寄った。

「おこん様から刃を離しなされ」

お清が命じたとき、大屋敷の囲炉裏端の籠《かご》に寝かせられていた空也が目を覚まし、

「母上」

と母の姿を求めた。

その声におこんと雹田平の二人が同時に気付いた。

「そうか、あの者が坂崎磐音とそなたの間に生まれた子か」

「いかにも磐音様と私の子にして、直心影流佐々木玲圓の孫」

「殺せ」

雹田平が同道してきた七人の唐人武術家に命じた。

一人が長衣の懐から南蛮短筒を出して銃口を空也に向けた。

その瞬間、おこんが手に提げていた鉄瓶の湯を南蛮短筒の唐人に浴びせかけた。

それが戦いの合図となった。

「あぁっ」

熱湯をかぶった唐人の銃口があらぬ方角に流れた。雑賀衆の一人が空也を抱えると自らの身で覆い隠した。

同時に、大屋敷の天井の梁《はり》に身を隠していた弥助が、梁に括りつけていた綱を投げ下ろすと、その綱を伝って南蛮短筒の唐人の首に跨《また》がるように飛び下りて、前方に自らの体を投げ出した。頭上からの強襲に南蛮短筒の唐人の体が大きく宙に舞い、引き金に手がかかったか、
ずどーん
と銃声が響いたが、銃弾は囲炉裏上の天井の暗がりに消えた。

弥助は土間に叩き付けた唐人の喉元に、口に咥《くわ》えていた短刀の切っ先を突き入

れた。

姥捨の郷に走り戻ってきた磐音らはすでに大屋敷の異変に気付いて、軒下の壁伝いに中の様子を見定めようとしていた。

雹田平が細身の剣の切っ先をおこんの胸に突き立てるかどうか、一瞬迷った。その迷いを察した梅衣のお清が、

「雹とやら、おこん様から刃をどかせ」

「この女は、われらを、坂崎磐音の元に導く糸よ」

「雹、あれを見よ」

とお清が大屋敷の広場側を指差した。

大戸が左右にするすると開かれ、雪が降り積もった広場の真ん中に神田橋のお部屋様おすなが綱で縛《いまし》められて立っていた。その綱の端を持つのは霧子だ。

「ひ、雹、助けてたもれ」

おすなが絶叫した。

「お部屋様」

さすがの雹も驚きの顔を見せた。

「雹田平、おこん様の胸から切っ先を離しなされ。さすれば老中田沼意次の妾の

命、助けぬでもない」

攻守交代に導いた梅衣のお清が雹に命じた。

「ひ、雹、わらわはかような地で死にとうはない」

雹田平の両眼の目玉がぐるぐると動き、

「参吉、この女とお部屋様を交換して姥捨の郷からいったん引き揚げる。逃げ道を考えよ」

と命じると、切っ先でおこんを脅《おど》しながら、大屋敷の土間から広場へと突き出した。

「雹、わらわを助けてたもれ。江戸に戻ってそなたが望むものをすべて与えようぞ」

おすなの言葉を無視した雹田平が霧子に向かい、

「御素名様の縛めを切れ」

「雹田平、綱を切るゆえ、おこん様に向けた切っ先をどけるのだ」

と霧子も敢然と応じた。

おこんとおすなの間には十間余の雪の広場が広がっていた。

「よかろう、綱をゆっくりと切れ」

「切っ先を下ろせ」

霧子と雹田平が緊迫の言葉を投げ合い、霧子が縛めの結び目を解いたが、霧子の片手は未だおすなの襟首《えりくび》を摑んでいた。

「こちらにおいでなされ、御素名様」

と雹がおすなに命じると、霧子が、

「雹、切っ先を外すのが先だ」

と叫んだので、切っ先がおこんの胸を離れてゆっくりと横手へ外された。雹田平の手を離れたおこんは、泰然とした足取りで歩きはじめた。

その様子を窺っていた霧子は、おすなの襟を摑んだ手を放した。おすなが雪の広場を走り出そうとした、そのとき、

「おこん、その場に伏せよ」

と磐音の声がおこんの耳に届いた。

おこんが雹の切っ先から遠くへと逃れるように身を投げ、ごろごろと転がり始めた。

雹田平が切っ先を一閃させるとおこんの身に突き刺そうとした。

ひゅるひゅる

と虚空に大きな弧を描きながら回転する槍折れが雹田平を襲い、雹はおこんを突き刺そうとしていた刃を振り上げて、小田平助が投げた槍折れを両断した。

その隙に磐音が雹とおこんの間に身を入れていた。

神田橋のお部屋様おすなは、磐音に行く手を塞がれて立ち止まった。その身に霧子が、そして、雑賀の女衆が手に手に鎌や竹槍を持って迫っていった。

「女狐、許せぬ」

「女人高野《にょにんこうや》は天野《あまの》山金剛寺《さんこんごうじ》のみ。高野山千年の女人禁制を破った罪、そなたの命で償え」

と言いながら女衆の輪が縮まった。

「た、助けてくりゃれ」

輪の中からおすなの悲鳴が聞こえ、やがて尾を引くように消えた。

磐音は雹田平と向き合った。

間合い二間。

雹の背後に控えていた唐人武術家六人と一丁の参吉の前に、松平辰平、重富利次郎、新たな槍折れを手にした小田平助、弥助、そして雑賀草蔵らが包囲の輪を縮めていった。

「参吉、そなたの命、雑賀衆の男衆頭が始末をつける」

草蔵は腰から雑賀衆の戦闘集団を率いる証の六角鍔《ろっかくつば》の直刀を抜くと、雪の上をするすると間合いを詰めた。雑賀衆では一丁の参吉として通っていた猟師が、唐人から譲られた南蛮短筒を出すと銃口を草蔵に向け、

「来るな、寄るな」

と恐怖の顔で喚いた。

だが、草蔵の足は止まらなかった。参吉が引き金に力を入れようとした瞬間、大屋敷の屋根や八葉神社の屋根に伏せていた弓手が一斉に矢を放ち、参吉の頭や胸や首筋に深々と突き立った。

参吉の体がくねくねと揺らぎ、草蔵の片手が弓手を制すると、最後の一歩を詰めて、六角鍔の直刀の切っ先を裏切り者の喉に貫き通した。

六人の唐人武術家に辰平、利次郎、小田平助、弥助、そして女の輪を抜けた霧子の五人が立ち塞がった。

雹田平の細身の剣が磐音に向けられた。

磐音は備前包平二尺七寸（八十二センチ）を抜くと正眼に構えをとった。

互いが間合いを詰め、次の動きで生死の境を越えることを雹田平も磐音も知っていた。

ふうっ

と雹が息を吐き、

すうっ

と吸い、止めた。

一瞬、時が止まった。

雹田平の痩身が傾きながら回転し、雪と同化した白衣の裾を翻して、細身の剣と鋼鉄の如き足首が磐音の体の正面と横手から次々に襲ってきた。

それまでの動きとはまるで異なる迅速にして巧妙な体技だった。間断なき攻め技にさすがの磐音もたじたじとなり、後ずさりするしか対処の途《みち》はなかった。

雹の顔が青白く変わり、両手で保持していた剣が左手一本に変わり、空《あ》いた右手が得物と変わり、剣の攻めの合間に両足のしなやかな蹴りと右手の突きが襲いきた。

千手百足《せんじゆひやくそく》が隙間なく襲いくる攻めだった。

磐音は剣の動きと間合いを計りつつ、丹念に弾き返した。するとその合間を縫って右足の蹴りが磐音の太腿を巻きつくように叩き、一瞬呼吸が止まって後退の動きが鈍り、間合いが狭まった。すると左足の蹴りがこんどは磐音の首筋を、

がつん

と強打した。

うっ

と息が詰まり、磐音は虚《うつ》ろなまま棒立ちになった。

雹田平と磐音の一騎打ちを見ていたおこんが悲鳴を洩らし、雑賀衆の戦士の中には、

(磐音先生、危うし)

と息を凝らした者もいた。

梅衣のお清も、

「空海様、お力を」

と念じた。

棒立ちになった磐音を見た雹田平が間合いをとった。

「坂崎磐音、そなたの最期が訪れた」

と磐音の死を宣告した雹の右手が再び剣に添えられ、

すいっ
と左肩に担がれた。

磐音は薄れゆく意識の中で、

「ちちうえ！」

という空也の声を聞いた。

意識がわずかに覚醒した。

雹が息を吸い、止めた。

気配もなく虚空に飛んだ雹田平の長身が独楽《こま》のように回転し、流れるような動きで足が伸びてきた。

磐音は考えた。

（生と死は紙一重）

蹴り足に応じれば剣が伸びてくる。蹴りを捨てて剣を捌《さば》けば必殺の回転技が磐音の首筋に強打されるだろう。

刹那《せつな》、磐音は居眠り剣法に戻していた。

「春先の縁側で日向《ひなた》ぼっこをしながら居眠りしている年寄り猫」

と評された、ゆったりとした構えと気持ちに戻すと雹の攻撃を待ち受けた。

蹴りが来た。
磐音は包平で、
ぽーん
と軽く弾き流すと、次なる剣の襲来を待った。
鋼鉄の剣がしなりながら、磐音の首筋に襲い来た。
その瞬間、磐音の包平が、
そより
と路地を吹き抜ける春風のように戦《そよ》いだ。
相手の動きを確実に見極めた磐音の包平が細身の剣の切っ先を弾くと同時に、迫りくる足の攻撃の外側へと身を流して雹田平の喉首を一閃したのだ。
ぱあっ
と雹の喉首から血飛沫が散って雪を染めた。ゆっくりと雹の体が崩れ落ちた。
しばし止まっていたかに見えた時が再び動き出した。
いつの間にか姥捨の郷の雪は止み、夕暮れの刻限を迎えていた。
磐音は包平を提げたまま周りを見回した。
小田平助らも形勢の逆転に怯えた唐人武術家を斃していた。

雑賀草蔵と目が合った。

「終わりました」

「終わりましたな」

と二人が言い合い、戦いの日は終わった。


高野山奥之院の座敷で二人の人物が対座して、使いを待っていた。

奥之院副教導室町光然と前の新宮藩城代榊原兵衛左ヱ門だ。

使いは夜に入ってやってきた。三十里走りの蔦助は二人が対座する庭先に通され、光然老師が、

「戦いの首尾はいかに」

と弾む息の蔦助に尋ねた。

「わ、われらが勝利にございます」

「祝着《しゅうじゃく》至極」

「老師、あの女、雑賀の女衆の手によりずたずたに切り刻まれてございます」

その報告を聞いた光然老師が榊原に向き合い、

「高野山千年の女人禁制はこれで守られました。田沼意次の妾など高野山の大門

すら潜《くぐ》ったことはなし」

「いかにもさように存ずる。和歌山藩もまた、江戸から神田橋のお部屋様なる女を乗せた千石船を迎えた事実はなし。今頃、主船頭、水夫《かこ》を下ろした千石船も、沖ノ島沖に舫《もや》われていた唐人船も海の底に沈んでおりましょうな」

榊原と光然老師が顔を見合わせ、頷き合うと、

「姥捨の郷の衆に、高野山奥之院と和歌山藩より戦勝めでたく候《そうろう》、危難の時は去った、十分休まれよ、と伝えてくだされ」

と光然が言い、三十里走りの蔦助の気配が庭から消えた。

「残るは老中田沼意次の始末」

と榊原兵衛左ヱ門が呟いた。

「そのことなれば、あの人物にお任せなされ」

「清水平四郎、いや、坂崎磐音どのでございましたな」

「いかにもさよう」

「坂崎どのが内八葉外八葉からいなくなると思うと寂しゅうなりますな」

「たしかにそのことを思うと胸の中を虚ろの風が吹き抜けるようじゃ」

老師の声には複雑な感情が込められていた。

夜明け前、雪が止んだ姥捨の郷の東空がわずかに白んできた。

内八葉外八葉は新しい朝を迎えようとしていた。

磐音は一人、河原の湯に浸かっていた。

雹田平一味との戦いに姥捨の郷が負った犠牲も甚大だった。雹田平を討ち取った刻限、海の道一ノ口を辿ってきた侵入者たちとの激闘も含め、死者こそ十三人で済んだが怪我人が多く出た。また姥捨の郷に繋がる七口のうち、空の道一ノ口など三口に侵入されたために、今後、雑賀衆は新たな口を設け、入られた三口を永久に塞ぐ至難な作業に取りかからねばならなかった。

戦いの後、姥捨の郷は慌ただしくも後始末に追われ、八つ半（午前三時）前に全員が倒れ込むように眠りに就いていた。

磐音は京、名古屋、江戸に向けて書状を認め、独り河原の湯に来たのだ。

姥捨の郷の再建の目処が立つまでこの地に残らねばなるまいと、磐音は決意をしていた。

だが、遠からず江戸に戻る途《みち》が開けたのだ。いや、自らが切り開き、これからも戦いながら実現していく直心影流尚武館坂崎道場開設への途だった。

磬音はうっすらと浮かぶ高野山奥之院の森を見上げた。すると、
ふわっ
と初夏の白い光の中で過ごした十数日の記憶が蘇《よみがえ》った。

紀伊徳川家の嫡男岩千代君が奥之院詣でをなし、奥之院にて弘法大師空海の威徳を偲《しの》びながら、密かに剣術の指南を磬音から受けたのだ。

「平四郎、どうじゃ、岩千代は剣の才があろうか」

稽古の合間に岩千代が磬音に尋ねたものだ。岩千代は磬音を清水平四郎としてしか知らなかった。

「岩千代様、身分や役職により剣は、その目指す方向が異なるものにございます。岩千代様はゆくゆくは御三家紀伊徳川家の統領をお継ぎになるお方、強い剣者を目指すことはございませぬ。紀伊徳川家を率いる統領として、王者の剣を学びあそばすのが務めにございます」

「王者の剣とはなにか」

「和歌山藩家臣団と領民を心服させるべき剣にございます」

「強いだけではいかぬか」

「大義信義の剣であらねばなりませぬ。岩千代様、これからも精々武術の稽古に

お励みくださりませ。そして、岩千代様が生涯にわたり、剣をお抜きにならなかったとき、岩千代様の王者の剣が完成したとお考えあそばせ」

しばし沈思していた岩千代が、

「相分かったぞ、平四郎」

と答え、

「さあ、稽古をつけてくれ」

と磐音にせがんだ顔が、亡き家基の顔と重なった。

磐音は一人湯に浸かりながら、ふと、丹入川の雪を割って朝の光を浴びる蕗《ふき》の薹《とう》を見付けた。

新しい日が始まる、新しい季節の到来であった。

磐音はこの朝ほど、

「江戸に戻る」

ことを強く意識したことはなかった。

天明二年（一七八二）正月十二日のことだった。

巻末付録

江戸よもやま話

農村――百姓の営みと浪人

文春文庫・磐音編集班 編

いよいよ天下分け目の大決戦！　雹田平率いる攻め手は、唐人の傭兵を加えて百八十人。対する雑賀衆は地の利はあるとはいえ、各所に手勢を配置せねばならず、余裕はない。磐音を総大将とする〝七人の侍〟は、いかにして強敵を迎え撃つか――。磐音畢生《ひっせい》の大戦さと相成ったのでありました。

この未曽有の危機に晒される姥捨の郷ですが、磐音たちにとっては、四季の移ろいや、田植えや稲刈り、様々な神事など、江戸とは異なる村の生活がありました。今回は、江戸時代の農村の暮らしを覗いてみましょう。

江戸時代の百姓といえば、虐げられていたイメージが一般的だと思います。いわゆる

「慶安御触書《けいあんのおふれがき》」と呼ばれてきた「諸国郷村江被仰出《しょこくごうそんえおおせいださる》」には、百姓の生活について細かな記述が並びます。酒や茶を買って飲むなとか、粟や稗を食べて米を食べ過ぎるなとか、麻や木綿以外着てはいけないとか。いちいち細かい、勝手にさせてくれ、と思いますが、加賀藩の篤農家が残した記録には、実際は休日には酒や煙草を嗜み、芝居の興行を楽しみ、主食は麦でも、農作業中の昼は必ず米を食べていたとあり、ある程度融通は利いたようです。

「御触書」は夫婦のあり方にも触れています。「男は作をかせき、女房はおはた《(機)》をかせき、夕《よ》なへを仕、夫婦ともにかせき申すべし」、つまり男女それぞれの仕事をこなし、夫婦ふたりで働いて生計を立てることが求められていました。

なお、「御触書」は、甲府藩が発布した「百姓身持之覚書《ひやくしようみもちのおぼえがき》」を、十九世紀に岩村藩が領内の村々宛に刊行し、それが全国に流布したもので、慶安二年（一六四九）に幕府が出した法令ではないと研究者によって指摘されていますが、少なくとも為政者がかくあるべしと考えた百姓の姿が読み取れます。ただ、お上が何を口うるさく言っても、まず守るべきは村内の合意によって定められたルール、「村掟《むらおきて》」でした。明和《めいわ》四年（一七六七）、下総国葛飾郡幸谷《かつしかぐんこうや》村《むら》（千葉県松戸市）の百姓四十三人ら全戸主が合意した村掟では、作物荒らし（田畑の作物を盗むこと）は村役人（村の自治運営を担う。名主、組頭、百姓代の三役）が捜査し、犯人には応分の処罰を科す、入会地《いりあいち》の無断使用などには銭三貫文の罰金、嫌がらせ行為には銭二貫文の罰金、などと定められ、公儀に訴える前に、まず村内で処理されたことがわかります。村に裁量が認められたぶん、共同体の和を乱す者には「村八分《むらはちぶ》」のような恐ろしい制裁が科されたのです。

さて、そろそろ実際の農作業を見てみましょう。三八〇〜三八一ページに掲げた「豊年萬作之図」は、春、種籾《たねもみ》を干して発芽させる（①）ところから始まり、秋、稲刈り（⑧）して諸々の加工を施すまでを図解した錦絵です。これだけの作業を人力と牛馬の力だけで行っていたことに驚きますが、案外男性が描かれていないこと、つまり女性の働きぶりが目立ちます。男性は馬鍬《まぐわ》による荒代掻《あらしろが》き（④）や畔《あぜ》ぬりなどの重労働を分担しますが、刈り取った稲の穂から籾をこいでとる稲扱《いなこき》（⑨）や籾を石臼《いしうす》でひいて玄米にする（⑪）などの骨の折れそうな作業は女性がこなします。とくに田植え（⑤）は、田の神に豊穣を祈って苗を植える神事とされ、紅をさして化粧を施し、紺がすり、赤い襷、白い手拭いに菅笠《すげがさ》という晴れの日の装束で「早乙女《さおとめ》」が行いました。

もちろん稲作と並行して、他の作物の収穫や植え付けも行われました。

農業が主要な産業でしたが、海辺であれば漁業や海運業を、山間部にあれば林業を行う村もありましたし、名産品と打ち出して商売を行う村もありました。読者のみなさんにはお馴染み、奈緒が手掛ける出羽の紅花はその成功例です。

つまり、農村に住んでいても、農業のほかに商売や運送業、日雇い労働など多様な生業を行っていて、いわば兼業農家が一般的でした。百姓＝農民、というほど単純ではなかったようです。雑賀衆の男たちは、京や畿内一円の商人や職人の店に奉公に出ますが、奉公稼ぎもそうした兼業のひとつでした。たとえば信濃国高井郡《たかいぐんや》矢嶋村《じまむら》（長野県佐久市）の百姓は、若くして江戸に出て商家や大名家で奉公人を務めるのですが、田舎に戻るのはなんと二十年から三十年後だったとか。生活の拠点は江戸にあったようで、百姓というより、むしろ現代のサラリーマンのような人生だったのではないでしょうか。

このように百姓は様々な仕事で稼ぎを得ていたのですが、江戸の社会を支えるのはあくまで農業で、とくに稲作が重視されました。新田開発が推し進められ、十七世紀の百年ほどで、全国の耕地は一・五倍となりました。「加賀百万石」と称される加賀藩では、近世を通じてさらに約三十五万石（ちなみに、米一石の重さは約百五十キロです）もの新田開発に成功しました。人も増え、百姓の実入りも増えるかと思いきや、そう簡単ではなかったようです。

たとえば、増えた水田を耕作するために牛馬の数を増やすと、餌の草も必要となります。同時に水田に肥料として使う草（草肥《くさごえ》）を入手するために以前より広い牧草地（秣《まぐさ》場《ば》）が必要となりますが、そこも新田にしてしまっている。やむなく金肥《きんぴ》と呼ばれた干《ほし》鰯《か》や油粕、人糞などを買うため出費がかさみます。さらに、草木を刈り取ったはげ山は土砂崩れを起こし、土木・治水工事は村や藩の財政を圧迫する。新田開発に特化した江

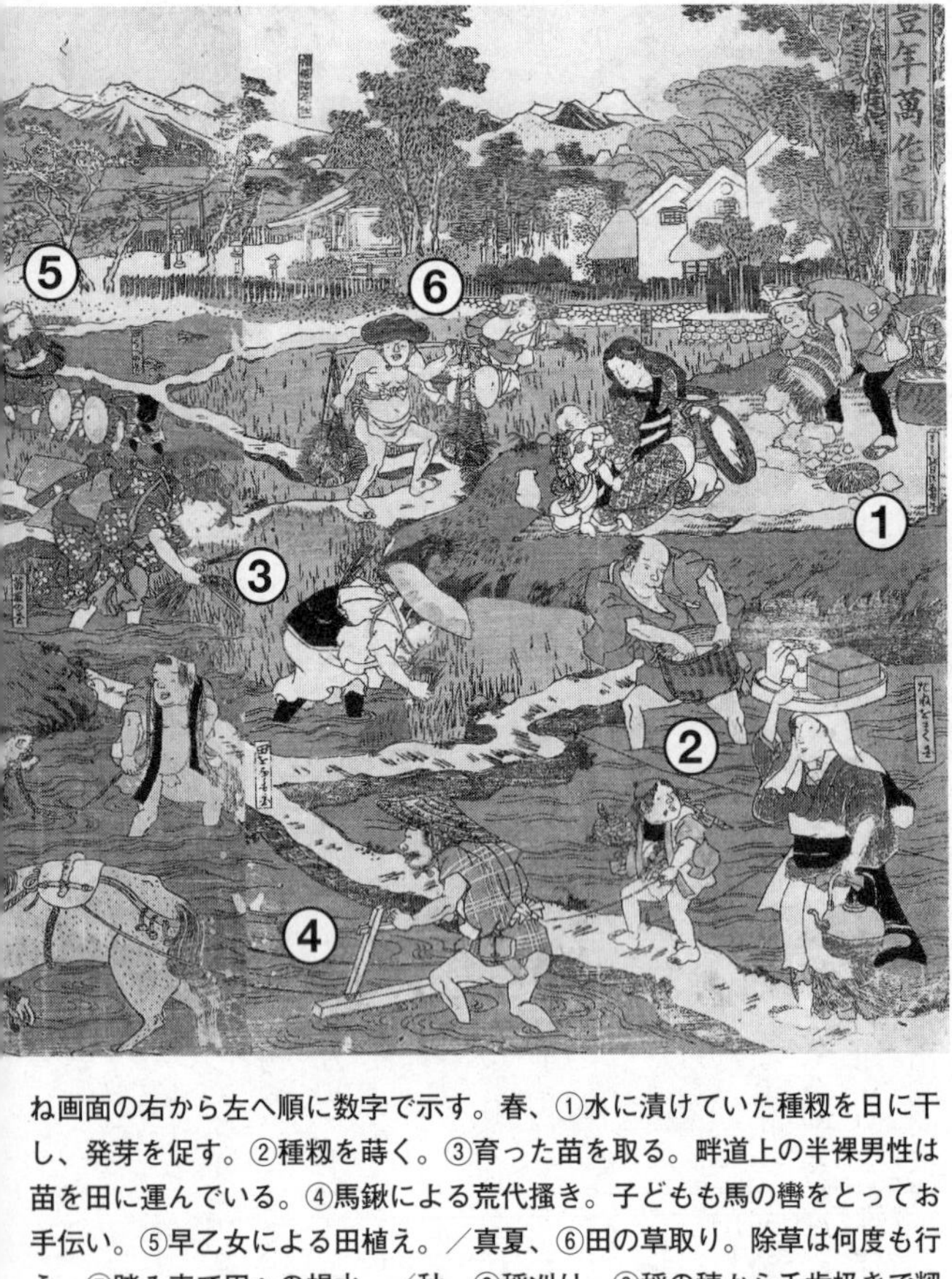

ね画面の右から左へ順に数字で示す。春、①水に漬けていた種籾を日に干し、発芽を促す。②種籾を蒔く。③育った苗を取る。畔道上の半裸男性は苗を田に運んでいる。④馬鍬による荒代掻き。子どもも馬の轡をとってお手伝い。⑤早乙女による田植え。／真夏、⑥田の草取り。除草は何度も行う。⑦踏み車で田への揚水。／秋、⑧稲刈り。⑨稲の穂から千歯扱きで籾を取る。⑩籾を唐棹で打って脱穀。⑪籾を石臼でひき玄米にする。⑫箕で藁屑や籾殻を吹きはらう。⑬玄米を俵詰めして蔵に納める。

図　「豊年萬作之図」

五風亭貞虎作、『日本農書全集72 絵農書2』
（農山漁村文化協会、1999年）所収

一連の水稲耕作の工程を、異なる季節や時間を一画面に表現する異時同図法で描く。苗作りから、田植え、稲刈り、脱穀・調製、蔵入れまでを、概戸時代の農業経済は、持続可能なモデルではなかったと言われています。

前触れなくやってくる迷惑なものは自然災害だけではありません。最後に、村々を渡り歩き、金銭を無心し、止宿《ししゅく》を求める「浪人」の脅威をご紹介しましょう。

明和五年（一七六八）十二月、相模国山内村（神奈川県鎌倉市）の名主らが領主である円覚寺《えんがくじ》に浪人の取り締まりを願い出ました。その文書には、「近頃、浪人が帯刀して二、三人ずつ村々にやってきては合力銭《ごうりきせん》（金銭の施し）をねだります。一か月で十五人から二十人にも及び、なかには病気療養を口実に村に泊まらせろと要求までしてきます。拒否すれば、刀や脇差《わきざし》を振り回し、悪態をつき、二十銭や三十銭ほどでは承知せず、一人百銭も無心するので、難儀しています」と、浪人の迷惑行為が具体的に訴えられています。金がない、空腹だ、足が痛い、大雨だ、と言い立て、なかには家族連れの浪人もいて、「子どもが疱瘡《ほうそう》だ」という輩もいる。明らかに嘘と分かっていても、腰の大小（刀は持たず、脇差のみという者も）をちらつかせられると強くは言えない。というわけで、なんとか穏便にお引き取り願おうと少額の銭を渡していたようです。

幕府は、一貫して厳しい態度で臨みます。泣く子も黙ると恐れられた「関東取締出《かんとうとりしまりしゅつ》役《やく》」、別名八州廻りを設置し、その下に領主の異なる村々が連携した「改革組合村（寄《よせ》場《ば》組合）」を組織、個々の領主の支配領域を超えた不逞の浪人の取り締まりを強化します。すると浪人たちも然《さ》る者、「浪人仲間」を作り、なんと村と〝契約〟を結びます。

文政《ぶんせい》十三年（一八三〇）、下野国小倉村（栃木県那須烏山市）が中島圭助以下の浪人たちと交わした契約文書は、「御村方」が、浪人たちへの「止宿・草鞋《わらじ》料等御取り計らい」に迷惑し、「浪士立ち入り申さざる様、内々拙者共へ御頼みこれ有」ったので、申し合わせて、村の世話にならないように取り決めた、というもの。村人が拙者どもに頼んできた——とはいったいどの口が言うのかと呆れますが、村にとっては、執拗にたかりに来られるよりはマシだとの苦渋の選択だったのでしょう。一年あたり金一分から三分ほどの〝契約料〟が浪人仲間に支払われたようです。学問や武芸、医術などを村人に教えたり、別の不逞な浪人が来たら交渉を引き受けたり、村にとって有益な浪人もいたようですが、ほとんどは契約料の集金のためだけに半年ごとに廻ってくる程度。寸暇を惜しんで働いている百姓にとって、迷惑千万だったことでしょう。

【参考文献】

水本邦彦『村　百姓たちの近世』（岩波新書、二〇一五年）
武井弘一『江戸日本の転換点』（NHK出版、二〇一五年）
渡辺尚志『殿様が三人いた村』（崙書房出版、二〇一七年）
吉田ゆり子「村と女性」（高埜利彦編『近世史講義』ちくま新書、二〇二〇年、所収）
川田純之『徘徊する浪人たち』（随想舎、二〇二〇年）

本書の無断複写は著作権法上での例外を除き禁じられています。
また、私的使用以外のいかなる電子的複製行為も一切認められておりません。

文春文庫

一《いつ》矢《し》ノ秋《とき》
居眠《いねむ》り磐音《いわね》（三十七）決定版《けっていばん》

定価はカバーに表示してあります

2020年9月10日　第1刷

著　者　佐《さ》伯《えき》泰《やす》英《ひで》
発行者　花田朋子
発行所　株式会社 文藝春秋

東京都千代田区紀尾井町3-23　〒102-8008
TEL 03・3265・1211㈹
文藝春秋ホームページ　http://www.bunshun.co.jp

落丁、乱丁本は、お手数ですが小社製作部宛お送り下さい。送料小社負担でお取替致します。

印刷製本・凸版印刷

Printed in Japan
ISBN978-4-16-791563-6